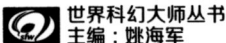
世界科幻大师丛书
主编：姚海军

"星辰舞"系列Ⅲ

星辰之思

[加拿大] 斯派德·罗宾逊 珍妮·罗宾逊 著 郝宇翔 译

四川科学技术出版社

The Stardance Trilogy By Spider and Jeanne Robinson
Copyright: © 1977, 1978, 1994 Starmind by Spider and Jeanne Robinson.
This edition arranged with The Spectrum Literary agency
Through BIG APPLE AGENCY, INC., LABUAN, MALAYSIA.
Simplified Chinese edition copyright:
2020 SCIENCE FICTION WORLD
All rights reserved.

图书在版编目(CIP)数据

星辰之思："星辰舞"系列Ⅲ/[加拿大]斯派德·罗宾逊，[加拿大]珍妮·罗宾逊 著；郝宇翔 译
--成都：四川科学技术出版社，2020.6
（世界科幻大师丛书/姚海军 主编）
书名原文：Starmind——The Stardance Trilogy
ISBN 978-7-5364-9840-2

Ⅰ.①星… Ⅱ.①斯…②珍…③郝… Ⅲ.①幻想小说-加拿大-现代 Ⅳ.①I711.45

中国版本图书馆CIP数据核字（2020）第097969号
图进字：21-2020-242

世界科幻大师丛书
星辰之思
"星辰舞"系列 Ⅲ

出品人	钱丹凝
丛书主编	姚海军
著 者	[加拿大]斯派德·罗宾逊 珍妮·罗宾逊
译 者	郝宇翔
责任编辑	宋 齐 姚海军
特邀编辑	吴玲玉
封面绘画	王云飞
封面设计	施 洋 姚 佳
版面设计	施 洋
责任出版	欧晓春
出 版	四川科学技术出版社
	四川省成都市槐树街2号出版大厦 邮政编码：610031
开 本	140mm×203mm
印 张	10
字 数	220千
插 页	2
印 刷	四川省南方印务有限公司
版 次	2020年7月成都第一版
印 次	2020年7月成都第一次印刷
定 价	42.00元

ISBN 978-7-5364-9840-2

■ **版权所有·翻印必究** ■

■本书如有缺页、破损、装订错误，请寄回印刷厂调换。
厂址：四川省眉山市彭山区彭祖大道南段135号 邮编：620860

第一部分

第一章

马萨诸塞州,普罗旺斯城
2064年12月1日

  就连其他作家也认为蕾雅·帕伊乔是个怪人。但是有些东西是普世的:就像她大部分同行一样,蕾雅有那么几部最出色的作品都是在浴室中完成的。

  而这是她最喜爱的一间浴室。在进去之前,她在门口驻足,仔细地查看了一番。自从孩提时代起这里就一直这样,时间流逝和时尚变化几乎没有给它带来任何变化。

  没错,它现在有了一套现代化的马桶和沐浴设备;但有些地方依旧保持着老派风格。比如她对面的那堵墙,就真的只是一堵墙而已,没有任何多余的装饰。既没有挂任何东西,甚至没法改造成一面镜子。在洗手池上方挂着一面真正的镀银玻璃镜:由于不够平整和纯净,镜像总是带着斑点,而且还有些扭曲变形。在镜子和洗手池之间略微偏左的地方有一个小挂件,以前是用来挂牙刷和一个细菌大肆繁殖的塑料杯的。在靠左一些的地方是一个老式的铸铁暖气包，已经有几十年没有用过了。水池上有两只原装的机械水龙头，没有像现下的最新款一样自带精准的刻度，使用时你必须伸出一只手调整流速和温度。在水池后方设有一个用来放置一大块烂肥皂的凹陷。挂在洗手池下方的是一件真正的古董，在2064年已经不多见了：一只用来挂厕纸卷的弹簧厕纸架。（当然，现在已经没有人用这种过时的东西了——然而在别人将其淘汰了好多年之后，这里依然放着一个。鱼奶奶坚持那样做。尽管她已经退了一步，接受了现代如厕方式，还是坚持在一旁摆上一卷来自石器时代的手纸，"以防万一"。她总是觉得机器可能发生故障。）每当蕾雅看到那只厕纸架，她就想发笑。

事实上，这个房间几乎就是它所在的这座小城的缩影。从早年起，普罗旺斯城就总是在时代的进步面前执拗不前，极不情愿做出相应的改变，还假装一切如旧。这已经成为这座城市的——其实也是位于鳕鱼角的大部分城镇的——知名商业标签……人们的日子也因此相当富足。哪怕"科技进步"在这些日子里已经不再像曾经那样，被当成一个污秽的字眼，还是有人甘愿为营造一个所谓"更纯粹简单的时代"的幻觉而大掏腰包。P城——当地人都这么叫它——简直就是为这种生意量身打造的。

她走进浴室，关上门。这里没有电脑、没有电话，排气扇也不大好用——她正可以让蒸汽盖住镜面——而且没有任何声控设备。这里是家庭人工智能无法涉及的地方，那些原本应该用于服务的机器，在这里都成了聋子、瞎子和哑巴。透过墙，她可以清楚地听到外面刮起的风声。蕾雅比自己想象的更热爱这个房间。至少有三本书的情节都是在这儿构思的，还有一千首诗歌、歌词、随笔以及短篇小说。十五岁的时候,她就是在这间浴室里与天主教会决裂的……当时,她就坐在那台橡木制的马桶上!

就像现在,一个精彩的故事开始在她脑海里成形——

她半眯着眼睛,看起来心不在焉的样子,迈开步子朝马桶走去。那个故事的思路也跟着她,让她的脉搏有些加速。她尽力地不去理会这个想法,只是撒尿,让马桶洗净并吹干下身。接着她走到洗手池边,含了一口漱口液,咕噜咕噜地漱口之后,唰地吐入水池,声音响亮。但这声音并没有打断那个故事。

她继续无视它,只是观察镜中的自己:她离四十岁还有两三年时间;有着被别人称为"闪亮"的黑色头发和眼睛,皮肤则是添加了几滴奶油后的淡咖啡色;还有那充满异国情调的葡萄牙人的面部特征——这让蕾雅想起二十世纪还是个小女孩的鱼奶奶的2D照片——而那样的相似感在她身着老式睡衣和浴袍这会儿更显强烈。她拧开水龙头,把水朝脸上拍去,尤其蹭了蹭眼角、面颊和嘴唇,就好像残妆能被洗干净似的——那是她自孩童时期起就养成的习惯,丢不丢掉都无关紧要。她的孩子考利已经入睡,而丈夫兰德也并不需要她尽快回到卧室;她有足够的时间继续玩味这个构思。她再简短地思考了它一下:大概可以写成一个短故事,没法过于拉长——但是她知道自己一定能写出来一个好故事。

对于蕾雅这样的作家,情节、主题甚至人物都是次要的,这些只需要运用想象力来编的元素,只是为充实整个故事的需要服务而已。对于她来说,一则故事的核心——能推动她、让她有能力创作整个故事的那个灵感——永远都是能给人带来不同寻常的煎熬的"悖论"。就像她的一位教授曾经下过的定义:"两个同样急迫、同样必要的议题之间的冲突。"这种"悖论"恰似发生在两块坚硬岩石间的碰撞;把两难境地想象成一只犄角,而将人物暴露在最锋利、最尖锐的那一端。如果主人公怎样选择都错,一个好的故事就这样产生了。一旦缪斯给了你这种绝妙的灵感,接下来你需要做的,就是选一个最难应付这种两难困境的人,让他受尽灵魂的煎熬;再然后,你就可以发展出故事的主题,进而丰富情节脉络。

比如说,现在这个构思……

这是她在走进浴室之前简短地回忆以往时诞生的。闪过她的脑海的片段是在很久以前的某个晚上,十五岁的蕾雅独自在这个房间里下定决心:她不害怕——该死——天主教都是吓唬人的,世界上也没有上帝。成年的蕾雅想起了那个晚上,"天主教"在多来以前第一次钻入了她的脑袋。她也想起了一桩凄美的悲剧——她虽然一直知道这件事,但却从来没有从戏剧的角度对它加以探索、利用。

故事的主人公是唐尼·汉森先生以及帕蒂。她想不起来帕蒂的姓了。汉森先生是蕾雅的主日学老师。那时他二十三岁,帅气迷人,并且对他的信仰极其虔诚;班里的所有女生都迷上了他,但也都知道在他身上花费的所有心思是毫无希望的。显然,大帅哥唐尼(她们私下里都这么叫他,一边说还一边咯咯地笑)无可救药地爱上了帕蒂。她也是二十三岁,也一样美丽、一样虔诚,也为他的魅力所倾倒。他们在一起真是一道美丽的风景线,俩人的爱恋看在眼里美好极了,事实上,汉森先生班级里的女生甚至原谅了她的存在。

然而,在他俩婚礼前的一周,帕蒂宣布她受到了上帝的召唤,要成为一名修女。

还是少女的蕾雅就已经看穿了汉森先生的进退两难。他从头到脚都是一名好天主教徒。他所遵守的教条甚至不允许他感到悲伤。他不仅不能与帕蒂争辩，改变她的心意……就连想要与她交谈都不被允许。为他的爱人和神赐给她的特别恩惠感到开心是他精神上的义务。他所在的教会有种专门的说法来形容这种事：她的爱人为了基督耶稣抛弃了他，而他必须在放弃未婚妻的同时保持微笑。

她每天都能看到大帅哥唐尼像僵尸一样在P城里丢了魂似的游荡，脸上挂着僵硬的微笑。那正是蕾雅放弃信仰的开端：她拒绝相信竟然是那样一位虐待成癖的上帝创造了宇宙和蝴蝶。而这会儿，她想的则是：我怎么从来没有想到把残忍得这么漂亮的悖论发展成一则故事呢？

她发动头脑风暴，聚精会神地酝酿这个故事。要如实书写整个故事吗？不，她多年以来的经验告诉她，在讲述故事时，对它加以改编总能带来最好的效果：改编的过程能告诉你哪些最为重要的情节需要完整保留。另外，这样做也把艺术与纪实新闻明确地区分开来。比如说，她是从天主教的角度来入手呢，还是把它换为另外一种同样死板的信仰？比如说信奉独身主义的神职人员……嗯，这年头这种人可不多了。不过话说回来，天主教徒也没多少了。也许这篇故事根本不需要包含宗教元素。但是如果那样处理的话，还有什么能给人带来同样不可承受的重负呢？

她试了试一个老办法，把整件事情浓缩到一句呐喊中：在吞下残酷的现实时，主人公痛苦的独白（哪怕只是在内心中）。暂且先把其他事情抛在一边。好了，大帅哥唐尼呐喊的是什么呢？

我的爱人啊，你怎么能前往一个我无法追随你去的地方？

想出这句话之后,蕾雅的思路豁然开朗,她顿悟了这则故事真正的主题……也意识到了自己没法下笔写这则故事——不管她如何用戏剧化的技巧来装饰它。至少现在还不能。好吧,也许永远都不行。

她不再去想这个故事。直到她知道结局该怎么安排为止。

她来到窗前——这让她想起自己是个小孩子的时候,每年十二月来到窗前都会感到一阵突如其来的寒风——拉开古旧的窗帘,朝窗外的黑夜望去。风景令人心怡。从P城各式建筑的房顶上远望过去,八十五米高的灰色大理石制"朝圣者纪念碑"的轮廓在夜空下格外清晰。月亮在石碑的一侧升起来,才只有它一半的高度,仿佛离它只有几米远。

两者并排之景有一种诡谲的美感,是P城最具特色的魔力一刻。蕾雅开始将注意力集中在调整自己的呼吸上,它对清空自己的头脑很有帮助——那个迷人的故事思路、正在困扰她的问题、白天的琐事,以及对自己的拷问统统消失了。她出神地看了好久窗外的景色,久到足以看出月亮相对于纪念碑爬得更高了一些。

很久之后她才回过神来,关上了窗帘。她感觉自己又变成了那个曾在这个房间里、这栋建筑中以及这座城中长大的小姑娘。不,这种感觉远比那时更深厚、更丰富,她仿佛能看到更久远的过去,她的家庭,她的祖先,在这座小城中度过的日日夜夜。帕伊乔家族世世代代都以捕鱼为业;在八九代人以前,老弗兰克·亨里克·帕伊乔在1904年一个寒冷的早晨乘着两座的小渔艇,叛离了一艘停靠在纽芬兰海岸的葡萄牙籍的捕鲸船。他和搭档路易斯·托马斯在大雾中迷航,但奇迹般地活着抵达了布雷顿角的格雷斯湾①,在没有任何正式通关文牒、没走任何官方程序的情况下成功登陆。他们还设法走陆路越过了美加边境,一路沿着海岸线来到了马萨诸塞,并最终在P城落脚。那里的鳕鱼捕捞业和他们听说的一样好。在五年左右之后,两个男人都把家人从葡萄牙接来,并且在新大陆定居。建立起他们的渔业王朝。朝圣者纪念碑那时正在修建中。

蕾雅觉得老弗兰克的妻子玛丽昂一定也不止一次地见过纪念碑和月亮如此搭配的景色,也忍不住想要倾听她的祖先回响在此地的念想。但她只听到了外面晚风叹息的声音。

她也随着晚风叹了一声,回到了镜子前,拿起一把梳子理了理头发。她已准备好就寝,回到那张有兰德的床上。他回家已经一个月了,而她才刚刚适应有他在身边的生活。每个家庭都应该有一个丈夫。她按下墙上的开关,把灯关掉,然后离开了卫生间,沿着短短的走廊朝卧室走去。当她打开卧室门时,她还在脑海中欣赏着清冷的星夜中纪念碑与月光舒缓的双人舞。然而,开门之后迎接她的是正午时分的新墨西哥州沙漠。

蕾雅有些猝不及防,惊得倒退着关上了门。视野广阔得要命,沙漠一眼望不到尽头,和突如其来的光亮一样,令她顿住了脚步。地平线远得难以想象;远方的高处有一抹黑暗的东西,往下方倾泻着一片紫色。她意识到那是一场足够灌溉整个县的暴雨。在她和地平线之间是无尽的、色彩鲜明的沙漠,小块的丘陵和张牙舞爪的岩石点缀其间;另一侧是生长着灌木的小山包、众多的仙人掌以及一片干涸的水塘;摆在她面前的则是一片绿洲,中间是一汪天然形成的泉水。在绿洲上有一张床;它有着老式

---

① 布雷顿角是位于加拿大新斯科舍省的东北部的一座岛,离大陆极近。格雷斯湾是岛上的一座小镇。

的木制床架和一台拱形的硬橡木床头，上面铺着一张厚床垫。在床上半躺半坐着的是蕾雅最爱的全息成像明星之一，他身高接近两米，皮肤的颜色和她的一样深，并且闪着光泽——要么是因为体表的汗液，要么是因为擦了油。他只穿着黑色的丝质三角内裤，朝着她伸出拿着水壶的手，露出了诱人的微笑。

她这才发觉自己确实口渴了。这片沙漠里可真热。她走上前去，接过了水壶。递来水壶的那只手是温热的——也就是说，他是真的。水是冷的，纯净、甘甜。近看起来，他变得更迷人了。她把水壶递回去，他挪了挪，在床上给她腾出了位子。她任由浴袍从肩部滑下，一直落到黄沙之上。在她把睡衣也脱下，任其落在沙面上的同时，他的目光则在她的身上打量着。她把双脚从拖鞋中解脱出来；沙漠踩起来莫名有种毛茸茸的感觉。她转了一圈，领略着在所有方向都向远方无限蔓延的寂静、寥廓的沙漠，然后跳上了床。那让床垫颠了起来，迟迟不曾停下。

沙漠上空的阳光温暖地照在她的后背、屁股和腿上，让她在事后几乎直接就进入梦乡了。但是脑内的一个声音及时唤醒了她，并让她轻推了一下身边的名人伴侣。不如赶紧把事情都说清。"美妙极了，亲爱的，"她带着睡意说，"所有的一切都是。但是，你当真吗——紫色的雨？"

他那著名的外表逐渐消退，变成了她所熟悉的丈夫的脸庞。他的头发渐淡，变成了红色；肤色也淡了下来。"不，不，我可没骗人——我见过紫色的雨，就在圣塔菲①城外，印第安人村落群附近。就是那个颜色。我一直都想让你也看看。"兰德慵懒地伸出一只胳膊，对着空气做了些复杂的动作，随后沙漠上空的烈日的亮度便大幅度地减小了——在这个过程中，它从未离开过

---

① 圣塔菲，美国新墨西哥州首府。

天空正中的位置。这个效果算不上日食；只是相当于日落。暮光下的所有阴影似乎都发生了错位。视觉上的变化让温度似乎也降低了一些。或许这也是他的杰作；他俩一同钻到了被窝里。

"我很开心你能为我重现它，"她依偎着他说，"那景象美丽极了。"她环顾了一周黄昏中的沙漠，注意到了他对所有小细节的卓越展现。一只鹰在东方的空中威风地滑翔着；结构复杂的仙人掌花没有任何两朵是相同的；绿洲的水面似乎在风的吹拂下泛起涟漪。一缕缕闪电在远处紫色的雷雨中划过天空，位置随机得十分可信。"这是你目前最好的作品。音乐创作也进展得一样顺利吗？"

他摇摇头，说道："目前只是有些想法而已。但是视效基本成型多少有些帮助。"

"肯定有用。你给我的礼物太漂亮了，真的——整套全息成像表演，还有刚才的性爱。谢谢你。"

他露出了灿烂的笑容，"不用谢。能让你喜欢，我再开心不过了。"

"我非常喜欢。所以……你是有什么事想求我？"

"求？"他无辜地问道。

她怀疑他有求于她的唯一原因，是她的丈夫完全没法在她面前掩饰任何重要的事情，至少在做爱的时候不行。但是她又不能让他知晓这一点，所以编了一条逻辑链。"今天既不是我们的结婚纪念日，也不是我的生日。我不随手记录发生在咱俩之间的事，但是我觉得我最近对你并没有特别好。你不可能在搞婚外恋；你根本就没有时间。你给我的礼物美极了，我也非常感谢你，那么——"她笑了笑，戳了戳他的肋骨，"——你想求我的事是什么？"

他张开嘴巴,似乎想要说什么,但改变了主意,再次朝床边的空气伸出胳膊,在他那隐形的键盘上敲了一些新指令。沙漠消失了;除了床和他俩以外的一切事物也不见了踪影。两个人一下子就来到了太空,被无尽的黑暗和其间耀眼的星辰包围着。两人在其间缓慢地翻滚着,头脚不停地改变着位置。他们处在高地球轨道:地球游入了视野,巨大的蓝色星球被糖霜一样的云层包裹着。幻想太逼真了;蕾雅感到她自己抓紧了床,以免飘走——尽管她知道这只是虚拟的。突然间,旋转中的宇宙中奏起了音乐。那当然是兰德创作的第四交响曲,对她来说就和自己的名字一样熟稔。在几个小节之后,他做出手势,关闭了音乐,只留下视效。

她的心跳骤降——她突然明白了兰德模拟出如此逼真的太空环境的原因。"但是——但是你还有八个月才再次去太空呢——"

"局势已经变了,亲爱的,"他说,"我的意思是,真的变了。坐下。"

"坐下?我已经躺下了,你他妈的说什么呢?"

"你知道我是什么意思。"

她重新躺好。"好吧,我做好了。继续说吧。"

"我哥给我打了个电话。就我刚才在海边的时候。"

"哦?杰伊还好吗?别管这个,我一点都不关心他怎么样:他说了什么?"

"普里芭拉搞砸了。事情有点严重。她讨厌宇宙,顾客们也讨厌她,就连公司都讨厌她的作品。不过,最重要的是,她说自己无论如何都没法适应太空。没办法,她生来就是个必须依赖直角坐标才能生活的人。因此,她干脆举白旗认输了事……就算她不这么做,他们也想将她赶回了。"

蕾雅很是不解。她觉得这件事情一定有什么蹊跷,但是还没能想出一个能把整件事都解释得通的缘由。"那是好消息,不是吗?现在只有三个人在竞争——"

"不止如此。"他说道,面色看起来不大自然。他鼓弄了一会儿不可见的控制键盘,直到他俩的翻滚减慢、停歇为止。二人周围那片有着星光点缀的宇宙静止了下来。

她深吸了一口气,"跟我说说吧。"

"比赛已经结束了,"他说道,"我赢了。"

"什么?"她失望地喊道,"你赢了?"

都怨她把强调放错了位置。如果她说的是"你赢了"的话,他俩根本不会吵起来。至少那晚不会。

兰德是一个肥差的四位竞争者之一:在堪称传奇的清水酒店做艺术指导兼驻店成像/作曲师。清水是远地轨道上的第一家酒店,目前为止也仍有着傲视群雄的规模。这个职位的创立者和首位任职者威廉·纳尼已经出色地工作了五十年,直到一年以前,他和原本已经拟定的继任者在月球附近度假时,两人都不幸在一场离奇的爆炸事故中身亡。在一夜之间找到一位有着和威廉·纳尼相同地位的艺术家是一项艰巨的任务:酒店管理层最终把候选人缩减到四位,之后便迟迟无法做出最终决定。他们决定推迟遴选过程,先给每个人三年试用期。第一年很快就要结束了:四位候选人需要轮流前往太空,在清水酒店驻店三个月。兰德抽到的是第三顺位,在一个月前出色地完成了任务;第四位、也是最后一位作曲家香德拉·普里芭拉这会儿本应该刚刚进入她自己的驻店期的第二个月。

但是，事实证明普里芭拉是一位"垂直人"。也就是说，她是那些罕见的无论如何也没法适应太空的少数人之一。在长时间的太空生活中，她无法调整情绪，保持理智。只在失重环境下生活了一个月，她就匆忙取消了合同，提早回到了地球，并且支付了巨额违约金，在创意界颜面尽失。

那倒是加速了清水酒店管理层的决策过程。一家酒店必须有娱乐服务；表演也必须继续进行下去。驻店编舞师——兰德同母异父的哥哥杰伊·佐佐木——需要一位成像师来搭档。普里芭拉留下的空位必须有人来填；不管是谁，越快越好。他们本来只需要把轮值计划提前，让之前抽到第一顺位的沃尔夫加·玛祖斯基提早两个月回到绕地轨道，进行第二轮的三个月考察轮班，之后第二顺位和第三顺位也依次提前两个月。但是玛祖斯基有其他项目缠身，另一位竞争者桑德拉·穆·崔也一样。

只有蕾雅的丈夫有空。

但是兰德刚刚从太空回家。马上返回太空再待上三个月意味着他一年中有六个月都在失重环境中度过：那很有可能让他永久性地适应这个新环境——通常情况下，要彻底转变为太空居民，差不多需要十四个月时间……但是某些不可逆的代谢变化一般来说开始得更早。如果他们让他现在就接替普里芭拉，就意味着竞争即将终结：为了避免陷入一场天价诉讼之中，他们必须把这个职位交给他。

清水的管理层没有选择的余地。而且在第一轮时，兰德是四位候选人中最受欢迎的一位。因此，他们通过兰德同母异父的哥哥杰伊递来了消息。如果他愿意的话，工作就是他的。随之而来的还有极为丰厚的报酬、让人艳羡的福利、陡升的社会地位，以及提供给他们一家的、位于自家酒店内的奢华住房。住所待遇会持续终身——那正是他们需要它的时限。

搬家这件事,蕾雅就连想一想都讨厌。

而且就算她真的要搬家的话,太空也是她最不想去的地方。那意味着自己只有一张单程票,再也不能回地球。在太空待上十四个月或更久,你就必须得永远在那里生活下去了。想都不要想有朝一日能够再次回到故乡……

更糟糕的是,兰德明知这一切意味着什么。在十年以前,他庄重地向她保证,他永远都不会要求她搬出她深爱着的P城、她的房子、她的家庭、她的根。那可是他俩结婚的条件之一。

当他第一次提及这份工作的可能性时,她既惊讶、又心痛。但是她并没有提醒他当初他许下的诺言……部分原因是她爱她的丈夫,也知道他有多想要这份工作;更大的原因是她知道兰德不可能得到它。她从一开始就很清楚这一点。首先,他和杰伊之间的血缘关系就不利于他——不满的输家们大可以拿徇私大做文章。另一个原因是他是四个候选人中最具天赋的一位——从以往来看,这常常反倒是个短板。她觉得他会输最主要的一点是,目前为止他是与政治最绝缘的一位,这往往基本上就是一个"死亡之吻"。

讽刺的是,它们反倒助他锁定了胜局。玛祖斯基和崔身后都有一群有权有势的、极为擅长内部斗争的朋党;双方互相终结了对方对这块香饽饽的争夺。兰德是唯一一个让每个人都能(勉强)接受的选择。但蕾雅一直以为兰德会输,才会如此不明智地对他说了那句:"你赢了?"

接下来的那场争吵作为一种用来转移话题的方式确实令人满意;整整一个小时之后,他俩才开始争论已经避免了一年多的真正问题。

"真该死,蕾雅,你倒是告诉我:太空到底有哪一点那么糟糕呢?"

"太空他妈的有哪一点好呢?"

"你在开玩笑吗?无菌的环境、纯净的空气和水,几乎每一天都有完美的天气,没有犯罪、没有污秽,还能拥有更长的寿命,还有消失了的体重!你不知道,宝贝,你在上面再久也不会生厌;在太空里,一切都那么轻松、那么便捷、那么平静!没有一件东西重到举不起来,没有一个人孱弱不堪,你的后背也永远都不会痛!哦,还有那份自由!你会从无聊中彻底解脱,也不会被'上'和'下'严格地区分。你在那里可以真正地做出改变——在三维环境中生活!你能利用一个房间内的所有空间,而不只是下半部分。你能在任何时间从任何角度观察事物,还可以松开一样东西,而不用担心它会被重力牵引,在你脚下摔碎。以上所有的理由合起来,再加上一群更上档次的邻居和上帝所创造的最壮观的景象,听起来可一点也不差。"

"对我来说糟糕透了!每天一样的天气?你说的第一条是'无菌环境';它完全总结了太空里的状况。生活在一个被寒冷的真空包围着的微小、无菌的罐头里,呼吸着罐装的空气,还得朝着一台吸尘器里撒尿。考利怎么办?一个八岁的孩子在太空里上哪儿去找玩伴?想象一下永远都没法外出散步,再也没法淋雨,再也没法让雪花落在身上,再也没法看到日出——"

"在清水酒店,太阳每天升起十四次。"

"那不一样,你明知道——"

"对,当然不一样;那里的景色更好——"

"你放屁!"

"你他妈的怎么知道的呢?你在太空只待了三整天!我跟你说,我在那里生活了三个月,十分确定那里更好。"

"也许那里的日出的确更好,但是那毕竟不一样,真他妈该死。"

她的愤怒让他畏惧了三分。在几秒钟的沉默之后,他敲起了控制面板,让宇宙再次绕着他们旋转起来。"就算不一样,又有什么不好呢?"

她恼火地越过他的身体,摸索起键盘来。在找到它之后,她干脆直接退出了整个全息成像程序。一眨眼,二人就回到了P城那间洒满了月光的复古、舒适的卧室。"我们现在所有的又有什么不好呢?"她一边哭着,一边指着周围的硬木地板、蕾丝窗帘、絮了棉的被子、贝雕、弗兰克·帕伊乔用过的气压计以及墙面上挂着的、已经开始褪色了的鱼奶奶和意面奶奶的照片。

他环顾四周。它们都代表着此时已成为牢笼的婚姻,代表着两人共同的生活。当他再次开口说话时,他的声音柔和了许多:"我们所有的很好。你也知道我很爱这个地方。但是它并不代表我们可以拥有的一切。"

"对我来说就是我的一切!"她说道。哦,我的爱人啊,你怎么能前往一个我无法追随你去的地方?

他闭上双眼,深吸了一口气,祭出了自己的秘密王牌,"对我而言不是。"

她抓紧他的双肩,也打出了她的那张王牌,"你保证过的,兰德!当初你向我求婚的时候,你保证过的……"

他无话可说,因为那是实话。她毫无争议地抓住了他的把柄。现在,争论在事实上已经结束。她赢得了这场争吵……

……并且扼杀了她深爱的丈夫千载难逢的职业和个人机

遇,断送了他本可以成就辉煌的前程。

他点点头,朝右侧转过身去,背对着她。"你说的没错,我没什么好反驳的。"他平静地说道,并且做出准备睡觉的样子。但是他的肩胛骨分明还在不停地抗议着。

她盯着天花板,享受着自己的胜利,尽管很快便没法再忍下去。过了一会儿,她尽可能地让自己听起来持中立立场,说道:"不管怎样……考利上学的事要怎么办呢?"

他用肩胛骨表达抗议的举动消停了。

"这个嘛——"他终于开口说道,同时朝她转过身来。

第二章

当然了,兰德·波特已经等那个问题很久了。如果他接受那份工作的话,他们八岁的女儿会得到更好的教育;蕾雅在问问题时就已经知道了答案。凭他的薪酬,他们将有足够的资金来把考利送到地球之上或者之外的任何一所学校,使用最大的网络带宽;而且无论她想要多少专业的培训,都能轻松得到。该死,如果他们有意的话,甚至能用商业航天飞机把老师们运到太空。而且蕾雅自己也会享有无限的网络访问权。

他还补充道,所有这些都只是额外的福利而已——他丰厚的工资完全可以让他们轻轻松松地付得起任何一样。完全医疗服务是另外一项类似的福利。因此积攒的曝光度只会助长蕾雅在文学界的名声。兰德强调了所有这些优点,甚至没有挑明这些东西对他而言同样重要。

如果他接受这份工作的话,他就会比蕾雅挣更多的钱,也会比她更著名。这可会是自从他俩相恋以来的第一次。

但他不能挑明。他俩一开始就决定永远都不提这种事;二人那时的确并不在意这点。因此,他现在也不能开口。

"事情还没有到无法挽回的地步,两个人都为对方妥协一点点不就好了吗?"他绝望地建议道,"比如说向通勤婚姻转型?我可以接受那份工作,你可以在每六个月中在太空中待上三个月。很多人都这么做,如果两个人中只有一个人愿意成为太空人的话。"

"好啊,"她说,"这法子对于你哥来说效果可真不错,是吧?"杰伊与一名不愿意成为太空人的舞者伊森保持了五年多这样的恋情。但是,在大约六个月以前,伊森从火岛①发来了一封传真,写着"亲爱的杰伊,我撑不下去了"。直到现在,杰伊破碎的心都还未愈合。

"我们之间的关系比杰伊和伊森坚韧得多。"兰德抗议道。但是,在自己的心里,他并不确定——土拨鼠和太空人之间的婚姻统计数据可真让人沮丧。

直到两人都疲倦不堪时,才决定睡醒了再议。

·

早晨五点整,他悄悄起床,没有把她吵醒,穿过走廊来到了他的工作室。几串旋律在他的脑海中互相缠绕、追逐着,但是当他开启合成器时,却没法把它们单独区分开来。那些旋律甚是喧闹,执拗地组成了一支如争吵一般的不和谐音乐——那也恰恰是他心中的感觉。

于是,他来到厨房,却发现自己并不饿;当他转而前往浴室,又发觉自己并不需要小解。他重新戴上了耳机,却清楚地意识到不想听自己的任何前作。他上楼来到了考利的房间,而她也不需要人给她披被角。在他俯身吻她时,一滴眼泪落在了她那稍微泛红的金发一旁的枕头上,让他大吃一惊。他赶紧回到了楼下,在起居室里尽可能安静地哭了起来。在心绪平复之后,他

---

① 火岛是位于美国纽约长岛南面的一座岛屿。

擦干眼泪，擤了擤鼻子。

他需要什么呢？

这个问题很简单。他需要有人告诉他，他并不是一个自私的混蛋。

他已经对她许下了诺言。更糟糕的是，那个承诺并不是他随随便便许下的。当然，他并没有预想到如今的状况，但是诺言就是诺言。无论如何，他都一直爱着她——

但是这份工作是他在十年前无论如何都想象不到的。他怎么可能预知到今日的状况呢？这份肥差可真是让人难以抗拒……

真的吗？有什么如此难以抵抗呢？薪水自然会十分丰厚。不过，尽管两个人的经济状况自结婚以来一直只有中产水平，但并没有过过一天穷日子，也从来没饿过一顿饭。世界上总归有其他工作。的确，这大概是唯一一个不支持远程创作、要求他们必须从P城搬走的工作。它也一定是唯一要求他们永远地远离故乡的那个。这份该死的工作到底有什么好的呢？

非常重要的两点是：它是他的职业领域内最有地位的岗位，也是世上所有工作中地位最高的之一。而且这份工作会让他有史以来第一次成为这个家庭的顶梁柱。

因为那个原因打破当初对你的妻子庄重许下的诺言可不是什么让人骄傲的事情……

不，真该死，还有更多优点。这份工作能为他提供最丰富的创作机会。他从没像在过去的三个月中那样辛勤地工作过……也完成了他个人最优秀的音乐和成像作品。和他同母异父的哥哥杰伊的合作十分令人兴奋；尽管杰伊比三十五岁的兰德老上了十三岁，他俩的头脑却能一拍即合。

你看：你老婆会稍稍伤感一些，但是你的事业会取得进展……

原因还不止这些。他能在清水酒店拥有更好的工作状态并取得更好的成果，部分原因是太空那让人心跳停止的壮丽，是零重力的庇福。太空和普罗旺斯城一样富有魔力，只不过方式不同；它反而更有魔力一些。蕾雅一定能够意识到这一点，欣赏这一点，就像他一样。

现在也只能希望如此了……

不管怎样，P城又有什么好的呢？没错，它是很美；它的美也久经时间的考验；它魔力无限。比如说，他此刻所坐的摇椅：美丽、经典、富有魔力。但是它发出的噪音就像来复枪射击时一样，而且这把椅子永远都稍微朝一侧倾斜着，没有垫子也并不舒服，何况每当你稍微改变身体姿势，垫子几乎都会滑落。就算它是蕾雅的曾祖母传下来的，那又怎样呢？就算还是婴儿的蕾雅是在这把椅子里吃奶的——还有考利——那又怎样呢？

蕾雅不愿意去太空的原因，此刻就在这里环绕着他——它挂在每一面墙上，也位于几乎每一块平整的表面上。其中包括帕伊乔家族八代成员的照片，最老的一张要回溯到成像技术的发展初期，从弗兰克船长和玛丽昂那张已经褪色了的黑白银版照片，一直到他、蕾雅和考利的目前处在暂停状态的全息可动相片。那些照片里有上百名帕伊乔和他们的亲属们，背景则有几十种……而且每一张照片的背景中都有P城的某个角落。美丽、经典、富有魔力……

在壁炉架上摆放的更近期的帕伊乔家族成员的照片中，有一张兰德的父母，艾格尼丝和汤姆的全息照片。二人离婚前拍摄的，背景是新泽西州的纽瓦克。

作这样的思想斗争毫无意义：他知道自己渴望这份工作，恨不得立马搬到太空；至于他为何如此渴望，似乎并不需要追根究底。然而，他还是在内心拷问着自己，仿佛在赎罪一般，无穷无尽地在心中重演着那场争论，直到它进入了无限循环播放模式。

我想成为一位伟大的成像师。这个想法有什么不对吗？

正在他觉得自己的大脑即将爆炸时，现实中一个八岁女孩三十五公斤的体重像一吨板砖一样砸到他的大腿上；小女孩大喊了一声"嘿！"，反倒让他的心濒临爆炸。日光和他的女儿一道爬上了他的身躯。

"我吓到你了，爸爸！"她高兴地说，"我吓到你了，不是吗？"

有那么一瞬间，他几乎想为了考利而抽打自己——你怎么能逼一个孩子陪你去太空开创事业呢？——但是他及时转移了注意力，伸出双臂抓住了她，站起身来。"当然了，宝贝。"他抱紧她说道。

"你抓住那家伙了吗，爸爸？"

"哦？"

"就是让你困扰了一整宿的东西。你抓住它了吗？"

"哦。呃……还没有，甜心。我瞄到了它一眼，但是它逃走了。"

"别在意，"她说，"你下次肯定能抓住它的。"

她的乐观以及对他的不加怀疑的信心让他振作了一些。我不能做一个混蛋，他想道，我从来没有骗过她。他将她抱得更紧了，她则兴奋地叫了起来。"爸爸一定可以的。"他说，"好了，现在咱俩去找点东西吃吧。"

"我来做早餐。"她连忙说。她对他的信任毕竟还是有上限的。这一点反倒令她显得更加诚实可信了。

"没问题。"他再次同意道。

她也的确做了比他掌勺的成果更美味的早餐,尽管多少有些手忙脚乱。正当她忙活时,蕾雅来到了厨房;她穿着浴袍,静静地站在门口看着眼前的情景,尽量不笑出声来。考利拒绝他俩中任何一个人搭手或者提供指导。当他们全体坐下来享用早餐时,今天似乎已经定好了快乐的基调。蕾雅的双眼毫无防备地与他的交错;那个问题仍然拦在二人之间,但是他们可以暂时把它抛到一边。

吃完饭后,倒是蕾雅开了口说:"考利,坐下。你今天得晚点和玩伴们见面了。我们要和你讨论一些事情。"

"噢,妈妈,必须得这会儿谈吗?莎拉今天会把她的猫带来。她发誓它长了大拇指!"

"没错,宝贝。这很重要。"

"有四个拇指!哦,好吧,请继续说吧。"她再次坐下,只是有些烦躁不安。

蕾雅把皮球踢给了他,"兰德?"

他清了清嗓子,"考利……你有没有想过……住在别的什么地方?"

"你是说我又要去奶奶家了?这回多长时间?"

"不,亲爱的,我不是那个意思。我是说……我们三个人一起从这里搬走,到一个新家去住。"

"不回来了吗?"

"没错。永远都不回来了。"

他的话似乎并没有吓到她。"去哪里?"她的问题很实际。

"好吧,还记得我们那次去见杰伊伯伯吗?"

她兴奋了起来。"你是说,去太空吗?而且在那里住下去?

在那家酷酷的酒店里吗？哦，哇哦！"

"你真的那么喜欢那里吗？"蕾雅吃惊地问道。

"对！没错！就是！当然！①"考利说道，"太空中的我再也不渺小了！"

父母二人都惊讶得笑了出来。

"真的呀，"她坚持说，"我在那里可以摸到任何东西，可以直视大人们的双眼；我和所有其他人都一样强壮，一点也不笨拙。另外，那里多有趣啊！我们什么时候去？"

就连兰德都被此般热情的支持震惊了，"但是，宝贝……如果我们在太空待久了，就必须永远在那里生活了，你知道吗？"

"当然。"

"哦……你不会想念你的朋友们吗？"

她想了想，"我还能给他们打电话，对吧？我们可以通过全息成像一起玩耍。而且他们有时可以亲自来找我玩。我也能交很多新朋友——我很擅长这个。"

兰德挤出了一个微笑，"嗯……没错，你是很擅长这个。但是你难道不会想……这座房子，还有P城……还有这里的一切吗？"

"还有海滩？或者大海？"蕾雅提醒她道。

考利朝四周扫视了一圈。"我想我会。但是如果我真的想念它们的话，你可以把它们变给我看，爸爸。无论如何，你是不能在这里玩六墙球的。我试过了。"

他都不需要看他的妻子，就知道她此刻看起来一定吓得不轻。她潜在的唯一盟友刚刚已经叛变了。他想伸出胳膊搂住她，但是却不知道那是否会让事情变得更糟糕。

---

① 四个表示肯定回答的感叹原文分别为俄语、西班牙语、德语和法语。

考利已经从烦躁不安变成了活蹦乱跳模式,"我能现在就跟大家讲吗,爸爸?我们什么时候出发,妈妈?我今天得好好打扮一番。哦哦哦,凯莉一会儿得嫉妒坏了——"

"先别高兴得太早,小姐。我们还没有做出决定。你妈妈和我还在讨论。"

考利并没有听他讲话。她的双眼已经流露出了狂喜之情。"等等——这意味着你得到那份工作了,是吗,爸爸?你可以和杰伊伯伯一起工作了!他们选了你!哦,我就知道他们会的!我告诉过你,他们会选择你的!"

蕾雅不情愿地眨了眨眼。

"我们去,去定了!我能现在就告诉凯莉吗?还有西格里德和鲍比?"

他俩这会儿的选择变成了带她去或者把她绑在地球上。"你最好还是先去穿好衣服。"蕾雅说。

考利低头看了看自己不甚齐整的睡衣,咯咯地笑了起来。"哦,好吧,如果你坚持的话。"她说完便朝楼梯跑去。还没跑到楼梯顶端,她就脱得一丝不挂了。

兰德和蕾雅四目相对着,都在等对方先说话,不管是开口还是做出个表情。

"我们得大笑。"他终于说道。

"哦,是吗?为什么?"

"因为如果我们把对方掐死的话,谁带考利去和玩伴们会合呢?"

于是,二人大笑起来。

"你们抓紧点,"考利从楼上朝下喊道,"赶紧去穿衣服!我就快准备好了!"

他们笑得更开心了,然后一道起身冲向楼上,同时喊着:"遵命,女士!马上就办,殿下!"

"我还是想不通你为什么想要在那里生活。"蕾雅在三十分钟之后说道。他俩刚把考利送到了西区的游戏小组,这会儿正坐在停了鲱鱼湾海边的车里。二人有一搭没一搭地看着八到十个穿着光滑的保暖衣在岸上舞蹈的"穿梭士",后者正迎着十二月的冷风旋转跳跃着。他们不断地倒下再起身,在倒下的瞬间立刻向上弹起来。兰德总是觉得他们像极了试图冲破一面隐形的天花板的群鸟。自从"穿梭士"成为一种怪异的潮流,像流行语一样飞速风靡全球以来,普罗旺斯城就吸引了无数这种人。P城一向都是各种非主流行为的圣地。

"那真是太蠢了,"蕾雅继续说道,"完全就是愚蠢的精英主义想法。我想不通为什么你不能靠视频通话远程工作,就像任何其他演出一样。他们只是有人类空间中最先进的全息成像设备而已。"

"清水酒店的全部意义就在于此,"兰德耐心地解释道,"顾客们也正是为此消费。那可是你能想到的最奢侈的消费方式。没有任何产品是预先加工好的,也没有任何产品是通过信号接入的——"

"我知道,我知道——就算是明星艺术家们,都得亲临现场进行表演,好让宾客们能与他们共处一室、面对面接触;那里有很多活儿本可以雇佣机器人来做,但为了证明他们能烧得起钱,实际上那些活儿都找了人类来做。有钱人的逻辑。"

"想要为一个地方创作艺术作品,你不可能不身临其境,"他说,"只靠远程成像模拟还远远不够。我也解释不清为什么,但是那绝对不够。如果真的能创造艺术品的话,我总希望是我自己亲自展现的,至少我总是想这么尝试一番。你知道的。"

"所以说你去那里待了三个月啊!那难道不够吗?"

这个问题相当有理有据。他试着在脑海中搜寻答案,但是想到的唯一理由只是:"太空不一样。"

"怎么就不一样了?"

"听我说,你去过那。"

"我在那里待过三天,没错。"

"足够有个初步印象了。告诉我:你记得那里是什么样子的吗?"

她开口想要回答,但是却又闭上了嘴。"不记得。"她终于答道,"我记得我是怎么跟别人形容它的。我也记得自己是怎么写它的。但是,你说得没错,我不记得。我不记得它是什么样子的,至少并不真正地记得。我对它有的只是一种飘忽不定的感觉——"

"如果你得写一首关于太空的诗,现在就写,能写出来吗?或者一则发生在太空中的故事?"

她的双肩无力地垂了下去,"我必须得回到太空去才行,短短的几天时间也肯定不够。而且我必须得在那里进行写作,或者一回到地球就赶快动笔。"

"那正是纳尼逼着董事会把'继任者必须驻店'的要求写成文字条款、加入了合同中的原因,也是杰伊逼着董事会在纳尼去世后兑现这一条款的原因。"

其实这些话都已经不是什么新料了。在一年多以前,当他最初成为那份工作的候选人之一的时候,两个人就已经有过这番交谈。有那么一瞬间,她看起来就像一只困兽,一边沿着来路后退,一边搜寻着之前可能被忽略了的逃生之路。他突然感到一阵愧疚。

她指了指大海、遮盖了半边天的云朵,以及那些协调地舞动着的疯狂的穿梭士们,然后转过身来,指了指位于另一个方向的P城。"所以,所有这一切……我们就应该永远地放弃这一切,来成全威廉·纳尼的艺术构想不被冒犯?"

她的问题太尖锐了,以至于他不得不在自己的回答中也回敬了一些恼火的情绪,"只有在我们一致决定我应该接受这份工作的前提下,那才会发生。"

她下了车,沿着沙滩走了不远的距离,在路上经过了那些不停转动着的舞者们。当她返回时,他的情绪已经平复,而她尽管穿着可感知温度并自动调节保暖程度的智能衣物,看起来还是挨了冻。那些穿梭士们终于也用尽了他们的魔力,四散开来,看起来轻松愉快。

"你看看这么做行不行,"兰德在开启空调,好让车内温度升回正常水平的同时说道,"我们试上一两个月的时间。我会完成普里芭拉的轮次。如果你实在讨厌太空生活的话,我就退出。"

"你又不能单方面违约!"

"该死,普里芭拉就这么做了。我会保留这个权利。如果他们那么想雇我的话,他们就必须得和我坐下来谈谈条件。我的要求再合理不过了,是他们在丝毫没有预先通知的情况下就打乱我的日程安排。就冲那个,我都有权向他们索要一笔巨额的补偿金。如果他们不喜欢我的条件的话,咱们就给玛祖斯基和崔一边发几只装满了大粪的袜子,让他俩打个你死我活。"

她想了想。"呵。两个月的时间既不足以让你彻底地变成太空人,也长得足够让我摸清自己对太空生活的态度……"

"我发誓,如果你想搬回来的话,我绝对没有半句怨言。"

这个缓兵之计并没能骗过两人之中的任何一个;他在她的眼神中看得真真切切。但是它让两人间的僵局变得可以忍受了一些。这个计划至少能为他争取一些时间。

"我们什么时候出发?"

"我马上给杰伊打电话。"

第三章

雅瓦拉
澳大利亚，昆士兰州
2064年12月2日

  大约就在那时候，在他们于地球表面上的对跖点附近，一位老——哦不，古老的——夫人关掉了她同样古老的小型CD机，用颤巍巍的手把耳机从发间扒拉下去，并且决定是时候睡觉了。或者至少得上床。她缓慢、小心地从摇椅中站起来；在脱下身上穿着的唯一一件牛仔短裤的同时，她不得不扶住椅子以稳住自己的身体。她穿过黑暗，蹒跚地朝床移去；当她终于走到那里时，便轻而易举地蹲下了身体。她伸出双手在床下摸索了一番，拉出了自己的夜壶，并把盖子掀开。当她把它挪到身下的时候，它的重量和里面溅起的液体声提醒她，她那天早晨忘记倒它了。就在她准备硬着头皮继续使用它时，却提前终止了排尿过程，夹紧括约肌，鼻翼则呼扇呼扇的。她左右晃了两次头，然后朝两腿之间看去，接下来甚至低下头来闻了闻。最后，她干脆把夜壶从身体下方端起来，凑到鼻子前，再次闻起来。

她在那时已经知道那是什么了,但是还是向上伸出手,从床头柜上取下了火柴。借着突然亮起的火光,她的眼睛确认了鼻子的发现。她的夜壶里装的是葡萄酒。

这让她很是开心。上一次有什么东西给她带来惊讶已经是很久以前的事情了。这是件好事。她一边思考,一边反复回味着这份困惑。一整天都没有一个人来到离她家一百码以内的地方。她也一秒钟都没离开这所房子。在那天早晨排泄后,她也没有把壶清空——她很确定这一点。她是很老——不,是古老——但是她的记性还是和战时所用的飞去来器的长边一样锐利。那从逻辑上根本解释不通……于是,她潜入了自己的内心,来到了专属于她的特别之地。

一瞬间,她的脸上就流露出了相互矛盾的表情。她的双眼闪亮了起来,却涌出了苦涩的泪水。那泪水模糊了她的视野,溶化了多年——不,几十年——的过往。在她的眉头几乎紧锁成结的同时,她的嘴角却露出了微笑。她朝位于房间另一侧的CD机看去,然后伸出一只手在自己的头发中摸了摸,确认自己已经取下了耳机。"巴顿嘉利?"她低声说道,同时把头偏向一侧,仿佛在仔细倾听着什么。

无论她听见了什么,那声音让她笑得更灿烂,也抽泣得更悲伤。但是她的眉头舒展开了。她跪坐下来,开始舒缓地左右摇晃起身体来。过了一会儿,她端起夜壶,把它凑到唇边,喝起了里面的液体来。那葡萄酒棒极了——它很爽口,入口味道强劲。她又喝了一大口。

"真的吗?"她用伊尔兰吉语说道,"这到底是什么?"

就算当时有人回应,也没有麦克风能将它记录下来。

她止住了眼泪;微笑却留了下来,并且变成了一个小姑娘才有的调皮的笑容。"好的,"她同意道,然后又饮了一口酒,"我会等着瞧的。"

她已经有四十四年都没这么开心过了。这可真是魔法——真正的、来自梦世纪的魔法——再次降临世间……

第二部分

第四章

高地球轨道,清水酒店
2064年12月2日

当杰伊·佐佐木的人工智能助理把消息告诉他时,他正在工作室里。"有来电,杰伊:来自你的弟弟兰德,通话模式为二维视频。"在他完成一组运动,并擦干身上的汗水时,人工智能助理就在一边耐心地等待着。

"多谢,迪亚基列夫。"他这才开口,"黑白色彩、大头像、最低质量音频,可以接受来电。"那是地对轨通话的最廉价的选项,只有小小的黑白画面,声音质量也很糟糕——信号很可能是通过一条相当古老的卫星线路转接的,而且那颗卫星理应的退役日期说不定是四五十年前。如果杰伊试图自己承揽电话费,兰德一定会深感冒犯;而他还不知道自己同母异父的小弟弟是否能付得起与高地球轨道之间彩色全屏通话。在人工智能助理显示出视频图像之前，杰伊就开了口，以便通知兰德电话已经接通。"好吧，她觉得怎么样？"

"她就在我身边，"兰德说，"你亲自问她吧。"他转动了车载电话的摄像头，让它对准蕾雅。她笑得有些假。

"好吧，你还真是委婉。"杰伊说道，"嗨，蕾雅，你觉得怎样？"

"像他从后面插了我一样。"她酸溜溜地说道。

她的玩笑让他知道——首先，兰德肯定就要回到太空来和他一道在"谷仓"中工作了……其次，现在让自己听起来太兴奋可不是什么好主意。蕾雅会马上就和他一起来太空吗？考利呢？"我向你保证，你一定会很喜欢这里的。"他试探着说道。

"希望如此。"

很好。看来兰德来的时候肯定还是已婚状态。"考利也会爱上这里的。太空简直就是为孩子们创造的。"

"那是肯定的。"她说，"你就很喜欢它。"她终于露出了微笑。

他总算松了口气，忍住自己的内心松了口气的迹象。他预想的最糟糕的结局，是蕾雅会让他同母异父的弟弟带着痛苦度过余生。但是他又能和我一起工作了！那将消解很多伊森不再和他在一起的刺痛……

"我们想试验一段时间。"兰德说。他把镜头转回到自己面前，继续说道，"两个月。这样蕾雅和考利就能在彻底献身太空之前先彻底体验一番。"

杰伊设法板住脸，保持住了无所谓的表情。幸运的是，在零重力条件下，一个人的脸色并不会随着血压的下降而变得苍白。如果蕾雅在两个月之后决定离开的话，兰德也会随她而去。有杰伊和伊森灾难性的先例在前，兰德绝对不会冒着失去她的危险来尝试长距离的异地婚姻。凯特要是听说这事儿的话，非得气炸了不可。"但是我们很难让董事会接受这一点。他们绝对是想一了百了、彻底敲定这件事。你也知道，这都是面子上的事。"

"我也有脸面啊，"兰德说，"他们在要求我举家搬迁之前，必须得提前通知我。如果董事会不喜欢我的条件的话，他们现在就可以开始在招聘市场投广告了。"

杰伊短暂地幻想了对弟弟讲出全部实情的情况。董事会之所以跳过整个试用过程，直接选择兰德做他们的成像师的主要原因是：在和伊森分手之后的悲伤情绪作用下，杰伊私下里通过酒店经理给管理层递话说，如果他们不选择兰德，他就辞职走人。对他们来说，他还真就重要到逼得他们同意了的程度……但杰伊也没给自己留任何余地。如果酒店因为这件事而形象受损，他就铁定下岗了。他是当下最著名的、还是人类的零重力舞蹈编舞师，但是如果离开清水的话，他能去哪里呢？太空中只有另外两家舞蹈公司，没有一家在招人。杰伊已经成了一名太空人；他的身体已经适应零重力环境有十年之久了：没法在太空中找到工作对他来说就意味着彻底失业——哪怕他能重新学会用区分上下的概念来思考和编舞。

不，他不能告诉兰德一丁点实情。如果他那样做的话，兰德就会认为——不管杰伊怎么解释，他都会永远在内心怀疑——自己是靠杰伊冒着失去工作的风险才得到这个职位的。那样的话，兰德永远都不会相信他是四位候选人中唯一真正出色的。杰伊无法想象在接下来的无数年中与他固定搭配、进行创作。一旦他的自信心被击穿，他整个人就会消沉、堕落。而如果他知晓杰伊的工作岌岌可危的话，他和他妻子之间的问题只会更加严重。

好吧,现在尽量保持蕾雅不会中途退出就成了杰伊的任务。不然他最后的选择只剩下割破自己的喉咙。"你说得一点也没错。我会确保他们认清现实状况。我能问问他们,然后再给你回话吗?"

兰德摇摇头。"我们都知道他们会点头同意。我现在已经能负担得起打电话给你了。而且是全彩高清视频。"

杰伊最后还是让笑容显露了出来。他弟弟说的没错。凯特会很讨厌这个安排,但是她也一样铁了心要促成这件事。就和他一样坚决。"说得太他妈对了。那就等下给我回电话吧,就在……现在你那里是几点?"

"大概是早上十点。"清水采用的是格林尼治时间;对于杰伊来说,已经接近下午三点了。

"……大概在晚餐时间打来吧。听着,我不想催你催得太紧,但是……你什么时候能上来?你越快过来,我就越容易说服他们。"

伴随着长途通话费的飞涨,兰德摆出了一副被难题困住了一般的难堪表情。他朝一侧扫了一眼。"你觉得怎么样,亲爱的?"

过了一会儿,蕾雅的声音从画面之外传来。"最少三天。我希望能有一个月。该死,我希望能等上一年。"

"我想三天对我来说更有利一些。"杰伊愉快地说道。

兰德试图转移话题。"我们能给你带点什么吗?"

"如果我想起任何东西的话,会在你下次给我打电话的时候告诉你。"他对着电话挤出了自己最开心的笑容。"听着,这真的是条好消息。真的,蕾雅,你到时候就知道了!替我亲亲咱们的金发小美女。终止通话。"当兰德那张微笑的脸从画面中消失以后,他继续说道:"迪亚基列夫,凯特在哪里?"

"杰伊,她就在自己的办公室里。你想预约一个时间和她见面吗?她的日程表在明天有一个空档,在——"

"不,我现在就得见她。她也会同意见我的。大约十五分钟到。"

"没错,杰伊。你说的没错。伯斯维尔女士已经替她接受了你的请求。十五分钟以后见面……现在开始计时。"

"请准备淋浴,迪亚基列夫。"

"遵命,杰伊。"

他走进工作室中的淋浴,让后者将他好好地清理了一番;十分钟以后,他的身体变得干爽,胡子剃得干干净净,头发也打理得整整齐齐,然后沿着里球的走廊,朝着凯瑟琳·德川位于球体核心处的办公室飘移。

其他人在他飘过时纷纷回头注视,只有一位酒店客人朝他喊道:"你好,杰伊。你看起来很开心。有什么好消息吗?"

杰伊伸出双臂,抓住了一只飘移用环形扶手,急停下来。他的老板如果听说一名不起眼的客人在她之前得知这么重要的消息的话,非得打他不可,但是伊娃·霍夫曼并不仅仅是一名住客:她已经在清水定居十六年了。他假装漫不经心地朝四周望去,说道:"你确定你那双眼睛是原来那对吗?"

伊娃大笑起来。她已经一百一十六岁了,绝大部分体态特征也和她的年龄一致——她从一百岁生日那天起,便不再严格控制自己的形象。那时她在清水,无论走到哪里都十分惹人注目,特别是那些同样年龄过百的客人……"要是在三十年以前,我哪怕离你有现在的两倍远,也能把你脸上的兴奋看得一清二楚。所以说,你弟弟要回到太空来长住下去了,是吗?恭喜啊!"

"多谢多谢。我开心极了!"

"我也一样。你俩一起创作的东西的确不错。普里芭拉在这里纯属浪费空气。"

"她嘛……做事有自己的方法。"

"是啊,不过可能是有点错误的方法。你想把他的老婆和女儿交给我吗?她叫什么名字来着?斯班妮尔?"当然了,伊娃清楚地知道考利的名字是什么,只是想不起来蕾雅的名字了。"她们来这里的第一天,我可以帮她们适应失重环境,带她们到处转转,这样你和兰德就可以立即开始工作啦。"

她的提议让他很感动。伊娃是清水的老熟人了,很少划出自己的时间给别人。和杰伊一样熟悉这个地方的客人为数不多,她就是其中之一。他们都不用人工智能助理的灯光指示就能在清水里自行走动。"我自己能处理得来,"他说道,"但是如果他们需要更多帮助的话,我知道要向谁求援了。多谢,伊娃。"

她看起来有些怀疑。"你准备找谁接待他们?"伊娃一向看不上清水雇佣的大部分适应引导员。杰伊和她的观点一致。

"那个新来的小孩。爱荷华。"

"我见过他两三次;但是我并不认识他。"

"他是个天生的太空人。就在太空里出生。"

这激起了她的兴趣。"那是件好事吗?他会了解什么对他们来说是未知的吗?"

杰伊点点头。"他从小到大都在以这样或那样的方式和泥巴腿们打交道。能住得起这家酒店的人只不过是更富有一些的泥巴腿而已。我想他和考利能打成一片。"

"这么说我必须得见见他了。我一直都很想结识一位在太空出生的孩子。"

迪亚基列夫清了清他虚拟的嗓音。"杰伊,还有一分钟。"

杰伊还处在豪华区——清水内部最便宜的套房就位于这

里,处在较为中部的地方,没有面向太空的窗户。是时候赶紧继续动身了。"我得走了。呃……听着,把这件事当成最高机密保守,嗯,至少十五分钟,好吗?"

"十二分钟,我没法再降低底线了。"

"好的,看来等下我得加快谈话速度了。"他在她布满皱纹的脸颊上亲了一口,然后便离开了。

"在晚餐之前来我这里聊一聊,好吗?"她在他身后喊道,"我想问你点事情。"

他挥挥手表示同意,但是并没有回头。

很快他就飘过了豪华区,来到了球心区。在经过自己的套房时,他也没有停下,总算准时抵达了行政办公室。德川的人工智能助理已经接到了迪亚基列夫的提醒并且为他定制了专属于他的行政助理人格,而非以面对客人时一贯的前台接待员形象迎接他。"下午好,佐佐木先生。"她说道。奇怪的是,她的声音听起来平淡而且有很重的鼻音。也许她只是在试图让自己听起来更像真人而用力过猛而已。

"下午好,伯斯维尔女士。"

"德川女士现在就可以见你。"话音刚落,通往更靠里的私人禅房的门就打开了。

杰伊飘过门去,同时用指尖轻擦着门廊的墙面为自己减速,以便在到达房间内部时能停下来。

凯瑟琳·德川正在她那间球形的办公室的正中心坐空间禅;她穿着黑色礼袍,背对着他。就在他身后的门嘶嘶地合上的同时,她也松开缠绕着的手指,把双腿从坐莲的姿态伸直,并且腰部用力,朝他转过身来。他则礼貌地旋转身体,直到二人的方向坐标一致。两个人互相鞠了一躬。接下来,他俩各自"就坐"——在失重环境下,这意味着两个人分别利用随身的助推器,短暂地把身体向后推去,也就是远离对方,然后利用维克罗搭扣把后背和臀部固定在身后的墙面上;与此同时,杰伊还要注意不要把自己粘到门上。二人就座的步调基本一致。

她缓慢地呼出一口气,以便走出深冥想状态。"什么事?"她问。

当然了,这不过是做做样子罢了,杰伊心里清楚。如果她真的在冥想的话,会把自己用维克罗搭扣固定到墙上或者某种支撑物体上。一个人如果未经固定就在房间的正中心坐空间禅的话,就迟早会撞到出风口的栏杆上……而关掉空气循环系统只会让呼出的二氧化碳形成一个球体,导致冥想者窒息。就像她的工作内容要求的那样,清水的经理一向重视外表胜过内容,看待形式重于实质。她甚至亲口承认过临济宗佛教只不过是她做来给人看的。潜心修佛可不是什么有效利用时间的好方法。

但是杰伊可不打算让他的老板知道自己已经看穿了一切——至少不能在他马上要惹她生气时那样做。他放缓了自己的呼吸,以匹配她的呼吸节奏。"我弟弟同意了。"他说。

她露出了疲倦的笑容。

德川——当面的时候他可不敢叫她"凯特"——身高160厘米,体重46千克。在失重环境中,她轻巧的体型让她看起来比实际距离更远,不过这反倒让她在身处视野焦点时,看起来十分清晰。她的面容稳定在了四十岁左右;你每次见到她时,都能见到几缕银发。杰伊也不知道她真正的年龄到底是多少。她的爷爷正是在世纪之交接替布莱斯·卡灵顿出任原来的空之扉集团董事长一职的德川信雄;时至今日,她的家族仍然控制着宇宙工业的大部分股权。她有着德川家族标志性的"鹰之眼神",也是德川家族极少数的精英之一：她看起来像极了人类空间内最高档的酒店的经理，非常适合现在这个职位。当然，这些都不是吸引杰伊来此任职的原因，他当初只是不得不在这里工作而已。

"很好，"她平静地说，"也是时候来点好事了。"

"有什么麻烦事吗，德川女士？"杰伊试探性地问道——在提及兰德要求的两个月免责退出条款之前，他得先摸清状况。

她弹了弹手指。"也没什么。只不过是小麻烦罢了。"

"有多小？酒店没漏气吧？"

"目前还没有，"她有些不自然地说，"不，真没什么大难题。下个月我得接待一个重要的经济峰会，我得加强安保，还得——"

"不好意思，我发誓我听到你说你要加强安保。"

"我的确是这么说的。"

杰伊瞪大了眼睛。"还能加强到哪儿去？你没法给无限加倍。就连上帝都没清水的客人安全。"

她做了个鬼脸。"如果他有我们那五位祖宗即将享受的安全保卫的话，撒旦就永远没法完成那场演讲，更别提预谋推翻上帝了[①]。他们五个人的身价加起来简直……"她停顿了一下，杰伊等待着，十分好奇她会选用什么形容词。"……让人叹服。"在她说完之后，他赶紧压制住了抬起眉毛的冲动。任何能在财力上让凯瑟琳·德川叹服的人都让杰伊难以想象。"如果他们要求我亲自为他们试食的话——或者提出任何其他要求——我也得乖乖照做。"

"听起来的确压力不小。"

[①] 这里的演讲和推翻上帝的预谋均来自英国诗人约翰·弥尔顿的《失乐园》。

"专门饮食、让人头痛的接待礼仪、特殊要求——穆斯林们得时刻知道麦加的精确方向;来自日本的客人则想让我把身在'凌步绝顶'的那位曹洞宗大师接过来,和他一对一独参;至于美国的那位,算了,先不管她到时候会临时弄出什么幺蛾子——而且,他们当中的每一位当然都会要求受到和其他四位完全一样的礼遇、招待和吹捧,精确程度要到小数点后一位。他们可不管——"她注意到了自己正在喋喋不休,赶紧停了下来,并且朝下扫了一眼自己的冥想袍,同时长吸了一口气,仿佛它能净化心灵一般。"算了,先不说这个了。接下这个活就已经想到会有这些麻烦,而且也不关你的事。还是说说你弟弟吧。有什么我应该注意的问题吗?"

这回轮到杰伊深吸一口气了。"有一个潜在的问题……但是我觉得我们肯定可以解决。你别多想哪怕一分。"

"好吧。我不该多想什么?"

"他说他想要两个月的试验期。他会完成普里芭拉空出来的两个月——但是如果他的妻子和女儿不喜欢这里的话,他就得退出。"

她短暂地闭上了双眼,眉间隐约显露出皱起的微微痕迹——那是她的面部表情发生的唯一变化。视形式重于实质的那些人总是逼迫自己保持一贯的仪态,不管情势发展有多糟糕。但是杰伊知道她其实怒不可遏。而且他本人可就在这里,完全可以用来当作便捷而理所当然的发泄目标……

"为什么他的家人在他上一次驻店试用时不和他一起来呢?"她安静地问道。

"他妻子的截稿日期快到了,离开书桌过几天都不行,"杰伊说,"她是一个作家。你也知道,当时大家都以为他至少还要再来驻店两次,那可是两年时间,董事会才会做出最终的决定……而且选中他的可能也不过是百分之二十五而已。"

德川把双手固定在禅定印的姿态,但是这会儿她已经在下意识地摆弄自己的大拇指了。她无心的动作看起来十分滑稽;杰伊十分清楚,如果她意识到自己手上的动作的话,只会变得更加愤怒。于是他把自己的目光集中在她的双眼处。"没错,"她勉强地承认道,"我们催他催得有些急。但是如果他妻子确定自己是个土拨鼠的话,整个集团都会丢脸。该死的普里芭拉,都是她搞砸了。"

他私下里并不同意。普里芭拉也拿自己是个"垂直人"这件事没办法,那些倒霉鬼都无计可施。如果非得指责谁的话,那非得是清水的董事会不可。谁让他们偏偏不挑一个成像师了事?为期三年的轮替驻点试用这个法子在杰伊看来,简直是脑子短路才想出来的,造成这样的后果无法避免。但是他的建议已经被无视了,现在再提起也毫无益处。归咎于普里芭拉总比责怪他强……

"我最好赶紧给马丁打电话,"她说,"我讨厌和那个男的说话,但这事他是内行。也许他可以……"她不悦的声音减弱起来,最终停止。

杰伊完全理解她的困境。就算拿公关界人士的标准来看,伊夫林·马丁也是一个老狐狸:在和他通过电话之后,你会恨不得赶紧跳进浴缸清理上一番。但是他在控制舆论上很有一招——

杰伊脑海中突然亮起了一盏明灯。

"我们可以换一个角度来看这个问题,"他突然说道,"这不是坏消息,反倒是个还算不错的好消息。我们只需要一点点公关手段来助力。"

"说说看。"

"你瞧,马丁的通稿只需要说普里芭拉因为身体原因不得不取消驻店计划,而波特好心同意了替她完成试用期。在两个月之后,你也许得宣布波特也决定退出,然后让崔和玛祖斯基继续竞争。这样处理下来,这件事就不过是个小麻烦而已。但是最有可能的状况是他的老婆和孩子都会和其他人一样喜爱这个地方,那我们就可以宣布他被授予了这个职位而且欣然接受了。不管是哪种情况,董事会的面子都不会受损。"

"你弟弟会同意我们那样做?在不宣布他是最终的赢家时就签卖身契?而且如果他决意退出的话,也不介意我们永远都不宣布他才是我们的最优人选?"

"我想他会欣然接受这一点。这其实也帮他解决了一个相当棘手的困局,"他头脑一热,继续说道,"但是你应该马上就把他加入终身薪酬支付名单中。"

"好极了。"她不再摆弄自己的拇指了,"考恩先生!"

她的人工智能助理在她和杰伊之间化身成了律师人格,同时面对着二人。就和往常一样,考恩先生总是让杰伊觉得像一只绝对纹丝不动的鲨鱼。"有何吩咐,女士?"

她给出了修订兰德的合同的指示,让考恩内置的法律程序把她的要求从日常英文会话翻译成法律专用语汇,然后在最后用语音签了名。在杰伊的提示下,她让考恩上传了一份合同给迪亚基列夫,这样杰伊就能在那天晚上把文件传给兰德。在遣走了人工智能助理之后,她转回身面对杰伊:"佐佐木?"

"什么事?"

"你做得不错,今天挣到了不少空气钱。"

他微微一笑;这是他今天第一次真诚地微笑。他觉得简直就像自己刚刚没有借助电脑,只靠肉眼观测就把天体送入了轨道一样。拿地球上的事情做比较的话,就是在深渊之上走钢丝。"很高兴听到您这么说。我这就让你继续冥想。"

"谢谢你,"她说道,"但是在那之前,我想要奖赏你一下。你来负责把这一切告诉马丁。"

他一脸苦相。"这么说,那句话果然是真的:做好事非遭报应不可。"

"星辰舞者们除外。他们似乎能避开任何报应。"

"好主意,"他说道,"看来我应该学学他们,不穿压力服就走出封闭门去。"

"'在太空里,'"她说道,似乎正在引用别人的话,"'没人能听到你的尖叫。'请你自便,不过必须得先去见马丁。"

杰伊叹了口气。"好的,头儿。我吃过饭就去。"

他本来准备给伊娃·霍夫曼打电话,请求取消她提议的餐前谈话。但是现在他需要对别人倾诉自己有多宽慰,倾诉一下他多么巧妙地躲开了被德川打一顿的命运——至少暂时是这样。当他离开她的办公室时,他考虑了一下能够跟哪一个比较信任的人分享这些信息,但在伊森已经成为历史的情况下,他只找到了伊娃的名字。她既不是酒店的雇员,并不处在八卦网络中……也不和其他客人有很多来往,就连和其他终身房客们也一样。他们中的大部分人认为她疯了。和她聊天很轻松,而且在他看来,她比其他客人加起来都更有性格和格调。他经常想,如果伊娃年轻一点,嗯,比如说七十岁的话,他甚至可能考虑为她变成异性恋。该死,哪怕六十岁也可以啊……

他吩咐迪亚基列夫提前告知伊娃他正在路上,然后便离开了球心区,开始朝酒店外层飘去。一路上,他经过了豪华区(用清水的内部用语来说,称之为"老农地界")、超豪华区(又称为"小资区",住客多是州长、国家级官员等等)和奢华区(这里的套房位于酒店的最外层,内部空间最大,住客用肉眼就能看到太空的景象)。伊娃的住处位于奢华区,在那里,窗外的景色包括地球。她挑选了一间远离中心的套房,这样地球就不会完全占据她的视野。杰伊十分赞同她的选择;事实上,他自己也是这么选的。当他抵达时,她的房门自动为他开启,房间里传来了她叫他进屋的声音。

她的套房阔气、舒适而安静。在清水住得久了,他深知这个房间里第二昂贵的东西就是安静了。第三昂贵的东西是房间净容量以及充满其中的空气。杰伊是酒店员工中有权住在奢华区的五六个人之一,而他自己的套房只有她这里的四分之一大。就算在酒店的永久性住客之间比起来,伊娃也仍然更为富有。套用凯特·德川的话说,她的资产相当"雄厚",离"让人叹服"只有一步之遥。

跟他预想的一样,他在这个房间第一昂贵的地方找到了她:她正飘浮在直径三米的气泡式窗户里(它因为不明的历史原因也被称为IMAX)。正是这扇窗户使得这间套房的价位是豪华区套房的两倍。她只戴着翅膀和鳍——这是她在家时的习惯性穿着——正轻轻扇动着它们,以维持在空中的位置。他已经看到这个场景无数遍了,但仍然为之震撼和感动:她宛若一只衰老的蝴蝶,又像罗丹[①]塑造的老娟妇承蒙上天仓促的眷恋,获得了一

---

① 奥古斯特·罗丹(Auguste Rodin, 1840–1917),法国雕塑家。《老娟妇》亦称《曾经美艳的欧米埃尔》。

对天鹅的翅膀以弥补她逝去的美丽。如今,已经很少有人看起来像六十岁了,真正年龄有三位数的老人们绝不会让自己的脸暴露真实年龄。杰伊则认为伊娃逆大流的衰老反倒极具吸引力,尤其是当她的身体与现代感十足、充盈着高科技的翅膀同时出现时……当然,还有更远处的星辰做背景——要知道,它们平稳、化石一般的光芒古老得连伊娃都不敢企及。他希望自己能有勇气用眼前这幅景象编一支舞……

虽然他知道自己勇气不足,但是伊娃肯定不会想错过这支舞的。她出生的年代,裸体都还是绝对的社会禁忌——而且杰伊注意到,尽管她已经活到了二十一世纪,但是除非和密友共处一室,伊娃从未裸露过身体。现在,为了那支舞,她已然放弃了当初的坚持。

奇怪的是,他从来不会刻意去想起,自己有一天能够随意使用这些影像(这些对伊娃来说,好不容易才能鼓起勇气拿开衣服的遮蔽,从而袒露出来的景象),而且这一天可能不远了——就在伊娃死后。一想起他有一天会看着她走向生命的尽头,他就会非常伤感……但是伊娃有自己的理由,是她要求他这么做的。

他礼貌地褪去了自己的衣服,任由蜜蜂大小的拖虫处置它们。他并没有摘掉踝部和腕部的助推器。伊娃并不在意它们的喷射;她只是不喜欢在没有绝对必要的时候使用它们。而杰伊在没有它们的情况下会觉得比一丝不挂更加赤裸裸。不过,他还是接受了拖虫们给他带来的翅膀和鳍。他将它们盖到了助推器之上,然后扇动翅膀前往窗口与伊娃会合。他比她更擅长的事情,大概只有空中游泳;因为他喜欢使用助推器,它们能提供更全面更高级的动力。

飘向她所在的位置一点也不复杂:整个房间的装修看起来

严肃得就像一个禅宗大师的卧房;除非住客有需要,所有神奇的便捷设施都处在隐藏状态。那是房间中第四昂贵的特点。

　　她处理起因他的靠近而产生的气流相当游刃有余,还帮助他在她身边停稳。两人的间距恰好足够他俩分别伸直手臂,全程她都没有把目光从窗口转移开。在她所选择的方向坐标下,地球刚好位于窗口的左下角。视野中可以见到大约五分之一的地球——旧时的家园此时就像一块纺锤形的凸透镜,其他部分则是无限的宇宙。

　　接下来一分钟,两人只是静静地观赏着眼前的景象。

　　"和我一起喝一杯吧,杰伊。"她说。

　　其实他并不喜欢酒精;他厌恶它对身体平衡和动感的影响。但是他丝毫没有犹豫。"你想给我喝什么?"他在心里对自己说喝点酒可以麻痹自己的神经,对马上要和马丁打交道有好处。

　　"基夫斯。"她喊道。她的人工智能助理应声闪着微光现身,根据她的方向坐标调整了身体姿态,看起来正悬空站立着。

　　"有何吩咐,女士?"

　　"上点'好东西'。"

　　全息人像的一根眉毛抬高了半厘米。"没问题,女士。"

　　杰伊也将眉毛都抬了那么高——显然这不会是一场普通的闲聊。他马上将向伊娃讲述自己刚才有多机智的想法停了下来。

第五章

　　基夫斯离开时并没有动脚,就好像他脚踩滑轮一样;他一退到人类的余光之外,外形也干脆不复存在了。拖虫们把一个琥珀色的酒瓶、两个灯泡状酒杯,以及一个球状的酒桌拖到了他刚刚消失的地方。当它们抵达时,基夫斯又重新成形,在变回完整人像的同时,娴熟地把酒瓶和酒杯提起。他把酒桌摆在了伊娃和杰伊之间,并将它稳定在那里,然后用维克罗搭扣在表面固定了两只酒杯;酒瓶则摆在了酒桌的正中。俯视这张酒桌,看起来大概像是匹诺曹。基夫斯向后滑了一步;伊娃向他致谢并吩咐他离开,于是他又一次地彻底淡出了两人的视线。

　　"我从未想到自己还能再见到这种酒。"杰伊充满敬意地说道。

　　她点点头。那是一瓶一夸脱的黑布什威士忌陈酿[①],大概有四分之三满。酒瓶本身大概有一个世纪那么古老,而里面的酒则比瓶子还要老上十二年;这款混合型威士忌质量高得当时根本就没法把它合法地从爱尔兰出口到其他地方。它来自地球上最古老的威士忌蒸馏坊,早在1608年就得到了蒸馏特许权。很

[①] 黑布什是爱尔兰布什米尔蒸馏厂所酿的明星爱尔兰威士忌。

有可能在整个太阳系中都找不到另外一瓶像它一样的酒了。杰伊是清水酒店中除了她之外唯一一位见过它的人;伊森从地球发来告别信的那晚,她拿出来与他分享了一点点。

他在她倒酒时帮忙稳住了她的身体——她得举着酒瓶的瓶口找到灯泡酒杯的开口端,然后伸出一根手指阻断水流,另一只手则将酒杯密封起来。她倒起酒来比卢库鲁斯大厅里的主侍酒师还熟练,没有浪费哪怕一滴宝贵的威士忌;对于自己年老的手指拥有的掌控能力,她毫不掩饰地展示了自己的骄傲之情。杰伊感激地接过了她递过来的酒。他轻柔地提起酒杯,划出一道优雅的曲线,在其越过鼻子之后,极轻微地挤了挤:酒杯吸管的气密口隆起,一股芳香扑鼻而来。当她也装满了自己的酒杯,并把酒瓶固定好之后,他举起了自己手中的美酒向她致意,喝了起来。

沉默持续着。

"真蠢,"她最后总算开了口,"我永远都没法接受这一切有多么愚蠢。"

"你在说什么呀?"他问道。

"如果你蒙住我的眼睛,拖着我在酒店内部四处游荡绕晕我,把我带入任何一间套房,让我站在窗前……这时候你再解开蒙布,让我看着窗子,随便编一个房间号告诉我,那么在没有工具的情况下,我肯定没有办法认出来这是我那扇真正的窗子,而非虚拟的。而那正是我花费最多的物件,几乎是一个中型城镇的年度生产总值……即便我得付现在的三倍价钱,我肯定也会乖乖掏腰包。你猜为什么?"

听到这个问题时,他明白伊娃话中有话,于是没有作答。

"他妈的,为什么他们看起来这么高兴,杰伊?"她继续问道。

"谁?"

她指了指地球。"他们。"她的手势逐渐拓宽,把整个轨道空间也容纳在内,随后又继续拓宽。"他们所有人。我们的物种。在我们的耶稣基督大人诞生后的第两千零六十四年,整个人类种族还是那么开心。我觉得我知道星辰舞者们为什么高兴,但是为什么地球上的人们也一样?"

"我不是很理解你的意思。"

"很好,这正是我想要的效果。"她把更多的威士忌喷进了自己的嘴巴,摆正酒杯,然后把酒咽了下去。老天,她有时候可真怀念自己的味蕾。"也许他们在你看起来并不那么高兴,是吗?"

"我从未认真想过——"

"相信我。我已经观察人类这个种族很久了。在这会儿,我理应比在任何历史时期的人都受到更大的心灵创伤。发展变化曲线如今已经几乎是垂直的了,就跟一根竖起的中指似的——你了解我说的曲线吗?"

"当然。"

他当然了解,这都是历史课上的陈词滥调了。对于两千年之前的历史来说,人类社会科技进步曲线自然是向上爬升的,但是缓慢得几乎无法察觉……突然间,它经过了某个关键的阈值点,开始迅速攀升,而且速度越来越快,增长率稳步增大,直到今日整个种族的交通工具由马车变成了宇宙飞船,社会管理体制从君主制和封建制国家演化成了全球政府,财富分配也由长期的全球性贫困变成了令人称奇的近乎覆盖全球的全民富裕。这还只是短短的一个世纪时间!让人惊叹,也令人费解。这条曲线什么时候才会降低,什么时候停滞,所有人都不知道。

伊娃出生在20世纪中叶。正是那时候,人们才刚开始注意到这条曲线的怪异之处。但是那时候，大家都以为这只是一时的狂潮而已……"

"我指的并不是人类发展史上的某些微不足道的小事，比如说战胜癌症。我说的是人类版图的巨大演变。当我是个小女孩时，'新大陆'仍然意味着北美洲，现在它则意味着火星。如果你凑得比这更近一点，那里现在也快变成'旧大陆'了。自从我出生以来，世界人口已经翻了好几倍。你看看我们的星球：她仍然是绿色的。自从进入二十一世纪以来，原本在政治、经济、工业中最基本的原则和概念，在新科技的突飞猛进中都已经过时、瓦解。看在老天的份上，我们看起来的确有了控制和处理污染的好手段！我已经观望了半个世纪，不得不承认，人类之前存在的战争威胁确实就快要消失了。因为纳米科技的发展，我甚至也准备好承认我们有一天能够战胜金钱的控制……那时，没有人将必须为生存而工作，也没有人会记得或者在意'工资'是什么意思，他们也不会了解为什么以前的人们必须为了一份工作而牺牲寿命的三分之一。"

"那你为什么好奇人们开心的原因？这都是些好的改变啊。"

"没错！但我仍然坚信两条原则：改变是痛苦的，以及人类自始至终都会在面对改变时犹豫不决。发生在基本层面上的这般剧烈的改变一定会给人带来伤痛、困惑和愤怒。在我人生最初的七十年中，我见证了人类种族变得愈发疯狂、躁郁、绝望、哀怨。你知道我说的是什么。"

"好吧，我读到过那些事情，也见过文字记录，还有老式的平板荧幕上的节目之类的。"

"这些东西都没法让你全面了解当时的情形。相信我：当我四十五岁的时候,我认识的聪明而有洞察力的、读过大学的人中有百分之九十五都坚定不移地相信——像信条一般——科技和改变会带领这颗星球走向灭亡,而且我们中的一些人会活着见到世界末日。不过当谈及具体会发生些什么时,每个人口中的版本都有所不同。在苏联解体之前,核武器带来的世界末日是个最热门的猜测。在它解体之后的十五分钟里,就有另外五十个版本的世界末日来替代它:全球变暖、冰河世纪、臭氧层空洞、人口过剩、森林的过度砍伐、消耗殆尽的自然资源、环境污染、能源短缺——我甚至都没法想起所有的说法。瘟疫、饥荒和超级传染病则一向都是热门猜测,你也总能找到愿意在彗星撞击上下赌注的人。如果你喜欢异闻的话,你可以成为飞碟和来自外星的变异兽帝国的拥趸。但是,几乎我认识的每一个成年人的心中或多或少都觉得世界末日是无法避免的,他们都相信这一天即将到来。如果你无法明白当时的境况,现在跟你说这个也没什么意思。

"当然了,我略微有些言过其实,因为我所谈及的人大多数都来自北美。但是只是夸张了那么一点点。1991年有一项大规模的调查,问普通的美国人是否愿意在负担得起舒适生活的前提下活到五百岁。只有一半的人给出了肯定的回答。整整半个社会中的人都期盼着死亡。"

杰伊皱起眉头,喝了一口威士忌,还未好好品味就已经吞下了肚。"那一定怪异透了。生活在就连社会中最优秀、最聪明的一群人都崇拜小母鸡潘妮[①]的时代。地球这艘星际飞船的掌舵人掌握了祖先们做梦都难以想象的财富,却陷入了颠覆性的恐

[①] 小母鸡潘妮(Henny Penny)是在北美民间流传甚广的一则故事,主人公小鸡潘妮坚信世界末日即将降临。

慌……"

她点点头。"然后在新世纪伊始,本以为最糟糕的事情或者最疯狂的想象就快要变成现实的时候……真正的外星人出现在了天上,它们不可思议地深刻改变了人类的命运,然后又在我们什么都没来得及问的情况下消失……接着,人类就开始平静下来了。曲线继续爬升,速度快得前所未有;不知怎的,地球上的每个人却似乎都长舒了一口气,安稳地坐好,放松了起来。那并不是在一瞬间发生的,不,没有那么迅速。但是在接下来的六十多年里,整个该死的星球都开始慢慢地稳步变得更清醒。这简直要把我逼疯了!"

他用手中的酒杯转着圆圈,晃动着里面的威士忌,目光穿越过摇晃着的金色液体,直抵两个人都已经永别了的星球。"在我看来,人们并没有变得多清醒或者多明智。"他说道。

"嗯,我相信对于你这个岁数的人来说,看起来两者的对比确实没有我感受到的那么强烈,"她同意地说道,"人们没有那么清醒。但是与以前相比,他们的确已经变得更加明智。你知道美国一度监禁了十分之一的人口吗?这一切怎么可能是公正的?他们甚至都没能理解问题的根源,只好拿监狱作为最好的解决方案。报纸每年都告诉你犯罪率又上升了。而如今,它已经连续降低二十年了……不知怎的,这却没能登上报纸头条。媒体就只是为了报道坏消息而生的。这些好一点的消息全靠你自己去发掘。"

"我认为这个现象和你刚刚谈起的发展曲线有关系。"他说。

"你的意思是?"

"发展曲线在最近急速上升。纳米科技革命、分子层级的机器和电脑,这些在本质上都和工业革命或者信息革命或者其他什么革命不同。我们头一次拥有了能够清理自身产生的污染的新科技，不以牺牲我们所珍视的任何事物为代价，而且能够产生如此大量的财富——根本没有人能够独享得起。这是我们所经历的第一次治疗性革命。就拿和你一起长大的那场革命来说吧，伊娃：核裂变。他们对每个人都声称它所生产的电力将会便宜得没法计价。结果，事实证明核电厂统统都是劣质的组装机，没有人的用电账单便宜了哪怕一块钱——人们几乎无法信任穿着实验室大褂的人了。但是我们这一代人拥有的是一种能够兑现诺言的科技。"他又啜了一口酒，这回总算记得要先品一品，"仔细想想看，这还多亏了星辰舞者们。没有他们以及他们的安全实验室的话，我们现在都还只会在纳米科技的边缘寻求突破，担心有人会对它实现垄断，或者担心某一台小小的纳米组装机发生故障，把所有的钢铁都变成花生酱或者其他什么东西。"

"如果没有他们，我们也很可能为了争夺某种新技术，早就把整个星球摧毁了。"她同意道，"而现实是，我们终于有了能干点实事的联合国，以及得到了修复的臭氧层、一个健康的生态系统、无污染的工业体系和一个共同富裕的世界——要知道，地球上已经三十年都没有发生过一场严重的局部战争了。"

"星辰舞者们让我们彼此坦诚相待，"他说道，"也多谢那些萤火虫们，我们有了一项珍贵的资源：一群值得我们信任的人。他们超越了人性中的贪婪和恶意，毫无所求，也没法被他人贿赂或者胁迫。"

"菩萨们。"她说。

"你愿意怎么称呼他们都可以。"他说，"不管怎样，他们绝对是公正的见证人。"

"难怪以前有恐怖分子想要杀死他们。一位公正的见证人真的能气死人。"

"也许是这样吧。但是,最近一次严重的谋杀行动大约发生在我出生时。就连嚣张的恐怖分子都知道他们对于人类种族来说太过宝贵了:他们能在没有生命支持的情况下在太空中存活下去,而太空是用来培养人工病毒的唯一安全地点,也是用来采集太阳能的唯一合理地点。人类走了大运。我们正巧在需要时得到了所需要的东西。"

"幸运?放屁!"她尖声说道。她的话重得让他不由得向后一缩。"你刚刚说的,哪里算得上幸运?那些该死的萤火虫们,救我们于水火之中,给我们带来月球那么大的、能把人类变成星辰舞者的寄生生物团,免费送给了我们。就是因为这一点,我才想杀了它们!"

她能看出来自己的话震惊了他。她等了一会儿,想看看他是否明白自己的意思。"这才是你真正想和我谈的事情。"他最后说。

她露出了微笑。"基夫斯,请为我们斟酒。"

在人工智能助理倒满了酒杯之后,她转头直面着他。他也转过头来,两人牵起一只手,以便让身体的新姿态尽快稳定下来。她沉默了许久。

"杰伊,"她说,"我已经很老了,老到参与过如何处置第一位在月球上乱扔垃圾的游客的投票。在莎拉·特拉蒙德为第一次出现的萤火虫们跳《星辰舞》的那一年,我还在化妆品上大把地撒着钱。我喝过五分钱的可口可乐,也看过我住的街区里的第一台电视机。那是一台黑白的平板电视。我拥有过每分钟七十八转的唱片[①]和手工弯曲的维多拉唱机。我给三任丈夫、三个孩子和两个孙辈送了终。我身在加拿大的一位曾孙女也快死了,

---

[①] 每分钟七十八转的唱片流行于1898年至20世纪50年代后期,亦称"78"。

我甚至得不停地问基夫斯她的名字是什么。基夫斯,我快死掉的那个曾孙女叫什么名字?"

"女士,她的名字是夏洛特。"基夫斯在附近的某处低声说道。

"我在三个行业都是成功人士,"她继续说道,"在另外两个行业失败过。并不是说我的人生的大部分都已经成为过去时。我的整个人生都是过去时,而且离我越来越远。我以前总是说当我的年岁变成三位数的时候,我就该两腿一蹬了……我来到清水住就是为了等这个。从我住进这间套房起,我便不再隐瞒年龄了——那是我退出社交圈的标志。在过去的十六年中,我一直都在等着跟这个世界说再见。这些你应该都知道。"

他点点头,又喝了一小口爱尔兰威士忌,仍然牵着她的手。

"你没有好奇过是什么让我挺了这么久吗?"

他摇摇头,"一次都没有。我觉得坦然面对死亡,是我就算花上十七年也做不到的事情。"

"你到时候自己就会发觉,"她说,"高龄可不是给懦夫准备的。我在许多年前就把该说的再见都说完了。"

"好吧,"他爽快地说道,"我来扮演访谈人先生[①]。霍夫曼女士,你怎么还健在?"

"完全是因为不爽,"她答道,"我总是期待着活着看到世界终结的那一天。我想要目睹人类因为自己的愚蠢和卑鄙灭亡,然后对着这一切讽刺地大笑。我总想着要好好地享受那景象。"

"我能够理解你的想法。"他徐徐说道。

"来到这里后,我私下里就认清了那在短时间内不会成为现

[①] "访谈人先生"指的是十八世纪早期在美国流行的一种喜剧表演形式"黑脸音乐秀"的主人公之一。访谈人实质上是节目的主持人。在进入二十世纪之后,把脸涂黑的惯常做法逐渐消失,音乐喜剧表演本身则得到传承。

实。好吧,我并不坚信末世论……尽管大部分的同辈人都深信不疑。如果是人类在关键时刻依靠自身的力量渡过难关,在灵魂深处拷问自己,挖掘出我们最好的品质,并且解决那些该死的难题,我想我还是能接受的。"她向下扫了一眼酒杯,看到威士忌,果断举杯喝干。"我没想到是一群红色的萤火虫驾到,为我们解决了难题……然后都没有对我们解释为什么就走了,我们连它们的来处是哪儿都不知道!"

她在他的眼神中搜寻着理解,但并没有看到些许。他太年轻了,这些问题对他来说只在抽象层面上才有的困扰。而且在他长大的世界里,有心电感应能力的星辰舞者——以及那些不知从哪里冒出来,并且在创造了星辰舞者和他们集体拥有的星辰之思后,销声匿迹于深空中的神秘外星萤火虫们——是再常见不过的历史人物,他们的诞生比他的出世早了十六年。她能看出来他有在努力理解她的意思,但并没有什么成果。

她打断了目光交流,转过身重新面对窗户和地球。"不管怎样,在过去的几天里,我突然意识到我这十几年所做的……我在等的……是让那些该死的、不知去了哪里的萤火虫回到这里,告诉我们到底是怎么一回事。或者让我自己能清楚地推断出来也可以。自从外星生物再次降临又离开以来,人类所面对的最重要的哲学命题就变成了:'那他妈的是怎么回事?'六十四年过去了,我们还是毫无头绪。

"认清这一点迫使我面对我正在浪费时间的事实。如果没有其他人能把它弄清楚,我很有可能也不行。现有的证据显示,萤火虫们最短也要每几千年来访一次;我等不了那么久。最近一段时间,每天都能从星辰舞者那里收到不劳而获的馈赠,反而让我甚为困惑。"

"你确定那都是不劳而获的成果?"他说,"不管他们进入共生状态后与原来有了多大的不同,最开始也是人类成员啊。他们的生物学命名是空人。人类孕育了他们:萤火虫只是助产士而已。"

"星辰舞者们不用忍受恐惧、饥饿、贫穷、性欲或者孤独的折磨,"伊娃说,"因为那些寄生生物,他们还能永生不死,基本上无懈可击,而且永受爱戴。在我看来,这意味着他们再也不是人类一员了。如果事情按照现在的情势发展的话,我完全可以预想到有一天地球上将不再有人被饥饿、寒冷和压迫困扰。如果那一天真的来临,依我看人类也将会不复存在。"

"所以你想在世间还有苦痛的时候离开人世。"他说。

她对着自己的酒杯皱起了眉头。

"是啊。"她说,"这正是我担心的那一点。现在每个人都是开心的。我个人认为总有一天,等这阵热潮过去,人们会发现就连纳米科技都有隐形成本。我相信,不管我们实现多少奇迹,发展总有上限。我有一个叫凌的朋友说他能证明这一点——我自然没法看懂他的数学推演,但是他的话听起来很有说服力。不过,在此期间,人类会把和平紧握在手中……也许这一切都只是暂时的,但世事难料。所以说,也许现在反倒是个离开人世的好时机——也许是我停止拖着这双老腿老脚四处挪动的时候了。"

他尽力保持住了面无表情的状态。"你准备怎么做?"

他毫无倾向性的表态让她意识到了他的愤怒情绪。这让她有些惊讶。她再次转过身来面对他。"这很重要吗?"

"这比我来这里之后听到的所有话都更重要,"他说,"咱们还是略过关于星辰舞者、萤火虫以及整个世界如何快乐的废话吧。很明显你已经决定要离开人世。因为这样或者那样的原因,你认为我应该事先知情。这意味着你为我准备了某种角色。我很好奇是什么。你需要我手拿着一把仪仗剑站在你身边,以防你临阵畏缩吗?我应该试图说服你别这样做吗?还是只是握着你的手,做你的死亡见证人?不论是天使代言人、助手、观众,无论你需要我做什么,我都会配合。伊娃,我是你的朋友,自然会尽力帮你,但是你得告诉我都该做什么。"

她松开了手中的酒杯,朝他伸出老迈的双手;他也松开了自己的酒杯,抓住了她的手。

"一个月后,"她说,"雷布·霍金斯会来清水访问。我想和他再谈一次话。我计划在那之后立刻走出封闭门。"她抬起下巴指了指窗外。"到外面去。当我准备好的时候,我会给自己的压力服松开一条口子,全程无痛、也非暴毙。我想在太空中死去。我想看着你的舞蹈死去……如果你愿意的话。"

张口结舌的他试图收回手,但是她偏偏不让他那样做。他又试着把视线从她身上移开,但是她也没让他如愿。"为什么选择我呢?"他最后问道。

"舞蹈是人类所做的只能用美好来形容的唯一一件事,"她说,"就我所知而言,它也是唯一一种甚至能让萤火虫们理解的语言。我想在死亡的同时观赏一个人跳舞——是一个人类,而非一名星辰舞者。你是我所知的最优秀的舞者。而且你也是我的朋友。我想过不到迫不得已,绝对不会给你这份重担……但是我想你大概需要一些时间来编排舞蹈。我知道在你弟弟到太空来以后,你马上就会忙起来。"

伊娃看到盐水滴开始在他的双眼处膨胀起来。哪怕已经在太空中生活了十六年,她还是觉得零重力环境中流泪的画面既好笑又感人。也很有感染力。杰伊摇摇头,泪水随即脱离眼眶。她感觉自己也已经热泪盈眶,于是眨眨眼,抑制住自己即将落的泪,耐心地等待着。

至少他不费吹灰之力便露出了微笑。"我深感荣幸,伊娃。"他说着,松开了她的手,一把拉过飘浮在空中的酒杯,然后举起胳膊向她敬酒。在她也抓住了自己的酒杯之后,两个人一道干杯互敬。她毫不犹豫地转过身去,使出最大的力量,把酒杯朝着那扇贵得离谱的窗户砸去。酒杯在碎裂时发出了音乐般的悦耳声音。

他大为惊讶。那扇窗户就算一发炮弹都没法击碎,但是如此表态依然震撼人心!他决意加入:没过一两秒钟,他自己的酒杯也成了碎片。当两个人从刚才的投掷镇定下来后,他对她鞠了一躬,是佛教徒所用的双手合十式鞠躬;她猜他一定是从他的祖母那里学到的。她也庄重地回敬了一躬。"谢谢你。"她说。

此时也没什么可说了。或许反倒是有太多话要说。两个人观看了一会儿拖虫们四处追赶并一片片拖走玻璃碴后,他清了清嗓子,说:"我得在晚餐前去见伊夫·马丁一面。"

她笑了起来。"这个人大概也是我其中一个自杀的理由。你的计划没错,可不能吃饱了之后再去见他。"

"其实喝了一肚子百年陈酿的威士忌之后也不该。"他同意道,"但是酒肯定有帮助。多谢了!"

她在自己的脑海中记下了要在她的遗嘱中把瓶中剩下的酒留给他。

他在门口暂停了脚步。"伊娃?"

"什么事?"她答道,但并没有转身。

"如果我在接下来的一个月里试图让你改变心意,你会介意吗?"

"当然不会,"她说,"但别抱什么希望,杰伊。我已经酝酿这个计划很久了。"

　　过了一会儿,她听到了门关闭、锁好的声音。

第六章

安大略省,多伦多市
2064年12月4日

　　就舞台而言,根本就不存在"小缺陷"一说。
　　然而所有的舞台都有缺陷。除了舞者以外,大概每个人都会用"微小"来形容它们:生产商们当然更会。然而,每片舞台都有专属于它的、不可见的怪异之处,静静地潜伏着,等待着舞者们的双脚踏来的那一刻。就连多伦多著名的特拉蒙德剧院的舞台也一样。舞蹈公司已经完成了两次完整彩排,一次不带妆,一次带妆。一个问题也没有出现。偏偏就在开幕的一个小时以前,在最后一节台上热身课上,约翰·德马可,一位整个职业生涯都梦想着这个夜晚、并且为之不懈努力的舞者,发现了一项赫然写着他的名字的缺陷。它弄折了他的脚踝。
　　在任何其他时候,这都只是个小麻烦。去最近的那家医院,修复过程会在不到十分钟内完成,但在那之前需要两个小时进行数据采集和分析,以及在急诊室外的耐心等候。一旦脚踝得到修复,你就又能四处跑跳了,就好像它是新的一样……这一切都不过是一两个小时的事。

那个丑陋的响声吸引了所有人的注意力。只花了几分钟时间来判断,人们就知道赶往最近的医院最快也要半个小时,而身边没一个人还有多的止痛剂。当然了,约翰也一样。舞者们开始四散开来,有的负责给医院打电话,有的负责在更衣室内寻找司机;助理导演安娜眼看着整个公司的演员们都在开演前一个小时四下散去,赶紧命令他们回归原位、安静下来。她在躺卧在舞台上的约翰旁边弯下腰来,问道:"还有哪怕一点希望吗?"

那明显是骨折,而不只是扭伤。约翰摇了摇头,并开始连声道歉。

她摆摆手让他停下。"那你就得忍一会儿了。我没法匀出任何人手。我得在四十五分钟内为节目重新选角,也需要现在在我视野中的一兵一卒。我们会把你送到二号更衣室休息。雅克!哈利!"

疼痛感十分强烈,几乎让人头晕目眩。"别!等等!把我送到观众席上。如果我没法在台上表演,我至少得看完整场演出。"

她对哈利和雅克点了点头。"就这么办吧。"

舞台经理哈利递给他一件夹克套在热身服之外,并对他承诺会尽快为他找来一些止痛剂和接送的司机,之后便把他留在了台下前排正中的座位上。并不是一个理想的位置,但是却很方便。一位暂时空闲下来的舞者前去大堂的饮食区,为他带来了一包临时装好的冰袋。他把注意力集中在舞台上热火朝天的排练上,好让脚踝处的疼痛不那么困扰自己。

就在安娜手忙脚乱地重新安排整个节目时,他注意到自己脚上的痛感消失了——完完全全地消失了。

出于惊愕和类似于恐惧的某种感觉,他大叫了出来。安娜从舞台上瞟了他一眼。"哈利,把他带到后台去——"

"不要,"他说道,"对不起,我没问题;在你们排练期间,我都不会这么大喊大叫了。"

她重新投入到了编排工作中。他弯下腰去查看他的脚踝。毫无疑问,那的确是他断掉的脚踝,但它却并没什么大碍。那里已经肿胀得相当剧烈,足够让他确定那的确是严重的骨折。可是为什么他妈的就是不痛呢?

肿胀开始清晰可见地消退。

他又叫了一声。安娜转过身来,走到了舞台前方的边缘。"约翰,我很抱歉,但是——"

"快看我的脚。"

她迷惑地眨眨眼。

"天杀的,你快他妈的下来看看我的脚!"

舞者们跟着她走下台去。他们聚在他身边,看着他的脚踝逐渐自愈。在几声低语和大喘气之后,所有人都沉默不语了。只过了几分钟,他受伤的脚踝看起来就和另一只没什么两样了。约翰缓慢地绕着脚踝向内收起脚,同时听听看有没有异样的声音,然后又同样小心翼翼地把脚转回原位。之后他又让脚环绕着脚踝转动起来、用脚尖划出三百六十度的圆圈,紧接着又逆时针转动了一圈,随即大笑起来。很快,所有人都笑了起来,就连安娜也一样。他站起身,试探性地小心走了几步,在一阵小跑之后跳了上去。在回归他所在的位置时,他试着表演了一串动作。"快回来呀,头儿,"他说道,仍然控制不住地笑着,"'就要来不及了'!"——那是她的口头禅之一;整个舞团笑得更加歇斯底里了。

安娜让混乱无序持续了整整五秒钟。自那之后,他们就再次忙碌起来。直到成功进行到第四幕中段,约翰才有时间思考刚才所发生的一切。

　　他没能弄明白那是怎么一回事,只能寄希望于知情者给他一个答案。但无所谓,他也并不是一定要知道答案。

第三部分

第七章

罗根太空港
马萨诸塞州,波士顿市
2064年12月5日

蕾雅感觉自己就像被送上了屠宰场的传送带,正在缓慢地滑向开膛刀一样。

罗根太空港早就习惯名人们的新闻发布会了;他们为兰德、蕾雅、考利以及代表着全球、国家和特定地区媒体的克朗凯特和里维拉们[①]安排了一间隔音房。摄影机器人像黑苍蝇一样蜂拥在房间里,从至少从八个方向拍摄着实况。每过一段时间,其中的一台就会认定周围的光线不足,一瞬间变成一只闪着白光的

[①] 克朗凯特和里维拉分别指美国哥伦比亚广播公司的明星记者、主播小沃尔特·克朗凯特(Walter Cronkite, 1916-2009)和福克斯新闻台主播吉拉尔多·里维拉(Geraldo Rivera, 1943-)。二者都是大名鼎鼎的新闻界人士,但分别代表了自由派和保守派媒体。

萤火虫。

　　严厉的新法规总算成功地驯服住了新闻媒体：所有四位克朗凯特们都礼貌得十分体贴，甚至那些里维拉们也一样。不过，他们还是惹恼了蕾雅——他们的问题有百分之七十都是给兰德的。在他俩之前一起开过的五六次发布会中，给两人的问题的比例恰好是反过来的。被这种小事烦扰让她深感惭愧，但她没法忍住。还好她能尽量没在兰德面前表现出来这一点……只是不知道那些摄影机器人能不能捕捉到蛛丝马迹。

　　考利倒是大放异彩。她的表现可以让任何全息成像表演童星脸红。那也让蕾雅不悦。

　　这让她拷问内心自己为什么如此易怒。她发觉让她最不开心的一点是兰德有多享受他受到的关注和奉承。她对此深感恐惧：这种虚荣的心理可没法轻易改变。整件事情都越来越像板上钉钉了一样……而她却尚未点头同意。兰德也知道这一点，但是他的表现堪称若无其事。哦，他还告诉记者们——以及他们遍布全世界的读者和观众们——这项任务只是暂时的，他只是去太空替普里芭拉完成她的试用期；那是他和杰伊以及那位有着可怕声名的公关大师马丁研究出来的公关版本。但她能在他的语气中听出胜券在握的信心。她并不确定那些摄影机器人是否也能听出来，也不确定那是否只是她自己先入为主了。

　　她感到此时的自己与其他人脱节甚多，正处在超现实的状态中，正在迎着一排不可见的蜜糖之浪前行。她心想：这样度过我在地球上的最后一个小时，可真他妈的有意思。"我们该走了，亲爱的。"她在他答完一个问题之后解围道。

　　"最后一个问题！"全球媒体席中一位长相古怪的里维拉说道："关于全球爆发合成器失控这件事，你们有什么评论吗？"

兰德看起来很惊讶:"我很抱歉,最近太忙了,根本顾不上看新闻。你是说纳米合成器吗?"

那位里维拉点点头。"在过去的几天内,似乎有越来越多的证据表明在全球范围内随机发生了大量的无政府主义者使用纳米科技的事件,例如疾病自愈和危房自修这样的小奇迹。我们也没法判断到底发生了多少起,因为这种事情报告的必然比实际发生的少。有些人声称这可能是某种……嗯……"

"欢乐主义者的某种阴谋?"蕾雅说道,同时想起了一个她未能成功发展成故事的旧日灵感。

"欢乐主义者?"来自新英格兰媒体团的那位女记者追问道。

"恰好和恐怖主义者相反,"蕾雅解释道,"但是这和我们有什么关系呢?"

长相古怪的那位记者试图让自己的问题显得不那么牵强,"嗯,你们要去的是太空,而那正好是纳米科技的来源地。我也不知道,你就不害怕一些……呃,'欢乐主义者'可能会决定往你的压力服空气罐里加入笑气吗?"

这回是考利来回答的问题,着实让每个人都吃了一惊。"目前为止,在太空中还没有发生过任何一起同样的事。"她说道。大家纷纷朝她望去。

"我说的是真的,"她坚持说道,"一起也没有。那些新闻我都看了。不管怎样,他们还没伤害过任何人,不是吗?"

没有人应答。

"也许只是目前还没有,"兰德说道,"但是就算用意是好的,无政府主义也可以发展得相当恐怖,亲爱的,或许尤其是当他们想做善事时。"他转向里维拉,继续说道,"不过,我们一点也不担心。每个人都知道你在太空比在地球上安全:看看统计数据就清楚了。我们必须得上路了。谢谢大家——"

在升空的航班上,蕾雅把前排座椅靠背上的屏幕调到了一家新闻频道,恰好赶上了她自己问"……欢乐主义者的某种阴谋?",然后在里维拉的追问下解释了那个概念的画面。只过了一会儿,考利和兰德的话也被播出来了。

引用了她和家人的话的那档节目倒不如被取名为《纳米科技——大灾还是小祸?》。它的时长是她后来设法在艺术频道上找到的那档关于兰德重返清水酒店的节目的三倍。

她本以为整个旅途都可能会痛苦不堪,但它偏偏十分欢乐、平和。她的老公和孩子并没有晕机——事实上,所有旅客都安然无恙。也没有任何紧急事件;机组没有任何多余的飞行操作,飞机的各种动作也十分轻捷;整个飞行过程堪称一次完美的跃升。无论是人类还是机器人都提供了优质的服务。就连食物都很棒:是真正用微波炉烹制的那种,而非经过简单加热的冷冻装。清水酒店绝不允许自己的客人在光临时不开心。全程最困难的部分倒是在重力消失以后保证考利的安全带时刻是系好的。

最后的停靠过程壮观极了。清水酒店是一个巨型的闪光球体,看起来就像是上帝的圣诞装饰。它的外层是专门为抵抗最高辐射率而设计的,在阳光下闪亮得就像一大团铝箔球。在球体的"赤道"处是一圈用于冷却和采集太阳能的巨型叶片,一侧是闪亮的银色,另一侧则是和宇宙一样深邃的黑色;它们在阳光下缓慢地旋转着。球体上遍布着一千个光点,是酒店内的房间;它们随机地分布在球体表面,随着住客进出房间而点亮或熄灭。

航天飞机是侧着身接近酒店的;与此同时,它徐徐地绕着自己的中轴线旋转着,以便散去来自太阳的热量。因此飞机上的所有位置都有好视野。每当你以为你已经抵达时,那个该死的庞然大物就又变大了一些;当他们真正在位于"北极点"的空港着陆时,酒店几乎就是行星大小。

在教科书式的对接之后,安全带指示灯一熄灭,所有四扇窗门立即开启,以保证乘客不需要排队离舱;海关的例行检查已经完全电子化,甚至没有被任何人注意到。空港本身漂亮而壮观;不知怎的,它的构造和装饰能让你在潜意识中以为自己回到了地球。

这时,兰德突然嘟囔了一句:"哦,糟了,是那个混蛋。"

一只庞大的、脑袋有如红色海葵的蜘蛛猴不知从哪里出现,朝他们冲来。他在最后关头用散发着异味、表面粗糙的助推器给自己来了个急刹车,然后伸出胳膊,一把搂住了考利。小女孩猛地转头寻找蕾雅,眼神分明是在向她求救。

"我可以亲你哦,"猴形人说道,并且真的那样做了——就在她的额头上。考利决定自救;那个人大叫了一声"噢!",便松开了她,捂住了自己的私处。

"干得漂亮,亲爱的。"蕾雅说,并在兰德来得及行动前把自己的身体挡在了小女孩和猴形人之间。她满意地发现自己迅速地重拾了在失重环境中的运动反射;她还记得如何太空行走。"你是谁?或者应该这么问,你是什么东西?"她问猴形人。

转眼他就忘记了自己正在作痛的命根子。"这位冲动的女士,我是想以杀死你为乐的那个人,"他开心地说道,"看在老天的份上,你中了什么邪,竟然跟他们说那种话?小姐,你一句欢乐主义者,就把我苦心经营的故事的风头全都抢走了!谁让你任着性子乱说话的?如果不是我们这位小天才的话,"他指着考利说道,"你非给我惹出大祸不可。"他显然已经忘了她刚刚踢了他一脚,又伸出手想要拍拍她的头。"孩子,你的任务就是时刻跟紧你妈妈;每当你看到她开口要对那些八卦记者们说话,你就替她发言。"

考利赶紧低头躲避,直到他不摸不到她。"蕾雅、考利,"兰德脸色不太高兴地说道,"这位就是伊夫林·马丁,清水酒店的公关主管。"

"就冲他这样,这儿还有客人?"蕾雅问道。那个男人丑陋得触目惊心。他的脑袋看起来就像一个又大又红的钢丝球,上面长着一对蝙蝠式的耳朵,双眼异常突出。她在上一次来这时并没有与他见面,但是兰德跟她说过,马丁是一个讨厌鬼;她认为他已经嘴下留情了。

马丁似乎并没听到她的话。"现在还没有开始正式采访,你随便说什么都可以;如果是正式的采访,我会给音频重新配音,确保那些话都无懈可击。现在我这儿有太空中最出色的三位克朗凯特正等着你们做专访。所以,如果你们需要上洗手间的话,就赶紧去,然后我们就——"

话说到这里,杰伊赶到了。"兰德和他的家人将会很高兴与他们在今晚晚些时候见面。"他坚决地说道,并拥抱了他的弟弟。"抱歉我来晚了,兄弟。"

在杰伊依次向蕾雅和考利打招呼时,马丁还在飞快地说着什么,但是他们都无视了他。"晚上九点,马丁,"杰伊一边把他们领进门厅,一边说道,"请记者们先等待一下。从来没人拒绝在清水吃一顿免费的晚餐。克朗凯特们更不可能放过这种机会。"无话可说的马丁只好观望着他们拿出滑出机舱的行李,然后一同前进的背影。

自从兰德和这位同母异父的哥哥建立联系后，蕾雅就认识杰伊了。通过电话，两人聊过几十个小时的天。但在她和兰德结婚后不久，杰伊就永久性地搬往了太空，她和他只面见过一次，就在兰德上一次驻店试用期间。从某个角度来说，她对他的了解已经相当深刻。但是想知道你是否真的喜欢一个人，你必须得近到能闻到他所散发的气息才行。待到他们在套房里——蕾雅的新家！——饮酒放松时，她才意识到自己有多喜欢杰伊这个人。

有一次，她利用自己去洗手间的间隙召唤来了杰伊的人工智能助理迪亚基列夫，想要询问他最近有没有什么关于伊森的消息。他的回答是"什么伊森，帕伊乔女士？"——那正是她所需要的答案。那段恋情显然无法修复。那真是个遗憾；蕾雅挺喜欢伊森的，至少他在视频通话里挺招人喜欢的。"杰伊在和谁拍拖吗？"

在迪亚基列夫确认她有权获知这种信息时，他难以察觉地犹豫了一下。"没有，女士。他偶尔约会，但是从没和谁约会第二次。"她在脑海中记下了要留意一下配得上杰伊的年轻优秀男士，便重新加入了谈话。

这间套房比她上次短住的那间好上了太多。她花了一会儿才发现——以及稍微更长些的时间才相信——那扇窗户是真的，不是虚拟的。地球处在视野的正中心，晨昏线则刚好抵达了一场正在北美洲西北海岸上空的暴风雪处。这是酒店里最贵的房间之一。她搜寻着缺陷，在注意到所有家具都是永久性的时候感到内心一喜。它们质量上佳，而且完全可以用程序改造、控制，但是在使用完毕时并不会消失。

她所见的其他一切都是极为先进的。没有任何缺陷。

她酸溜溜地想,酒店把这间套房分给他们是为了软化她的态度,可能兰德签了永久性的合约,他们就得像其他的雇工一样搬到内球的某处。

还是杰伊询问了她的创作进展,这才把她从阴郁的情绪中引导了出来。她想起了关于汉森先生和他深爱的修女的那则故事,但是并没有提起它来,只是讲起了她已经挣扎着写了将近一年的一部小说。杰伊是个很好的倾听者,总能在正确的时机睁大双眼或者发出微弱的同意声,还小心翼翼地提出了一些颇具洞察力的问题。一些问题甚至与她的旧作有深入的关联。他要么真的像自己声称的一样,是她的忠实读者,要么是个富有天赋的演员。不管是哪种情况,和他相处起来都非常令人舒适。

考利像一个老式的女佣机器人一样在屋子里来回穿梭着,查看着所有物件,并且利用她的翅膀和儿童用助推器尝试着各种杂技动作,开心得不行。每隔几分钟,就有件什么有趣的物件能让她咯咯地笑出声来,并且招呼蕾雅和兰德,"快看!"或者"过来看呀!"蕾雅知道她很快就会精疲力竭,跑去打个盹,因此并没有对她的四处探索加以控制。为了赶上航班,他们今早破晓之前就起床了,而这会儿已经将近清水的晚上六点。而且,这间套房对儿童来说很安全:就算对一位患有血友病和癫痫的盲人来说都很安全。

兰德早期创作的一首歌《黑暗中的布鲁斯》正在背景中播放着。这首歌相对来说并不流行,却是她个人最喜欢的几首之一,因为它讲的是她和兰德的恋爱故事。杰伊在他们进屋时挑了这首歌;要么是他记得她偶然在某次通话中提到了这一点,要么是他俩的品位相似。无论如何,那都让她感觉更温暖了些。

必须承认的是,回到失重环境的感觉的确不错。她已经忘记了在这里有多么放松,有多么接近儿时想要飞翔的幻想,就像瘸腿小王子①一样。服用的药品控制住了头胀的感觉,她的肠胃感觉也还舒服。兰德把他的私人硅晶片插入了套房中的电脑终端:麦克斯韦尔·珀金斯,她自己的人工智能助理,被从家中拷贝到了新住处清水酒店的核心内存,并且重新现身供她遣用;兰德的助理萨利耶里也一样——他们的原版仍然保存在普罗旺斯城的老房子里。(同样在场供主人使用的还有考利的助手,她口中的"巨型兔子哈维"。)没过多久,蕾雅就发现自己在想:这并不是世界上最糟糕的地方……而且赶紧明确地提醒自己这地方并不在世界上。至少和"世界上的P城"不是一个概念。她朝窗外遥远的地球望去,但没能找到新英格兰。

现在已经是比较好的情况了。想象一下更糟糕的。你丈夫有可能一败涂地。你也许能得到一份棒极了的离婚协议。然后你可能没法成功地劝女儿跟你回地球去。这座该死的酒店可能被一颗小行星撞击。欢乐主义者们可能在你的气罐里装入笑气。未来难以预料,坏事连成一串。

如果杰伊密谋让她改变心意,他的下一步攻势可真是戳到点子上。他把所有人都带到了卢库鲁斯大厅用晚餐。那可不是供州长或者流行乐明星这类的低端人士勉强进食的大食堂——蕾雅上次造访时就是在那里吃饭的——而是卢库鲁斯,人类种族拥有的最著名的绿洲。蕾雅平时的吃喝质量已经相当高了,

---

① 瘸腿小王子指的是英国作家D.M.马洛克·克雷克(D.M. Mulock Craik,1826－1887)于1875年出版的《瘸腿小王子和他的旅行斗篷》中的主人公。年轻的王子多洛尔因故瘫痪,被流放在荒野的塔中;他的教母给了他一件旅行斗篷,披上它可以让他看见整个世界并踏上冒险之旅。他最终成了一名英明的君主。

但是这里的食物远超她的想象。在她点名自己偏好的咖啡豆混合方式之后,他们才开始为她准备甜点咖啡:就连咖啡豆都是现从咖啡果中挖取的①。咖啡豆紧接着在她的眼前被磨成了咖啡粉。在咖啡师——这里有一个专门制作咖啡的真人服务员——把咖啡豆研成粉末(每隔几秒钟他就暂停一会儿,以保证咖啡粉不会过热)的同时,他骄傲地宣布这些咖啡果当天早晨可是在咖啡树上见到了苏拉维西岛上的日出。当她终于能品尝制作的成果时,她才明白他所言非虚。

食品完美得一塌糊涂,以至于蕾雅几乎将咖啡一饮而尽,这让她多少有些吃惊。其实咖啡喝到一半时,她就意识到有多少真人在晚餐的全程亲手为他们提供服务了,尽管只有领班、侍酒者和咖啡师在视野范围内。零重力环境中人类自然注意不到很多不在视野范围内的东西,但是……

杰伊注意到了她正在环顾四周,也看透了她的心思。"这里有一群特别优秀的舞者,"他笑着说道,"一些人还在上我的舞蹈课。一个流行的笑话是:如果一位服务员进入你的视线的话,就不必给他小费。"

蕾雅已经习惯了机器提供的优质服务。在清水,由真人提供的服务令人惊讶地多,让她几乎有些神经紧张。她感觉自己就像第一次内战前的种植园主。她得提醒自己这些仆人几乎肯定比她挣得多,而且还不用费心想出新的创作思路。

就连讨厌在饭店吃饭的考利也被收服了。上给她的花生酱果冻三明治(是由另外一位服务员端来的!他们不可能让他只负责给考利上菜;他一定是能够机动遣使的雇员)完全符合她对品牌和原料比例的具体要求。当她想要挑战一下厨房的能力上

---

① 咖啡豆是咖啡果的种子,包裹在果皮内。

限,并且淘气地点名要一种只在普罗旺斯城有售的冰激凌,他们眼睛都不眨地就满足了她的要求。

在蕾雅的整个人生中,"厨艺"都只意味着选取正确的厨具。大趋势仍然是妻子们命令厨具开始烹饪,但是女人靠饭菜的口味获取哪怕一点自我价值感都已经是至少半个世纪以前的老皇历了。然而,当她看到兰德吃了通常饭量两倍的食物时,她想到自己不佳的厨艺,还是略微有些不开心。

她几乎马上就找到了另一个更不悦的理由。只需环顾一周这间豪华的大厅,她就想到了发胖在失重环境中有多轻而易举。一个飘浮着的胖子永远不可能给人好印象。听说丰腴在太空中是个新时尚——至少对于那些在重力作用下长大的人来说是那样——但是她才不在乎事实到底如何。

杰伊任由兰德为他的主菜埋了单……兰德的理由自然是他现在承担得起这种消费了。考利看到总价时眼睛瞪得浑圆,兰德则在按指纹授权时明显地得意满满。

我能做什么呢?我到底能做些什么呢?

第二场新闻发布会比第一场稍微更有趣一些,因为至少一半的时间里,记者们都在询问她早些时候有关欢乐主义的评论——这会儿,那个名词听上去都已经有了专有名词的味道。最有趣的部分其实是无视马丁丧心病狂地想要转变话题或者曲解她的发言的尝试。她拿出以前做过的新书访谈的经验,对付起这种场面来游刃有余。而且兰德似乎也不介意和她分享镜头——也许是因为这回收看采访的对象只是太空人,而他并不介意这些人对他有什么看法。或者也许是因为……她必须得承认的是,他只是深爱着自己的妻子而已。

一个小时之后,在那个假设——他深爱着自己——的推动之下,她在他们奢华的新套房里设计精巧的主卧室中给了他人生中最爽的一次性爱。自然是用了只有在失重环境中才可能做出的奇妙动作。云雨之后,仍然对他心怀怨恨的她飘离(字面意义上的)了他的身体正面,蜷缩在他的后背上进入了梦乡。

第二天,她和考利就和兰德分头行动,开始巡游酒店。陪伴她们的适应引导员是一位身材瘦削、脸色苍白但十分帅气的年轻人。兰德则躲在了杰伊的工作室里,试图拯救普里芭拉搞出的烂摊子。

考利在年轻人自我介绍时张大了嘴巴。"邓肯·爱荷华?"

蕾雅赶紧拉住她,但是邓肯只是灿烂地笑着。"我妈妈是弗兰克·赫伯特①的粉丝。"他留意到她好像并不认识这个名字,便继续解释道,"他写过一本叫作《沙丘》的书,其中的主人公之一就叫邓肯·爱达荷。所以她总是想有个叫邓肯的儿子……之后她和我爸爸沃尔特·爱荷华结了婚,就给我起这个名字。"

蕾雅注意到他并没有更进一步解释,为一位来自地球的八岁小女孩解释爱达荷和爱荷华都是美国的州名。那堪称谨慎的外交行为。他出生在太空中,肯定会为其他出生在太空中的人解释这一点,因为地球上的那些州省都只是遥远空洞的抽象概念。但是他能像一个地球人一样思考,至少熟练到足够保全一个孩子的自尊的程度。她相信自己会喜欢他。

考利也一样。"我也有同样的难题,"她严肃地说道,"我自己的父母以为用狗的品种来给我起名字很好玩②。"

---

① 弗兰克·赫伯特(Frank Herbert,1920—1986)是美国著名的科幻作家,著有《沙丘》《造神者》等作品。

② 考利(Colly)和考利牧羊犬(Collie)的发音相同,拼写也近乎相同。

邓肯也一本正经地点了点头。"这种事情绝对值得咱们发牢骚。"

她咯咯地笑了起来,两个人从此成了朋友。

这次酒店巡游和蕾雅上次来访时经历的不同,并不是为第一次来访者准备的标准首日游。这回的游览更像是VIP定制版,有很多"幕后"环节。观光内容仍然十分震撼,但是不知怎的,感觉上更私密,能让人感觉到这是只有特殊人士才能享受到的独特待遇。"当然了,一直到你回家以前,那可能都没法彻底了解这个地方。"爱荷华说道,"我自己也还在汲取新知识。"

"你做这个工作多久了?"蕾雅礼貌地问道。

"我刚刚得到这个工作。但是我从还是个孩子时起,就总是来这里玩。"

真久呢,不是吗?她讽刺地想了想,但是并没有说出口。

在游览过程中,她和邓肯交换了个人信息。他二十岁,是位双性恋者,目前单身,获得了分子电子学的学士学位。他希望在挣够了学费后能继续深造,取得硕士学位。要是他老上十五岁,有现在两倍壮和更浓密的毛发,并且像地球人一样肌肉发达一些,她一定会考虑给他和杰伊牵线搭桥。他的父母都是在"空之扉"工作的太空人。

整个游览中考利最喜爱的环节是清水知名的零重力游泳池;她瞬间就给它起了个绰号,叫作"变形怪"①。泳池在本质上是一个巨型球体水缸,直径三十米,其中是二十万升的清水。为了保证酒店在轨道中运行的稳定性,泳池被安装在了酒店的正中心。

---

① 变形怪(亦称幽魔浮点)是经典的科幻电影中的怪物形象。它是由彗星带到地球的一种不断长大、有腐蚀性的、可以像阿米巴虫般变形的怪物。

考利当然坚持想要进入泳池玩耍。你得先戴上呼吸机和通信设备以及四只鳍,然后通过一道密封门进入。泳池内美得超乎自然:池壁分布着艺术品般的有色灯光,混合后的光线则营造出了光彩流转的效果。水缸内满是多彩的热带鱼——当然了,它们是机器鱼,但是那并没有影响它们的美丽和奇妙。想抓住它们是绝对不可能的,就连摸一摸都不能:考利开心的试了一会儿。蕾雅则玩得和她的女儿一样尽兴。之后,当二人来到更衣室时,考利大声嚷着,说失重环境中的气泡更漂亮,而且运动形态也更有趣。

蕾雅心中想的则是在 P 城的游泳体验更好,不管是在沿海的开阔一侧还是在海湾一侧①。但是她让这个想法乖乖地留在了脑海中。

当她们和邓肯重新会合时,考利说的第一句话是:"邓肯,你为什么不像我爸爸那样身上有肌肉呢?"

"考利!"蕾雅开始呵斥她。

但是邓肯满脸微笑地打断了她。"我知道在地球上这个问题一定很粗鲁,但是太空中的规矩不一样。在这里,那只是一个好问题而已。"

考利看起来很满意。"那么你有什么好答案吗?"她问道。

"因为我不需要它们。蚯蚓的肌肉——抱歉,地球人的肌肉——在这里比没用还糟糕。你不需要那么大的力量,因为可能会因为用力过猛而伤到自己。"

"哦。"考利低头仔细看了看自己脱了皮的膝盖,并且若有所思地揉了揉刚刚撞过的手肘,"我知道为什么:我只是在考验你

---

① P 城位于马萨诸塞州鳕鱼角的最北端,三面沿海:北侧是开放的大西洋,西南侧是鳕鱼湾的入口,东南侧则是普罗旺斯城港,是鳕鱼湾的一部分。

而已。"

"我现在能问你一个问题吗?"

"当然了。"

"在泳池里的时候,你为什么那么喜欢那些天使鱼?"

"它们总是摆出像花团一样的图案,"她说,"你知道的,就是尾巴靠在一起,但是每一条的头都指向不同的方向,就像个绒球似的。"

"地球上的天使鱼不这样吗?"他问道。

她盯着他不放。"它们怎么可能做得到?有些鱼得头上尾下才能行啊!"

他眨眨眼,然后笑了出来。"那很好笑,不是吗?我知道真正的鱼在失重环境中没法存活,因为它们会死于没有可供参考的固定的方向坐标;我读到过这一点。但是显然我没有读完,也就不知道它们在地球上摆不出绒球的图案。"

"这说明了书本并不能完全解释生活。"蕾雅说道,把这段对话当成了给考利上一课的好机会:"邓肯出生在太空。他了解很多知识,但是也有你知道、他却不懂的事情。"

"反之也成立,"他同意地说道,"那正是我陪你们的原因。在接下来的几天里,你们将会听我重复某些事情听到心烦。失重环境安全注意事项、真空环境应对方案、太阳耀斑应对方案、压力服保养,诸如此类。接下来,你们得向我证明你们熟练地掌握了所有这些事情,才算过关。这对你们来说就算是看书学习了。所以你们得忍着我的唠叨,好不好?不然的话,你们可能会因为犯错误而陷入麻烦。"

考利严肃地点点头。她已经在密切地观察他在零重力环境中行事的方式,并且试图模仿他的动作了。但自从他这么说之后,她会特别询问他的建议并且据此行动。

"比如,你俩都戴上一会儿耳机。"

蕾雅和考利都照做了。

"我想让你们听一种声音,但不想影响别人。听——"他轻触了手腕上的一块面板,耳机中便传来了一阵独特的、类似尖叫一样的颤声。"如果你们听到这个声音的话,你有不到二十分钟的时间赶到泳池。如果你来晚了,就一命呜呼。那意味着一次强烈的太阳耀斑正在袭来,这座泳池是这里的风暴避难所。"

"那通常持续多久?"考利问。

"从十八个小时到三天之间的任何时间都有可能。"

"我们可能得游上三天泳?"她似乎并不明白这意味着什么。毫无疑问,蕾雅为之一震。

"哦,不!他们会把水排入泳池周围的储水罐;这样储水罐还能当成盾牌使用。"

"那泳池是很大,"蕾雅说,"但是它真的能装下一千两百多人,并且坚持三天吗?"

"如果他们互相友爱的话。"他笑着说,"别担心,对于绝大部分耀斑,你只需要钻进套房中的防辐射间就可以躲避。三级耀斑才会清空泳池,而我长到这么大,还从来没发生。当然了,这也不意味着它不可能在接下来的十分钟内发生。不过,如今清水有一些特别聪明的家伙在为太阳活动创建模型,还有星辰舞者们总是会在金星轨道以内的位置布哨,时刻监测着我们太阳系那位大姑娘。他们可以利用心电感应,瞬间内就把警报发送回地球轨道,那可比用无线电或者激光传递快得多:太阳姑娘一清嗓子,我们就会得到警报,比旧金山的地震警报还快。如果发生任何紧急情况,经过训练的专业人员还会身穿防辐射服搜索行动缓慢或者处在睡眠中的人。但是——这就是我刚才一直在强调的一点——你不能把自己的人身安全寄希望于机器或者其他人。有时候你不能太指望他们。无论你在什么时候看到绿色蝌蚪,也就是在你视野范围内闪烁的绿色小灯,就要赶紧钻进防辐射间。别等中央主机给你发来指令再行动……也千万别停下去上厕所。"

在午餐之后,他把她们带到了"仙境"。两位女士都觉得那里令人愉悦。在你靠近的同时,第一个引起你注意的是一只位于你前方的、孩童大小的白兔;它穿着一件马甲,正在查看一只怀表。它会双脚朝前地沿着一条管道"下"滑,而你得紧跟着它:迎面扑来的风会给你带来一种仿佛掉进了魔法世界一般的、却完全触碰得到的幻觉。

叫作"仙境",名副其实。

考利想留下,永远地留下。在一个小时之后,蕾雅厌倦了开心、轻松的感觉,想要跟她丈夫发一顿脾气。她把考利交给了邓肯,和他俩约定好在晚餐时会面,然后便在麦克斯韦·珀金斯出色的导航下穿过迷宫似的陌生走廊,来到了杰伊的工作室。关于人工智能助理的一件事是:即使你想在不熟悉的地方装一下外人,他们也能让你没法如愿。只要你的人工能访问本地数据库,无论你去哪里,都与在家没有区别。

她在门外停下了脚步,并吩咐麦克斯问他的另一个人格——兰德的人工智能助理萨利耶里——她能否在不打扰她的丈夫的情况下进入房间;在他确认没有问题之后,她用拇指轻轻推开了房门,飘了进去。还在创作中的作品看起来奇怪极了,搞得她的眼睛赶紧躲闪开来;她只注意到了它似乎包括一些仿水下世界的视效和采用了十二音技法的音乐。她和这位成像师结婚的时间长到足够让她深知,成品和未制作完成的作品大多数时候都不怎么能让人联想到一块儿。

兰德在她左侧几米处飘浮着,相对于她的方向坐标来说是倒立着的。他全神贯注,正放松地处在失重环境下经典的蹲伏状态,盯着前面立方体房间中的十二位舞者们跳舞。哪怕他头脚颠倒,她也能看出他正紧皱着眉头,喉咙深处在咕哝着什么,脑袋也随着节奏一偏一偏的。

她从没见过他这么专注而快乐过。

该死。

瞥见他全神贯注地工作的第一眼就让她在内心深处——在潜意识中——意识到自己无法闪避了。她要么得在此度过余生,要么就得开始重新过光荣的单身生活……还得独自抚养一个八岁的孩子。她思考了一番,决定不应该再继续想这个事情,并和她那些未成形的故事一起,丢在了脑海深处。

那件事情在接下来的一个月里就被困在了那里。每次当它试图摆脱桎梏时,她就转身去写一个新的故事。所以她在那一个月里,可谓成果颇丰。

第八章

清水酒店
2065年1月7日

兰德注意到他需要分散一部分注意力给其他地方：他的妻子刚在他身旁对他说了什么。他赶紧在脑海中给记忆倒了倒带，发现她刚刚在问他有没有空一起吃晚饭。

她的问题让他颇为困惑。它使他不得不对此多加揣测，而且包含了一个至少有六种含义的词语。他搜寻着一个靠谱的回应，最终选择了一句简单的："啊？"

她完全理解了他的意思。"多谢，亲爱的。我会让萨利耶里等下再询问你一遍。请你有空了一定要听他说话，好吗？他会知道我们在哪里的。"

她话可真多——他决定点一下头，这是最安全的回应。看起来似乎起了作用：她离开了，而且尽管她的眉头微皱着，她在路上并没有重击任何东西。松了一口气的他重新放松下来，让自己的眼睛和思绪回到了需要关注的地方。不管怎样，天杀的普里芭拉！就因为她，他如今处在一个相当尴尬的境地：他作为驻店成像师的第一项辉煌成就竟然是帮别人收拾烂摊子。他已经在这个项目上花费一个月了，而他能拿出手给人看的还是一座山那么高的垃圾货。

她留下的烂摊子糟糕透了。普里芭拉技艺不算精湛，但是创作速度可真快。想把半成品通通拆解，重新设计全新的场景是毫无希望了；不断逼近的截止日期根本不允许他那么做。

啊，好吧，他真正应该感到抱歉的其实是杰伊和他的公司的舞者。为了实现普里芭拉愚蠢的主意，他们已经浪费了数十个小时和无数的汗水……致力于最终在大众面前呈现创作成果，却一点也没有防备过出现这种意外事故。他只需要——

她在离开之前没说"我爱你"。

他本来准备好好地思索一番蕾雅这个举动的意思——但他猛然有了一个或许能部分拯救这个灾难的主意。这来自他昨天晚上做的那个奇怪的梦：把失真的水下视效彻底移除……用半空中来替代。至于海床可以用覆盖了整座城市的、背光的地毯状云朵来代替。每一朵云都可以几乎和那些傻透了的水草一样波浪起伏——舞者们需要这一点来搭配他们的舞蹈编排。它们可以不时地分散开来，露出下方远处的地面。当然了，类似的设计在以前也出现过，但是最近没有，也非出自他手。该死，这个方案也许刚好能把整套节目拉回及格线以上。但是，他能做到吗？第二幕中的那条可憎的鲨鱼该怎么处理？大概可以用一只大鹏来取代？不不不，先不管那些该死的细节——它会对整体的观感有何影响？舞蹈还能搭配起音乐来吗？

嗯，该死，什么东西都能配得上十二音技法那种噪音。不过，他自己这么想是一回事，如果有人问起来又是另外一回事，他肯定会给出相反的答案。不，不，这个方案还是可行的——原本舞者们在深水中还能正常运动这一点在艺术表现上的根本错误就可以顺势消失了。如果需要的话,他也能重新为舞蹈创作全新的配乐,对编舞足够熟悉的他此刻几乎能听到旋律在他耳畔流转。"杰伊!我有办法了!"

　　与杰伊建立通信花费了一点时间;杰伊自己也处在工作状态中。但是最终他俩还是取得了联系,并且决定了怎么组织语言;兰德立刻提出了他的概念。杰伊很喜欢他的提议,他说自己在一周以前也做了一个大致相似的梦。还没来得及激动,他先试探性地模拟了一番这个新主意;在事实证明新主意绝对行得通时,他和兰德一样兴高采烈。

　　但是兰德绝对比杰伊更加欣喜若狂——帮助你的大哥解决一道困扰他许久的难题自然能带来特别的喜悦之情。杰伊比兰德大上了十三岁,向来是更强壮、更聪明、也更成功的那个。兰德并不憎恨他:他待他一向友善,也从来不吝惜时间和精力,慷慨地支持他。两兄弟在童年能建立起情感的纽带几乎都是杰伊的功劳;他似乎十分享受有一个能让自己言传身教的弟弟。他对兰德的职业选择有着不容置疑的影响,也从未(兰德十分确定这一点)利用自己在艺术界的影响力帮兰德疏通关系。他俩相处起来就是天下所有兄弟的模范;俩人的年龄差距几十年来从来都不是问题。

　　不管怎样,能给他带来惊喜总是件欢乐的事。

　　杰伊把舞者们交给了弗朗西尼,他的舞蹈队长和助理编舞师,然后便把兰德带到了他自己的套房。他俩一路上都在像互掷健身球一样交换着新点子,并且在交流过程中把它们发展得更加全面。

　　"有一点帮了我们不小的忙,"兰德在身后的门锁紧时说,

"我们的舞蹈团队真的很出色。"

杰伊热烈地点起头来。"现在清水的两个团队里,我们这一队显然更加优秀。其实他们对杂耍和艺术有着同样的热情。"清水酒店为住客们提供两种娱乐性的舞蹈表演:由兰德和杰伊联袂打造的、在新星舞剧院上演的高雅艺术;另一种则是在酒神厅演出的"杂耍"——相当于在失重环境改编过的夜店歌舞表演,算是有情节的性感秀。"我打算在退休后把职位交给两个助理导演中的一个,也就是弗朗西尼来接替。上次与你合作的团队也不错,但是他手下这支团队是从一开始就和我们合作的。我说他们更好并不只是因为他们在太空待的时间更长,而是因为这个团队里面的人大约在一年以前,在不知哪根弦突然搭上了之后,他们就互相勾搭上了。"他丢给兰德一杯可乐,并为自己拿了一杯根啤。

"那一定不多见。"兰德说。

"基本上和任何从事同一职业的十二个人陷入爱河,并让这种多角关系健康地维持下去的概率一样。"

这个比喻让兰德想起了杰伊和伊森恋情的崩塌,他的好心情开始蒸发。工作已经让他把自己的婚姻危机忘得一干二净,虽然他之前还希望能这样全神贯注地工作。杰伊一定从他的表情中看出了什么,因为他问的下一句话是:"你和蕾雅之间的事情解决得怎么样了?"

"我对天发誓,我也不知道,兄弟。她现在已经适应失重环境,而且看起来也挺喜欢这里的。但是要她留下的话,只有这些条件可不够。我能做的只有双手合十,祈祷她在下个月结束之前疯狂地爱上这里。因为如果不行的话,我就完蛋了。"

"那也并不是毫无希望,"杰伊悲伤地说,"比如我,我就是逐渐爱上这片荒原的。好感都是不知不觉间培养出来的。别——"

"你又不是在普罗旺斯城出生的。"但是他知道杰伊是在试图让他振作些,所以尽量控制自己的情绪。"不过,你挑选的带她和考利四处游览的那个孩子倒是个好推销员。"

杰伊露出了笑容。"如果你不小心的话,她可是会疯狂地爱上他的。哈哈,当然了,我只是在开玩笑!事实上,以我的经验来判断,他……好吧……至少是双性恋。"

"那正是我的猜测……不过,也许你的经验正可以当作你的魅力?"

"别傻了。一个二十岁的小伙子?我老得足够当他的……他的……"

"……最佳情人。上吧,兄弟,找他谈恋爱会有什么损失吗?"

"损失可大了。很显然你没有尝试过跟上一个二十岁年轻人的节奏。不管怎样,我喜欢有肌肉的男人。我们偏题了——听着,我想说的是,事情没有结束前谁也说不准。我知道那房子对蕾雅的意义有多重大,我也知道普罗旺斯城是地球上最令人兴奋的地方。但是这里也是太空里最令人兴奋的地方啊。给她一些时间吧。"

"好吧……我一直在用空闲时间给她准备一个惊喜,最近就要送给她。也许今晚就送。只是,可能——"

"杰伊,有来电,"迪亚基列夫说道,"是伊娃·霍夫曼打来的紧急电话。"

杰伊的脸色突然发生了变化。"哦,真该死。抱歉,兄弟。迪亚基列夫,给我一些隐私保护。"拖虫们为他带来了耳机、收音麦克和一个显示屏。他把手中的全息成像遥控器扔给了兰德,便接起了电话。在他接电话期间,兰德心不在焉地看了一会儿2000年的平板音乐录影带:他关掉了声音,寻找着可以在创作中借鉴的画面。

当听到杰伊说了一声"我的天啊"时,兰德赶紧关掉了屏幕。"出什么事了吗?"

他的哥哥看起来很是震惊。"我最亲密的朋友之一最终决定不自杀了。"

兰德看着他,认真地说道:"的确,这种事确实很让人惊讶。"

杰伊笑了笑,又皱起了眉头,然后忍不住发出了短促而紧张的大笑声。"天啊,那听起来蠢透了,不是吗?"他摇着头说道,"或许我和她有一样的缺点,明明听到的是好消息,却总是没法迅速接受。"

"你说的是谁?我能问问吗?"

"伊娃·霍夫曼。"

兰德万分惊愕。"她竟然不想活了?我一直以为她会成为'宇宙尽头'舞会的荣誉嘉宾呢。我很高兴她改变了主意;我很喜欢她。"

"我也是。她会出席特别演出,就是明天晚上。"

"什么特别演出?"

杰伊的舞蹈团队目前排班表演的曲目是《空间传递》——那是兰德上一次驻店时与他共同创作的。这套节目每周排了三个夜场以及一个周日的日场,将会持续到一个月之后,新节目代替它为止。但是这时兰德第一次听说特别演出。

"哦,真该死,我没有跟你说吗?抱歉,我最近脑子太乱了。我们接到命令,要献上一场特别演出。还是在同一个舞剧院,类似于私人音乐会。当然了,酒店里的其他人收到通知都是演出取消。只有UIP和一小部分住客中的VIP能进入演出现场。"

"UIP?"

"嗯,U-I-P。终极重要人士。"

兰德做好了听到大人物名号的心理准备。"都有些什么人啊?"他问。

"成濑和雄、伊马洛·阿明、格里耶克·克鲁涅克、沙图尔·比尔拉,还有维多利亚·海瑟薇。我称之为'重量级五人组'。"

兰德有点喘不过气来。"他们所有人都要来?同一时间出现在同一个房间中?他们要来看我们的作品?"

"没错。凯特·德川已经为他们的这次访问秘密筹备了一个月之久;她想展示所有的经典环节。当然,她已经授权我告诉你了,但是我偏偏给忘了。"

"地球上最他妈的有权有势的五个人同时来这里是想干什么?"

杰伊摇摇头。"我的猜想是,历史学家们会在四十年之后才开始火热地争论这个话题。也许永远都不会有人知道。这些人可以改变现实,而且他们不喜欢别人知道他们在做什么,尤其是在他们完成某件事之前。在五个人都回到地球之前,请你千万要保证让蕾雅和考利不会跟任何人提及特别演出的事。"

"告诉两个女人不要对别人讲几周以来最让她们兴奋的事情……没错,应该没问题。"

杰伊抓住了他的上臂。"听我说,这件事情很严肃。如果他们五位在这里现身的事情在他们仍然身处这里时就被公众所知,咱俩很快都会丢掉饭碗。这都还算是比较轻的处罚了。人在太空出事故可不是什么奇事,我们很有可能一不小心就离奇死亡了。"

兰德甩开了他的手臂。"而像伊娃·霍夫曼这种普通的酒店住客却收到了参加绝密表演的邀请?"

"我的天啊,兰德,伊娃可不是什么普通的住客。你知道的,伊娃可是伊娃。就连凯特都惧她三分。事实上,我认为伊娃是成濑和雄邀请的。他还邀请了雷布·霍金斯大师。听着,在这件事情上你得相信我,好不好?告诉蕾雅和考利不要和别人讨论这件事,就连邓肯也不能说。在重量级五人组离开之后,她们想怎么显摆就怎么显摆,因为那时候安全保卫就无所谓了。接下来这句话只是咱俩的悄悄话:我认为在他们停靠之后的五分钟里,消息就会传遍整个清水酒店——但是我不希望在这之前走漏风声的人会是咱们俩。我喜欢这份工作;我也想在他们走之后还能继续做这份工作,行吗?"

"好的,我会嘱咐她们的。现在咱们还是启动'忒耳普西科瑞'①,看看这个新主意的效果怎么样吧。"

这套全息成像编舞程序只能算是动画模拟软件的次级衍生品,原版是使用于二十世纪的程序"生活百态"。在杰伊启动它,并且设置好普里芭拉那片烂摊子的参数的同时,兰德向萨利耶里询问了自己的日程安排。

"接下来我有什么预约吗?"

"蕾雅和考利约你于晚七点在卢库鲁斯大厅吃晚餐,但是如果你迟到的话,她们会表示理解。我会在晚上六点四十五分时提醒你。如果届时你决定继续工作,我会通知她们,并且在晚九点时提醒你停止工作,并用晚餐。如果必要的话,我可以使用强行干涉,拉着你去吃饭。"

---

① 忒耳普西科瑞是希腊神话中的舞蹈女神,文中的编舞程序就以她命名。

"很好。不管我什么时候回家,都请在我到门口时提醒我展示那个新的窗口程序给蕾雅看。你可以退下了。杰伊,让我来接手界面,你看这样行不行……"

事实证明强行干涉很有必要。当他回到自己的套房时,考利已经熟睡;天使鱼正在她的梦中拼凑成一个个绒球。

他迫切想要给蕾雅展示他准备的惊喜。但是她也有一份惊喜要给他看。"我在查看……该死,好吧,我其实是在偷窥隐私。"她一边敲着键盘,一边开心地说。她想给他看的文件正显示在墙面上。"我在磁盘中属于考利的分区里发现了这个。"那是一个文档。最开始他以为那是蕾雅的稿件,因为是用她坚持使用的那款已经过时的文字处理软件创作的。但是接下来他就发现了文件最上面的那行字:"《神奇的冒险》,作者:考利·波特。"

"这是一则短故事。"她说,心情很好,"讲的是一个小姑娘前去太空,打败间谍。"

他露出了笑容,"哦,那棒极了。她之前从没告诉过你?"

"一点都没有。等等,让我给你看看最棒的部分……"她把文件向下翻,找到了目标段落,然后把文章的一部分进行了高亮处理。那句话是:"但是真相远非现实。"

他的狂笑搞得她也大笑了起来;害怕吵醒考利的两人赶紧压下声音来,却不由得再次开始大笑。夫妻俩以一个拥抱结束了这一连串情绪,一起欣赏地看起了屏幕。"写得好不好?"他问道。

"很难说;她还没写完呢。但是目前来看……对于一个八岁孩子来说……写得好极了。"

"她写了几天了?"

她敲击起键盘来。"文件是在三天前新建的。"

他很是惊喜。"她都写完八页了？我的天啊,真了不起。"

她飞速地点起头来。"一点也没错。三四天就写出八页来对我来说都是高效率。"她皱起了眉头,"我们该不会是养了一个超级喜欢写作的怪胎吧？"

他戏剧性地颤抖了一下身体。"本来可能更糟糕的。至少她喜欢的不是海洛因。"

"海洛因的花销可小得多。好吧,她长大之后就可能失去兴趣的。当我和她一样大时,满心想的是当一名体操运动员。"

"那是当然,我知道。但是这还是可爱极了。而且你还是应该因为女儿敬仰你而深感自豪。"

她把他抱得更紧了些,并开始轻蹭他的耳朵。"你看着吧：再过一两年,她的写作风格就成型了。到时候我非把她的文件翻个遍不可,然后她那时候已经变成一只大怪物了,会出现在我的身后并咬掉我的屁股。"

"那也是你活该,"他说道,也蹭了回去,"竟然敢偷窥。好卑劣哦。你没偷窥过我的分区吧？有没有？"

她哼了一声。"就好像我能跟你比当黑客似的。为什么这么问？你那儿有什么有趣的东西吗？"

他微微一笑。"永远都别指责你丈夫的日记无聊透顶。萨利耶里！"

"有什么吩咐,大音乐师？"

"运行名为《家》的文件。"

"遵命。"

"亲爱的,朝窗外看。"他把自己的头微微向后靠了一些,以便观察她的反应。他对自己的这个点子十分骄傲,并且有很高的期望。他的这个作品是从拷问自己这个问题出发的：我的妻子正在备受煎熬，而那都是我的错。我该为一个和我一样，在自己的专业领域有着特殊天赋的人做些什么呢？这就是他在苦思冥想三天之后得到的答案。由于这还只是粗剪的第一版，视觉图案花了几秒钟才一个像素一个像素地组合完整、变得清晰起来。但是他还是能看出来她一听到音轨，就几乎立刻猜出了图案中是什么。她的身体在他的怀抱中紧绷了起来。

窗外呈现的是鳕鱼角湾和普罗旺斯城。恰好是蕾雅从家中塔楼上层的写作间窗口所能看到的风景。海湾在左手边，长长的石堤仿佛在朝着地平线的方向伸着舌头；P城在视野正中央，历史遗产博物馆的塔尖从一片房顶中鹤立鸡群、刺入天际；在右侧则是朝圣者纪念碑。那里刚刚是傍晚时分；一弯明月正在从海面升起。

"这可不是成像模拟，"他迅速地说道，"这是实时的现场直播。好吧，有三秒的信号转接延迟。"不知从哪里传来了犬吠。"听到了吗？那是科迪纳家被宠坏了的小佩佩。"

一些迹象告诉他最好还是闭嘴为妙。他仔细观察了一番她的脸孔：简直就像是一名极具天赋的演员在十五秒时间内为一次一生难求的机会试镜一样。她的面容所能表达的每一个表情都一个接一个地迅速掠过。他能听到的声音寥寥无几：遥远的海浪声、凛冬的风声、几只飞过的海鸥的叫声、一辆陀螺仪不太灵光的车驶过的声音，其中最明显的却是蕾雅的深呼吸声。

她的反应终于稳定在了一片沉默和苦楚的泪水上——而他只看到了这个表情一秒，她就疾速离开了套房。

干得真好。他自己深呼吸了一分钟，然后飘到窗前，深深地凝望了P城许久。最终，他关掉了图像。"萨利耶里，让我和蕾雅说说话。"

"先生,她现在不接受通话请求。"

"她在哪儿?"

"先生,她启动了隐私封印。"

他点点头。他知道绕过封印的几种方法……但是他意识到自己在一天里已经做了足够多的蠢事了。如果蕾雅想让他找到她的话,就不会费力启动隐私封印。

他累得无法面对这么多痛苦——既无法减轻它,也没有人与他分担。于是他在床上继续思索着还是半成品的工作,在一片云朵的背面进入了梦乡。风吹过他的耳边,留下了一阵阵叹息声。

第九章

土星环
土星

  这位星辰舞者暂时把自己从星辰之思脱离了出来，只用自己的大脑思考着。来自整个星辰之思体系中数百万的星辰舞者成员的巨大感应信息流冲过她的脑海，但是她在意识层面上毫不在意，也没有往系统的大圈子中发回任何反馈。
  一年以前，她尚不完全理解的一些东西促使她决定静下心来去冥想。从那时起，她选择的就一直都是对自己最为有效的冥想形式——舞蹈。她的离群算不上什么稀罕事；在任何时候，都可能有多达几千位星辰舞者处于失联状态：他们可以按照自己的需求离开或留在系统中，也能按照自己的意愿选择要不要参与其他人正在进行的任务。已经接受了外星生命的礼物——寄生生物——的他们已经不再受到吃、喝、睡眠等需求的困扰，也从来不会感到疲劳。另外，他们永生不死，或者这么说，至少拥有非常长的寿命——这通常会给他们带来一种冥想般的精神状态。

在一位不熟悉寄生生物的观察者看来,她可能看起来就像一位穿着笨重的红色老式压力服的人类,但是没有携带气罐和助推器,也没戴着透明的头盔。但她不属于人类——她再也不能被称为一个人类了——而红色的外层事实上是她身体的一部分:它是在四十四年前与她共生的有机寄生物。神秘的外星萤火虫们将它设计成了人类代谢的完美补充品:寄生生物层为人阻挡寒冷和真空,把排泄的废物转变为养料,还能够伸展开来,变成一只太阳帆……最神奇的是,还可以与其他共生者进行心电感应。

当然了,就像其他所有生物一样①,它也需要阳光。她这会儿正在绕着土星转动,几乎处在一位星辰舞者在不需要额外的人工光子源作为生命支持时能够远离太阳的最远处。但是她并没有感觉到寒冷……就像她在几十年前前往她的活动范围的另一个极限,水星轨道的时候也不感觉炙热一样。

她选择了一条比壮观的土星环更高的轨道,距离远到足够无须担心任何那条无尽的石河可能带来的安全问题。她视野中的可能是太阳系所能提供的最美丽的景象,美得不可方物。就连最苛刻的评论家——她自己——都不能不为之震撼。她在进入共生状态之前就已经是一位极具天赋的舞者了,如果她把过去一年中跳过的舞蹈录下来,在地球上肯定能卖个好价钱。但是所有的这一切都属于她,也只属于她。当她的身体活力无限地在近真空环境中翻腾时,她的心绪毫无波澜;她早就达到了冥想中至关重要的"有所思,亦无所思"的境界。她已经全然化身为意识般的存在——身在此处,却不留痕迹。

因为她曾经是一个人,所以静心状态持续不久是天性使然,

---

① 事实上,阳光并非所有生物的生活史中的必需物。

她会不时地滑入一种类似做白日梦的状态。有时这些白日梦会穿过吞噬了她的茫茫宇宙,抵达她最深爱的同伴们的大脑中,仿佛在确认他们仍然存在、他们一切都好。在它们轻抚着遍历每个同伴的思想的同时,她的舞蹈也下意识地产生变化,表达着他们的思绪与他们之间的情感纽带。因此,一种偶尔重复出现的主题贯穿了整支舞蹈:它以属于她最年轻的孩子盖玛的活跃的笑声开始,紧接着是有切分音构成的、节奏略微杂乱的旋律——那代表着欧尔尼·德沃夏克,和她生下盖玛的那位星辰舞者……最后是她年纪最大的孩子,四十三岁的拉什,以及他的父亲——就在那时,她的后背开始痉挛,她也随之尖叫起来。

任何经过心电感应传递和感受到的尖叫都是刺耳而触目惊心的;当叫声来自一位在过去一年中都处于冥想状态的个体时,遍布在太阳系中的每一位星辰舞者都畏缩了几分。他们纷纷迅速前来查探出了什么问题以及他们应该做些什么。一瞬间,星辰之思就像一枚子宫一样将她包裹起来,温柔地查探着她的伤痛的根源所在。

但是哪怕她自己都毫无头绪。

唯一的线索是她喊出的那个词:第一位与她生子的男人的名字。我刚刚感知到了他,她对他们说:我马上就意识到情况不妙。所有事情都很不对劲。

当然了,他也身在感应网之中,并且和她一样困惑。他汇报说,就自己所知而言,并没有什么不对劲的事情。他的确位于有着巨大潜在危险的区域,但是他已经在那里待上五十年了。目前他正在执行一项复杂、艰巨的任务;众多环节中包含着不可预知的危险,但是据他了解,这个项目没有发生任何意外。

没有任何原因能够解释她的恐惧,这让她难以释怀。没有根据的恐惧往往是最难克服的。她想透彻地检查、分析他最近几周记忆中的每一秒——至少她希望可以达到这个精确度——寻找与危险有关的线索,但是由于他还不算是"羽翼丰满"的星辰舞者,她并没法深入地探查他的回忆。他们的儿子拉什也加入了她的行动,两人一道搜索起来。

　　探查仍然无果。

　　因此,拉什把他的注意力转向了母亲。你是什么时候第一次感知到情况不妙的?

　　当我发出尖叫的时候。

　　有没有可能在那之前,事情已经不妙了呢?你上一次感知爸爸是什么时候?

　　她想了想。我想是昨天。那时一切都还正常。

　　我们能够知道在过去二十四小时内发生了什么,可以根据这一点来寻找危险的所在。

　　拉什的父亲说道,但是为什么今天的我会比昨天更危险呢?

　　我不管,她想说,你就不能离开那个地方吗?但是她并不能问出口,因为她已经知道了他会如何回答。

　　我也不知道,她说道,但是,该死,你一定要小心!

　　你知道我会的,蕾恩。他答道。

第四部分

第十章

清水酒店
2065年1月7日

当杰伊和他的弟弟吃完客房服务送来的晚餐并且互道晚安时,已经是晚上九点四十五了。杰伊试着给伊娃打电话,但是她的电话居然没法接收任何留言。他和兰德取得了如此多的创作成果,他决定庆祝一番。他飘到了位于豪华层的杰克酒吧——那是清水酒店中的二十一家酒馆中最热闹的一家,也是三家欢迎酒店雇员在下班后光顾的酒吧之一。他在那里认出了一些朋友,并且加入了他们。

他喜欢杰克酒吧;自从伊森为了一条蚯蚓离开他之后,他就成了这里的常客。酒吧经理自然无法忍受流血事件和导致骨折的严重事故,但是如果你只是有些过于兴奋,他们是不会说什么的。这里是个搜集各种荒唐的谣言的好地方。比如,一个满面红光的老汉——他叫金王斌,是一名鲁莽的小行星矿工——来到清水买醉,坚持要告诉整个房间的人他在上次出舱干活时见到了一个"白色星辰舞者"。"我遇到他的时候,我俩离得可他妈近了:我是用肉眼看到他的,根本用不到灯或者其他照明工具。看起来就和其他星辰舞者一样,但是白得跟一条鼻涕虫似的。非常没教养,都没回应我的招呼。"还有一位来自地球的土拨鼠舞者:他也来到了杰伊的酒桌,对桌边的所有人讲了一个关于骨折的脚踝在开演之前神奇自愈的荒唐事。

那位舞者很有魅力,和他的年龄相仿,而且身体健壮。但是就在杰伊准备接近他的时候,他意识到自己尚未准备好。关于伊森的回忆仍然过于鲜活。为数不多的几次失败试验反复证明了不含感情的性爱对他来说再好不过了——至少一定简单得多。

责任感让杰伊离开得比计划更早些。他一回到自己的房间,就又试着给伊娃打了一个电话。考虑到入夜已深,他并没有期待电话能够打通;他只是希望能给她留一条信息,和她约在明天的某个时候聊一聊。但是出现在屏幕上的面孔不是基夫斯的。他看到的是一个谢顶、无须、对自己九十多岁的外表丝毫不加掩饰的男人。他穿着黑色的宽松长袍和裤子。

"嗨,雷布,"杰伊在一阵惊讶之后说道,"我听说你要来访了。'凌步绝顶'那边还好吗?"

雷布·霍金斯双手合十,向前鞠了一躬,然后便露出了温暖的微笑。"你好,杰伊。很高兴再次见到你。我很高兴能告诉你,'凌步绝顶'一切都好。你这些日子过得好吗?"

这可真是漫长的一天;他累得没法多说客套话。"说实话,雷布,我好奇极了。伊娃还醒着吗?"

"她已经睡了,但是她告诉我你会打电话来。为什么不过来喝一杯呢？我们已经有些日子没有聊过了。还是说你太累了？我知道你全身心都扑在了新节目上。"

杰伊已经精疲力竭，累到脑仁疼。但是他的确想知道他的老朋友为什么突然间又决定不死了，而那个问题又不是能在电话中说清的。"我这就来。"

霍金斯大师是太空中的传奇式人物。他是佛教禅宗的和尚，也是"凌步绝顶"上——那是一颗绕着地球转动的小卫星，人们在此进入共生状态——最高龄的长期住户。在他退休以前的四十多年里，他帮助上万名见习者在经历最小的心理和精神创伤的情况下，完成了由智人向空人的巨大转变。一名克朗凯特曾经称他为"指向星辰之思的谦逊助产士"。在那四十年中，他也定期造访位于高地球轨道中的其他人类领地——其中就包括清水酒店——向佛教徒和非佛教徒们传播精神食粮、播撒友谊之种。他和伊娃是亲密的老朋友，自从他们还是土拨鼠时就熟识了。杰伊是通过她认识雷布的。

几乎就在伊娃的房门在杰伊身后敞开的同时，他便开始庆幸自己来了。他已经忘记了雷布的存在能让人的心绪变得多平和。那不仅是因为他颇为明显的高龄；杰伊很确定当雷布还是一名少年时，他对周围的人也有同样的效果。他的周围就是有着一道光环，几乎能够触摸得到，向四周投射着宁静、理智和宽容的光芒。舞者们常常提起一种称为"存在感"的特质；舞台上的杰伊非常擅长获取它。因此，他深知雷布每天、每时都拥有"存在感"有多了不起。

按理说，霍金斯大师应该和其他人一样，也有自动导航系统……但是他似乎从不使用它。如果他没有在太空里找到对自己来说更重要的那份事业的话，这会儿肯定已经在他那座位于地球上某处的禅院里当了很久的住持了——但他更看重帮助人类超越自我,变成更高级的存在。

"你来到这里多久了?"杰伊问他,"那块大石头没了你能行吗?"

雷布笑笑说:"'凌步绝顶'没了我也能正常运转。我已经退休了,记得吗?这些日子里都是美雅在操心。我在这里会待上一周,如果伊娃没有催我离开的话。我正巧需要度度假。"

"那太棒了!有时间的话,我想和你长谈一次。"

雷布点点头。"但是今晚就算了吧。你看起来累坏了。你不需要喝茶,对吧?那我就尽量长话短说。你想知道伊娃为什么改变了主意,是吧?"

杰伊感激地点了点头。"这么说,她把跟我说的理由也向你重复了一遍?"

雷布再次点了点头。"我们谈了很久。谈的主要是苦难,以及我们为何受苦;还有友谊,以及友谊为何存在;也关于她来到太空以后做过的事情,以及她在未来还能做些什么。哦,还有轮回。我最后成功地让她相信了,一个人在不受难挨的痛苦和恐惧的煎熬的情况下去寻死,是一种高傲的行为。"

杰伊瞪大了双眼。在过去的一个月中,他劝了伊娃至少十多遍,虽然和雷布讲话的方式不一样,但翻来覆去也都是这些道理。"但是伊娃就是一个高傲的人啊。"他脱口而出。

雷布一语不发。

杰伊意识到,在关于高傲这方面,也许雷布就是比他了解得更深入。仔细想想,他现在就在给他上一节关于高傲的课……

"好吧,"杰伊懊恼地说道,"那好极了。我很开心你劝住了她。但是我还是不清楚你是如何——"

"听到伊娃的决定后,你内心是什么样的感觉?"雷布淡定地打断了他,"如果你不介意我这么问的话。"

在与这些圣人们交谈时,诸多难题之一就是他们总是有个神秘的习惯:他们会轻轻地,不带威胁性地戳到你的软肋和痛处。另一个难题则是想要在他们面前蒙混过关难上加难。"非常复杂,很难跟你形容。"他说。

雷布点点头。"我能看出你为什么这么想。当她请求你在她死去时献舞一支时,你内心一定也十分复杂。"

杰伊拼命地点头表示同意。"哦,我的天啊,是这样的!我当然也伤感,但是她能问我,也让我感觉很骄傲。多出来的工作量自然是一种困扰,但是在创意层面我又很受启发,而且……而且,雷布,我现在几乎就和当时一样困惑。她不想自杀了,我当然很高兴不会失去她。但是,之前我已经做了一个月的思想准备,一直在将要失去她的哀痛中煎熬……我也在一支不会演出的作品上浪费了许多时间,当时我的正经工作明明都已经急迫到火烧眉毛的程度了……还有——"

"还有?"

"——还有,如果我说实话的话,我简直要恨透你了:你只用了一次对话,就取得了我一个月都没能获得的成果。我的意思是,我知道这是你的专长,但是我和伊娃是认识了很久的朋友了。想到这,我都想踹你一脚,然后去把她弄醒,对着她的鼻子也抡上一拳。"

雷布灿烂地笑了起来。"踢我请随意。不过如果你必须得吵醒伊娃的话,一定要先买保险。不管她在想什么,现在她的求生欲可是十分强烈……我碰巧知道她打起架来非常不要命。"

"是的,我也知道这点。"杰伊曾经目击过一个蠢蛋对伊娃不敬。好吧,他活下来了。

"你得这么想。一个人试图用斧头劈一块硬木头。日复一日,他一次又一次地往下砍,可是就是不见成果。突然间来了另外一个人,只是试验性地挥了一下斧头,'啪'的一声,木头就被劈开了。第一个人没做出任何贡献吗?"

"好吧……他当然有贡献。但是他会感觉沮丧极了。"

"所以你不止不想让伊娃死掉,还想把劝她改变主意的功劳记在自己身上。记你一半功劳你应该知足啦,好吗?"

杰伊惭愧地大笑起来。"你说得对。我只是在犯傻而已。"

"那也算'人之常情',毕竟你又累又醉。快去睡觉吧,明天早晨你就会变成一个更高尚的人。我保证,你一定会让我刮目相看。"

杰伊笑出了声。雷布总能让他从低落的心情中走出来。"你说的没错。呃……你看,明天会忙得要命。你能不能问伊娃,看看她后天有没有时间见我?"

"我会对基夫斯说的。"

"多谢。你和我的谈话要约在哪一天呢?"

"任何时候都可以。我明天会很忙,但是这个星期余下的时间都没什么事。迪亚基列夫和里尔德可以商量一个好时间。"

"很好。我们到时候见。"

"不用到时候,明晚演出时我也能见到你。"雷布说。

"哦,没错。我早该想到你也在受邀之列的。"

二人互相鞠了一躬,杰伊便转身离开了。在回家的路上,他的思绪相当零散,搞得他不得不让迪亚基列夫指路。伊娃突然改变了主意,不管怎么看都特别奇怪,特别……任性。用蕾雅的话说,"像被艺术处理过一般不真实"。伊娃花了十六年的时间才下定决心,也挺过了和我长达一个月的争辩……而雷布一现身,告诉她自杀不体面,她就放弃了?这背后肯定还有更多原因。雷布还可能对她说了些什么呢?杰伊能想到的唯一方法是:一有机会就赶紧亲自问她。

在他飘移的同时,他想起了雷布说的最后一句话:"迪亚基列夫和里尔德可以商量一个好时间。"杰伊这会儿才对那句话吃了一惊。雷布每年都会见到成千上万的人,并且接触到成兆的信息量……但他却无须查看,就记住了杰伊的人工智能助理的名字。他早就忘了雷布的助理名为"里尔德"——他以前的确暗自想要查询那个名字代表着什么,但是从未付诸行动。但是,他敢打赌雷布不仅知道谢尔盖·迪亚基列夫是谁,还知道他对杰伊来说象征着什么[1]。也许这恰好能证明为什么他对伊娃的劝说以失败告终,雷布却能轻松搞定。雷布能记住人们告诉他的每一个细节,并且能在之后付诸思考,寻求答案。"谢尔盖,"他突然说道,"雷布·霍金斯是以谁命名他的人工智能助理的呢?"

"杰伊,我也不知道。等我查询一下。请稍候……我在数据库中能找到的唯一匹配信息是罗杰·泽拉兹尼于二十世纪创作的小说《光明王》中的虚构人物[2]。里尔德是佛陀的弟子,杀手出身,但是在开悟之后,他的道行超过了他的师傅。"

这个答案可真有趣——但是吸引了杰伊的注意力的却是他所说的第一个词。在互联网中搜寻资料,居然花了迪亚基列夫很长时间——将近两秒钟。这会儿已是深夜;大部分住客和工

---

[1] 谢尔盖·迪亚基列夫(Sergei Diaghilev,1872-1929)是俄国艺术评论家、芭蕾舞资助者,也是俄派芭蕾的创始人之一。

[2] 罗杰·泽拉兹尼(Roger Zelazny,1937-1995)是美国的科幻与奇幻文学作家,代表作为《安珀志》。《光明王》出版于1967年。

作人员都已经睡着了。一定是有人占用了大量的带宽在处理什么。

他想起来了。重量级五人组即将到来。当利维坦在你的船下游过时,整个海平面都会高高隆起。

他在回到自己的套房时就已经基本上睡着了;迪亚基列夫把他引入房内,锁上了房门,帮他脱下衣物,喂他吃了防宿醉药,并把他绑到了睡套里——这样他就不会在失重环境中因为落枕而疼醒。他的梦中尽是星辰舞者……成百万、成千万的星辰舞者像飞蛾扑火一样围挤在地球周围,数量多得把电离层①都染成了红色。

第二天是以一个不祥之兆开始的,最开始他都没把它当回事儿,是马丁打来的电话。

"我很抱歉,杰伊,"迪亚基列夫说,"但是伊夫林·马丁坚持要马上与你通话。"

杰伊提议马丁在这时可以做些其他的事情,等待几分钟;迪亚基列夫则指出马丁十分着急。"哦,好吧,好吧:只要音频,接受通话。你他妈的想要干什么?"

"你今晚不会录像,对吧?"马丁鼻音浓重地提出了要求。

"哦,看在老天的份上,拜托。"杰伊有时会为了保存影像资料而录像,尤其是当他需要对编舞做出调整时,也就是说,难免会把一些观众拍摄进去。马丁担心他今晚会在重量级五人组列席时这样做。事实上,他的确有此打算,但他不能说出来。"当然不了。不过那又有什么影响呢? 当录影带剪辑完成时,UIP们早就离开了,他们来过这里也早就不是秘密了。"

---

① 电离层是大气层的一部分,位于距离地面80公里至1000公里处。

"不管怎样,"马丁说,"你得保证今晚摄影机是关着的。如果你能对着你母亲的坟墓发誓,我就更放心了。"

"你知道现在是几点吗?"

"我他妈的才管不了那么多呢。我熬了一整夜,头下脚上地在一条散布着屎的河里游泳,屎做的浪依然源源不断地朝我逼近;他们在几个小时内就要到这里来了。我感觉自己就像纺织蕾丝边的小男孩;如果手头终于搞定了一件事的话,还有其他一团乱麻似的事情等着我去处理。除此之外,我手头还有一个几个小时以前嗝屁了的住客,居然还相当于是自杀的,就好像我没别的事可做似的——"

"一个客人自杀了?"这可不寻常。清水酒店的诊断和紧急医疗设施放到地球上也是顶尖的;要想让它束手无策,得是被爆炸性子弹击中头部那种事故。一种流行的说法是:你尽管试,但是你可死不掉。"他是怎么做到的?"

"天才呗。很显然他的压力服内的通信设备是他自己设计的。他跑到舱外去散步,在停泊区给他在地球上的破房子打了个电话。只不过,当他自制的电源爆炸之后,自制的天线也发生了移位,最终的结果相当于用微波炉把前脑烤了一遍。所以我现在得疏通所有那些跑新闻的黄鼠狼,让他们把这条新闻忘到脑后去,还得顺着那条天线找到他在地球上的亲戚们,摆平他们——"

杰伊并不想在喝咖啡以前听到关于大脑变成炸薯条的故事,或者什么公关大师的棘手难题。"他是谁?"他打断了他,"是我认识的人吗?"

"不是,那个人昨天才入住的。是个老岩鼠,靠挖矿发了家,然后决定狠狠地花上一笔,并且用他生命中的最后几分钟折磨我。那个混蛋也是不省心,他妈的怎么就不能给我省点麻烦,在小行星带就把自己的脑袋煮了呢?"

他突然记起了昨晚醉酒时的事情。"等等。一个韩国人?叫金什么的那个?"

"你他妈怎么知道的?"马丁的声音听起来满是怀疑。

"我昨晚在杰克酒吧遇到他了。他给我们讲了一个又臭又长的故事,关于一位白色的星辰舞者。"

"我的老天啊,你可把嘴闭紧了,好不好?光处理这个就够难的了;而且那群杂种喜欢任何和星辰舞者有关联的新闻,他们非编出各种花样的视效模拟来不可。'白色星辰舞者',放屁!那个老白痴在那之前可能已经把自己的大脑炒上好几个星期了,今天早晨才完工。嘿,就这么办,如果他到这里的时候,就已经有了脑损伤,我们就毫无责任——"

想到大脑被爆炒的样子让杰伊有些想吐。"伊夫,我今晚一定会把摄像机关掉的。"他说道,然后便急忙挂掉了电话。这会儿想要睡个回笼觉已经不可能了,所以他点了咖啡,把自己从睡套中解开,开始了新的一天。

在十二个忙碌不堪的小时之后,他到套房找到了兰德一家,几人一道前往新星舞剧院。他们都穿上了自己最好的衣服,大人们紧张得像要亲自上台表演一样。他们一路上边走边聊,不断调整着自己或者他人衣物的接缝处和松紧度,并且彼此检查着之前被忽视了的着装和化妆上的缺陷。只有小孩看起来无忧无虑;权力和金钱对她来说算不上什么:她现在根本用不上权力,目前的金钱对她来说也已经够用了。

他们在抵达门厅后必须得通过一道安全检查;它由六位看

起来非常严肃的保镖把守着,他们每个人的臂章颜色都不同。武器并不可见,但是很明显一旦需要,它们随时都会出现。杰伊发现保镖们之间也在互相提防着;他感到十分好笑。其中五位是私人安全守卫,另外一位则是清水的安全员——每一位都不信任其他任何人。

就在他们通过了指纹和虹膜核查,走进门厅之后,杰伊的眼睛还没找到UIP们所处的位置,团队里的技术总监妮卡便接近了他们。"头儿,有六只大猩猩盯着我不放;每次我一碰什么东西,他们就皱起眉头来。这他妈的可怎么指挥演出啊?"她说。

"天啊,"杰伊低声嘟囔道,"就连技术间都有他们的人?"

"看起来他们认为那里是他们的指挥部,"她酸溜溜地说道,"而且这个区域的每道入口和出口都有一个六人保镖团把守着,舞台的每一侧也有。只要舞蹈演员们在退场时不和他们撞个满怀,我不在乎他们在哪儿;但是我的技术间那么小,就不能给我点活动空间吗?"

杰伊想了想。"恐怕不能,妮卡。他们做得没错;必须得保证这个区域的绝对安全。如果有一个杀手的话,很可能就会从后台入场。你尽力而为就好,好吗?至少我和兰德不会在那儿给你们添乱;我们在台下看这场演出。你只要告诉那些大块头们别乱碰技术间的任何东西就好。"

"他们谁都不敢。其他五个人非得开枪打他不可。每次我碰控制面板的时候他们都紧张得要命。对天发誓,我这辈子都没见过这么紧张的一群人。"

"如果你雇佣保镖的话,你难道不希望他们时刻保持紧张状态吗?我得走了——"

妮卡皱着眉头走掉了,杰伊则追上了兰德和他的家人。凯瑟琳·德川正在向贵宾们引见他们。

"伊马洛·阿明先生……沙图尔·比尔拉班智达①……成濑和雄尊者……维多利亚·海瑟薇女士……格里耶克·克鲁涅克公民……请允许我向你们介绍清水的艺术总监们：我们的驻店编舞师，杰伊·佐佐木先生，以及我们的驻店成像师，兰德·波特。"所有人都鞠起躬来。杰伊听后差点笑出声来。凯特巧妙地解决了接待礼仪上的问题，她是按名字的字母顺序向贵宾们介绍终极贵宾的……

"女士们，先生们，欢迎光临新星舞剧院，"兰德大方地说道，"我非常自豪地向你们介绍我的妻子，作家蕾雅·帕伊乔，以及我们的女儿，考利。"

人们鞠了更多的躬。"我读了你最新的那本书，《叫她福荫之人》。帕伊乔女士，非常高兴见到你。"比尔拉说道。

"我也一样，"海瑟薇说，"那本书棒极了。比《免费的午餐》还好。"

"我不得不同意您的观点，"比尔拉说，"尽管两本书十分接近。我总是能在你书中的人物身上学到东西。"

蕾雅感谢了他们，脸庞变成了娇羞的粉色。这些赞美肯定是真心的：UIP们预先并不知道要与她见面；就算知道，也没有理由拍她的马屁。富有到如此地步的人们竟然也阅读小说来消遣时光，这让杰伊很惊讶，尽管只是其中两个人而已。虽然蕾雅在文学界有着不断上涨的好名声，但是她的书从未跻身畅销书的前十名榜单：你得热衷于好书，才能了解她的作品。这真有趣；看来UIP们未必都是什么庸俗之辈。兰德直视着他的眼睛，笑了笑；杰伊知道他此刻想的是什么：如果他们喜欢蕾雅的作品，

---

① 班智达在佛教和印度教中指学识渊博的大学者。

他们也会喜欢我们的。

在人们互相交换客套话时,杰伊仔细观察了一番能瞬间吸引到凯特·德川的注意力的五个人。他以前从来都没有见到过五位万亿富翁或富婆共聚的盛况。

阿明出身于肯尼亚的基库尤族①,是一名成功的投资者,据说是非洲唯一的一位万亿富翁。身高和体重都是中等的他刚进入不惑之年,但是看起来仍然像是三十多岁,尤其是那双眼睛为他减龄不少。很明显,在五个人之中,他看起来最难相处。他的头发被拉直了,但是皮肤却经过人工增黑处理。他的肤色看起来像是班图族人②,与他的鼻子和脸颊结构并不匹配。他是靠经营地对轨运输发家的。他无视了所有其他人所选的同一方向坐标——地球人是出于习惯,太空人则是出于尊重——只是让自己自由飘浮着。

比尔拉来自拉加普坦纳③,是一位皮肤黝黑的马瓦里族人④。他是五人组中最健谈的一位,那使得他的地位看起来比事实上的低了不少。他已经一百二十岁了——比伊娃还老上了四岁!——看起来却只有四十岁。根据杰伊读过的一份资料,他表面上声称是虔诚的印度教徒,事实上却一点也不着急去投胎。他的双眼中闪烁的友善肯定是装出来的,但是他的演技相当高超。他在地球和太空媒体中所持有的股份达到了联合国所允许的上限,影响力更甚;伊夫林·马丁殷勤地在他身旁转悠着,一副就算比尔拉要他割开自己的动脉也乐意效劳的样子。

---

① 基库尤族是肯尼亚人口最多的民族。
② 班图族是撒哈拉以南非洲东部、中部和南部三百多个族裔的统称。
③ 拉加普坦纳是印度西北部,靠近巴基斯坦的一个区域。
④ 马瓦里是南亚的一个民族,传统上善于经商。

成濑和雄是一位来自东京的官员,真实年龄和视觉年龄都是五十岁。他的身高矮到了"袖珍"的程度,身形也不及凯特壮,看起来就和考利一样善良、天真。杰伊知道他的政敌们称他为"金环蛇"。他也是一位禅宗佛教徒;雷布·霍金斯就是在他的要求下前来清水访问的。这让杰伊饶有兴致:日本有很多佛教徒,但是钟情于曹洞宗的并不多。他是传奇人物成濑达司的孙子,后者是一位二十世纪的政治家,见证过星辰之思的诞生;在纳米科技领域的重金(以及率先)投资使得他的家族富得无法估量。与常见的剧本不同的是,他家的名誉和产业几乎被第二代——成濑达司的儿子成濑鸣——成功毁掉;成濑鸣是一名狂热的星辰舞者反对者,还对星辰之思发起过一次危险的攻击,但却以失败告终。作为第三代传人的成濑和雄奇迹般地拯救了父亲留下的烂摊子,主要原因是他聪明地与星辰之思修补了关系。这毫无疑问也能解释他为何皈依了雷布·霍金斯的信仰。杰伊很好奇世界上有多少身为禅宗信徒的万亿富翁。

维多利亚·海瑟薇是来自纽约的白人新教徒;年龄八十七岁,但看起来不到三十。她的外形足以令所有全息表演明星嫉妒,但她的目光和话语总是传递着一股寒意,总是会让杰伊联想到一把闪着光的、又长又锋利的剪刀。她的大部分财富都来自地球之上和之外的房地产业。她也因她的冷酷无情和零幽默感闻名于世(尽管没有人敢在她面前提到后一点)。

格里耶克·克鲁涅克是这群人中最丑陋的一个,是来自沃托斯科耶克[①]的某种斯拉夫人。六十六岁的他看起来只有五十多岁。他的身体壮得像一座发电厂的冷却塔,但是都比不上后者好看。他看起来像个没有头脑的傻大个,导致他的很多对手都

[①] 沃托斯科耶克是作者虚构的地名。

会犯致命的错误，低估了他。他的财富来自发电业，大部分产业位于太空。奇怪的是，在五个人中，只有他的英文没有一点点口音，就跟一名克朗凯特似的。他在失重环境中的身体运动控制就和阿明一样出色，但是并没有像后者一样拿出来炫耀。他的面色在地球上一定红润得很；就算是在零重力条件下，他的脸也活似一颗大番茄。

五个人身边都带着一名贴身保镖，除了成濑之外的每个人还有一名同伴。他们后来也被介绍给大家，但是杰伊并没有费力记住那些名字；很明显，是人工智能助理。保镖们并没有被介绍，因为他们不能被一丁点儿事情分心。其中，成濑的保镖似乎是唯一有丰富的太空生活经验的一位：杰伊注意到他密切监控着人们的手和脚。那让他的老板成了五位 UIP 中最聪明的一位。

"佐佐木先生，波特先生，关于我们即将看到的作品，你们有什么信息想和我们分享吗？"比尔拉问道，把杰伊从他自己的空想中扯了出来。杰伊看到兰德给了自己一个眼神，示意他回答。

"先保留期待吧，先生。"他说，"等你看了就知道啦。我们入场吧？"

也许是受到了德川介绍时的提醒，五位 UIP 们也是按照名字的字母顺序步入舞厅的。他们一入场，又出现了一个难题。

《空间传递》这套节目并非球形舞台演出，而是拱形舞台演出。也就是说，舞蹈的编排使观众们只能把自己固定在剧院的同一个半球观看，也就是只能使用一半的"座席"。另一半球只能看到背影。这使得剧院的观众容纳能力减半，但是编舞和成像就简单得多——球形舞台演出要求它们从各个角度看起来都无懈可击。

但是如果要五个人在同一个半球中就座,并且假装这里有一个确定的方向坐标的话,他们之中的一部分就一定会坐在另一部分的"上方"。

在几秒钟的犹豫不决之后,五个人决定脸面比"上下"更重要,以围坐成"绒球"的方式解决了问题——就像考利深爱的天使鱼一样,不过是个二维版本。没有他们重要的人们则逐渐填满了他们之间的空座,身体姿态也十分随意。杰伊和兰德一家都坐在了正中央。他看到伊娃在附近,朝她挥了挥手;她也挥手致意。

剧院的灯光暗了下来;兰德创作的序曲响起。不管什么亿万富翁,对杰伊来说都是不重要的事情了。

节目的前半场进展得十分顺利。杰伊从视效里温暖的云雾中走出,意识到自己必须在幕间休息时和别人闲聊,就像被人从舒适的被窝里抛到冰冷的真空中一样。

事实上,半场休息时UIP们的聊天并没有什么特别之处,杰伊平时经常和VIP们进行幕间聊天,感觉和现在一样,大家都漫不经心、毫无头绪。当然了,他们都说自己挺喜欢这场演出,但是陈述的原因都让人摸不着头脑,是给杰伊一百万年的时间都不可能想出来的那种。幕间休息总是让杰伊希望他从事的是工程学,或者任何让他能够摸索出客户的期待的行当。与外行交谈总是能猛然提醒他,艺术家的成功基本上都是因为走了狗屎运。由于他相信艺术的目的恰恰是沟通,这总是让他略微有些沮丧。

在幕间休息结束前五分钟,他找借口说去后台与他的技师检查一些设备,便离开了人群。兰德无视了妻子不安的脸色,跟着杰伊一起回到了空旷的剧院后台。

舞台有四个"侧翼",其实就是四个圆柱体隧道,被兰德的视效覆盖住了,分别位于舞台的东、南、西、北四个方向。舞者们在登台和退场时似乎都是瞬间完成的。杰伊和兰德知道其中两个侧翼堵满了即将上台表演的舞蹈演员们,便在另两个之中随机选择了一个,结果差点被保镖们射杀,这些天杀的以扣动扳机为乐的混蛋。

"看在老天的份上,朋友们,放松一些。"杰伊说,"在接下来的五分钟里,观众席里都没人需要你们的保护。你们干吗不给那些该死的家伙锁上安全锁呢?我可不想让我手下的哪位舞蹈演员在通往舞台的路上被你们干掉。"他摇着头,继续往技术间走去。那个像洞窟一样的小房间位于剧院的最远端;它配有单向玻璃,里面的人能越过舞者们看到观众席。事实上,他和兰德去那里也没什么可做的——妮卡将节目的进度把控得非常好。他们只是想去躲避人群而已。

他可不想冒险再被枪瞄准一次,于是在门口停了下来,并开启了对讲机。"妮卡,是我和兰德,"他说道,"我们要进来。"

门开启之后,却是一片恐怖的景象。

五个人的身体正在空中无力的飘浮着,统统呈失重蹲伏状。当门被打开时,他们在玩偶盒效应①的作用下朝他冲来。妮卡也在其中。一股淡淡的苦涩气味飘出来;尽管杰伊并没法辨认出那是什么气体,但是他知道这应该就是罪魁祸首。"哦,该死!"兰德在他身后说道。

"屏住呼吸。"他说道,然后便跃入了房中。虽然技术间的空

---

① 原文为Jack-in-the-box effect,"Jack-in-the-box"是一种儿童玩具,一打开盒子里面的玩偶就会跳出来。

气循环系统已经排出了大部分的苦涩气体,但是谁知道多少剂量就能让一个人丧失行动能力呢?

他并没有时间确认飘浮的人们是否还活着;更紧要的事情是判断谁不见了。果不其然,最糟糕的情况:清水酒店自己的保镖[①]。他飞快地思索着。杀手正准备从这里发动攻击,从单向玻璃处朝剧院内射击。听到杰伊表明他要进来时,杀手便从技术间的另一扇门仓皇逃走了——就发生在几秒钟以前。他只有一种选择,就是用某种方式突破一道六人防线,从四条侧翼中的一条进入舞台,试图在门厅杀死目标之后,再从观众出口离开剧院。但是,他会走哪条侧翼呢?他理应知道哪两条挤满了舞者们;毕竟他一直都待在这里。如果妮卡的麦克风处于开启状态的话……他也知道哪条侧翼的保镖刚刚接到命令——杰伊的命令——已经给武器上了安全锁!在他们对开门后的恐怖景象瞠目结舌的同时,那个狗娘养的可能已经绕过他们,开始行动了……

"快发布一个通知!"他一边指着妮卡的控制面板和麦克风,一边对兰德吼道。

"我该说什么呢?"

"告诉大厅里的人,想活命就赶紧他妈的逃命啊!"他把助推器开启至满速,离开了技术间。

在离开技术间的同时,他开始深呼吸——在危机状态下,吸多少氧气都不算太多。但是当他闻到前方也有苦涩气味的时候,赶紧重新屏住了呼吸。杀手还有另一个毒气弹,就投放在了杰伊的必经之路前方。当杰伊转过弯后,他刚刚经过的守卫六

[①] 作者在此处应该是弄错了:如果只有清水酒店自己的保镖消失的话,飘浮的身体应该有六具。

人组便进入了眼帘,他们也随着气流飘浮着。他想要在进入隧道之前先减速、停下,谨慎地探查一番,但是他移动的速度太快了,想要那样做,就必须在减速过程中飘过隧道入口,再折返回来;而他无论如何是没法浪费那点宝贵时间的。他最终猛地转身,以最大的加速度钻进了隧道。

很可能正是那个动作救了他的命。杀手仍然在隧道中埋伏杰伊。但是杰伊现身时像一记右勾拳一样,在他开火前就重重地砸向了他的身体。两个人猛烈地向后反弹,杀手的武器则脱手了,是一把手持激光枪。但是这里并没有重力能引它坠落;杀手往后飘走的时候,那把枪也在朝着同一方向飞去,杀手挣扎了两次,最终成功地握住了它。

杀手是个射击好手。但是杰伊是个出色的舞者。幸运的是,那把枪只能射出脉冲式的激光,而非不间断地射击出花园水管式的激光束。杰伊转体、屈体、假动作、跳跃、蜷缩并用,一道道闪亮的死神使者在他身边几厘米处掠过。他还有另外一个优势:他能使用所有四支助推器,而杀手必须得留出一个手腕用于射击。感谢老天,那个男人似乎用完毒气炸弹了。

但是杰伊并没法靠近他;他只能尽量保命,而且他也不是一直能那么幸运地避开。他想离开这个狭小的隧道,但是杀手肯定会紧跟着他。最近的六人组随时都可能赶到,他们中的每一个人都会毫不犹豫地隔着他向杀手开枪,就算他们能够认出他是"友军"。杰伊有充分的时间意识到自己正在舍命保护着他不喜欢、甚至不尊重的一群人,但是隧道突然间炸出了一个裂口。"啪"的一声,一个飞盘大小的洞口出现在了隧道壁上,尖锐的金属齿指向洞外;逸出的空气发出的声音尖锐得几乎要撕裂他们的耳膜,周围的气压也开始下降。

当然了，他们都没能认出来这只是视效营造出来的影像而已；无论如何，最近的真空环境在几百米开外。但是对决双方都是太空人：他们都本能地做出了反应，把争斗放到了一边，一道朝洞口越去；如果有必要的话，二人会双双用身体堵住洞口。只有一个人在跳跃的过程中记起了人类种族最伟大的成像师此时正在技术间内，记起了这条隧道由他所创、由他控制。

第十一章

伊娃是最先进入隧道的一个;她几乎马上就开启了反向助推,朝位于她脚后的雷布退去。她迅速收起了一把她并没有携带许可的武器。杰伊很显然还活着。就连她几乎消失殆尽的嗅觉都能察觉到火烧过的金属和人肉的气味。

"干得不错,"她说,"我可得记着,千万不能惹你。"

杰伊的目光有些晕眩,他花了一两秒钟才认出她来。"我干掉他了?!"他惊讶地说道。

那一点确定无疑。飘在他俩之间的那个人体很显然是一具尸体——伊娃下意识地无视了它——那把枪仍然紧握在杀手的一只手中。煮沸了的脑内容物正在以各种方式挣脱杀手的头盖骨。杰伊右脸颊上也有一小块脑白质;它在飞溅过来时,一定烫伤了他,但是他似乎并未在意。伊娃穿过飘浮着的、如蔓须般的大脑和血液,伸出手臂搂住了杰伊。"你的确干掉他了。"她用安抚的语气说道,同时擦干净了他的脸,"你做到了。"

兰德此时也抵达了;伊娃向他示意,由自己来照顾杰伊。接着她又打出了一个手势,他便与雷布一起抓住了尸体,并把它拖到了后台,一边拖一边把溢出的血清理掉。

接下来赶到的当然是蕾雅和考利。所有五位UIP在听到警报后立刻低头寻找掩护,他们的保镖则将他们围了起来。只是VIP的人们挣扎着远离他们;德川和马丁忙着查看有关信息,只有蕾雅和考利意识到她们的家人正在生死线上。蕾雅没法阻拦自己的女儿,但她勉强赶在了她前面,以便将她和可能的火力隔开。伊娃移动了些许,和杰伊一道挡住了她们的去路。"他很好,"她快速地说道,"在这里等他吧。"

蕾雅快要发疯了。"我得——"

"你得在这里等着。"伊娃说道,用眼神示意了一下考利的方向。

"我——好吧,好的。"她紧紧地抓住了考利,"他真的没事儿?"

"千真万确,连擦伤都没有。"

"他救了我的命。"杰伊说。

"还有其他人的。"伊娃同意地说道,"你们俩都是英雄。你真让我吃惊,杰伊,我本以为你比上赶着当英雄的人明智得多。"

"我必须得这么做,"他说,"有一部分责任在我。"

她伸出一只手,盖住了他的嘴。"他有些精神错乱,"她对蕾雅说道,"都是肾上腺素搞的鬼。"她把身体转回杰伊,把嘴凑到了他耳边:"作为你的律师,我建议你最好他妈的闭嘴。你可没有资质做责任评估。"

他对她眨了眨眼睛。"伊娃,你可不是律师。"

"我不是律师?放屁。我可是有高等法院执照的人。如果你不赶紧闭上你的嘴巴的话,我就会采用强制性的手段。当他们来的时候,你只需要告诉他们事实,知道了吗?等你的大脑更清晰的时候,你再下结论不迟。好不好?"她摇了摇他的肩膀。

"好不好?"

"没问题,伊娃。只讲事实。没问题。"她仔细地观察了他一会儿,确定他并未处在医学意义上的休克状态,但看起来也并不怎么清醒。

隧道里面的破洞消失了;兰德一定已经到了技术间。几乎一瞬间,他们就被人围得严严实实的;所有人都在发表意见——五位UIP、各种助理和保镖、清水的安全主管,以及驻店医生。声音最大的人是马丁。伊娃朝他吼去,想让他安静下来,但是她那一对疲倦的老肺并没法达成目标。

雷布的声音经过扩音后像上帝的一样在整个剧院回响起来。"女士们,先生们,请放松。我们没有理由继续恐慌。一次刺杀阴谋已经失败,情势也处在控制之中。请尽快、尽可能安静地回到门厅;处理紧急事件的人员很快就会赶到,你们正在挡着他们的路。当事件调查清楚之后,你们都会收到一份详尽的报告。"

兰德的声音也响了起来。"演员们,请随我们的客人去门厅,并护送他们去接待厅。今晚的剩余演出已经取消了。"

骚动的人群更嘈杂了。但是在马丁的坚持下——他几乎和人动起手来——他们总算开始在德川的带领下向外移动。兰德告诉蕾雅带考利回到他们的套房,她没说什么便同意了。欧立根医生和克鲁兹主管仍然留在了剧院内。"是谁干的?"克鲁兹问道。

"你手下的人,"伊娃说,"我也不知道是谁——他的脸已经看不见了。"

克鲁兹的脸立刻暗了下来。"我知道是谁。该死。他们把他带到哪儿去了?技术间吗?"

"我想是的,"她转身面对杰伊,"你能带我们去看那个婊子养的混蛋一眼吗？另外,克鲁兹主管需要你告诉她事情的经过。"

"哦,没问题。"他说。

离开隧道的时候,他们得躲避翻滚着的身体和几根断掉的胳膊和腿——不过,幸运的是,由于激光切割会把切口烧焦,他们至少没有见到更多可怕的血迹。伊娃注意到了克鲁兹费了好大力气才无视掉仍然套着清水制服的那根。

克鲁兹让他们在技术间门口稍等了一会儿。两个犯罪现场勘察专家和三位实习生一起抵达了那里；她和医生随着他们进入了房间里。不到一分钟,那位安全主管便皱着眉头和兰德一起重新现身了。会议是在走廊中进行的。克鲁兹因为杀手是自己的手下而深感羞愧,很显然她十分想让伊娃离开,但是并不敢试着把她赶走。伊娃甚至都不需要表露自己是杰伊事实上的律师这一身份；一个冰冷、决绝的眼神就足够传达一切了。她和克鲁兹在很久以前就了解彼此的秉性。

因此伊娃得以牢牢看住杰伊。她很喜欢这个男孩,他之前叨咕这次刺杀未遂有一部分是他的错,这让她十分担心他的处境。如果克鲁兹听到那句话的话,肯定会给他催眠,再审问他。在伊娃的引导下,杰伊讲述了一个纯事实版本、不含个人意见的事情经过。在他讲到"我告诉他们给该死的武器上安全锁,便继续往技术间行进"时,她马上意识到了他之前说的责任是什么意思——但是当然,没人认为他的做法有过错。把任何人换到他的位置,都可能说上这么一句。她很开心自己事先给他打了预防针。

杰伊讲完事件经过后,兰德也讲了自己看到的事情。克鲁兹对杰伊说:"你没能活捉他真是遗憾。在我负责安保的情况下,这个杀手居然杀了一打人,而我却不能抓住他问出幕后主使,真是太可恨了。"

"我本来都死定了,"杰伊说道,"但是兰德给我了不到一秒钟的优势。我连想都没想,就抓过了他的枪,让他朝自己的下巴开了一枪。再来一次的话,我还是得这么干。"

"哦,我不是在批评你!请一定还要这么干,如果真有下一次的话。"

伊娃哼了一声。如果不是杰伊侥幸的话,克鲁兹地盘上的伤亡数还会更多——甚至还可能有一两个UIP——那样的话,克鲁兹明天就得重新开始找工作。

"我也希望他还活着,"杰伊说,"这样我就能再杀死他一次。妮卡……妮卡是一个特别有才干的助理。"突然间,他猛烈地摇起头。"老天啊!这件事真的发生了吗?"他说完咯咯笑了起来,看起来有点不太正常。

"主管,你已经问到自己需要的所有信息了,对吧?"伊娃说。

克鲁兹皱了皱眉,但还是点起头来。"我明天可能需要给他催眠,再问一次。"

"没错,你得等这些都经过长一点时间的记忆存储之后,催眠询问才可能有任何效果,现在他的情绪还不太稳定。"她同意道,"基夫斯——"

"有什么吩咐,女士?"他闪着微光现了形,彬彬有礼,从容淡定。

"把佐佐木先生带回家。带回我的房间,别回他的。把他安顿在我的床上,然后在二号客房为我铺好床。"

"没问题,女士。那就请您跟在我们身后。佐佐木先生……"

"稍等一下。"她凑到杰伊身边,低声耳语道,"你想让雅克陪你吗?"

他眨了眨眼,犹豫起来。雅克的职位是"娱乐技师",但是伊娃碰巧知道相比于技师,他更像是一名艺术家,天生擅长治疗心伤、安慰他人。"不了,"杰伊说,"我想我不需要他。"不过他很快就略微红起了脸,说道:"呃……还是麻烦他过来一下吧。请帮我联系他。"

她点点头。"基夫斯会帮你联系他的。现在先回去吧。"

他一走,她便转身对克鲁兹问道:"你怎么知道杀手是谁的?"

"欸?"

"你亲口说的:'我知道是谁。'你怎么知道的?"

"哦。萨瓦纳冯一个月以前才加入安全队。我本来不准备用他执行这次任务,但是韩今天下午病倒了,导致我的人手不够。"

"萨瓦纳冯非常擅长让人病倒,"兰德苦笑道,"韩可真幸运,因此逃过一劫。"

"你和杰伊也很幸运,"克鲁兹说,"你俩都表现得像受过训练的警察一样。以前有做过警察吗?"

"我在纽约警署干过两年。义务服役。但是那是二十多年以前的事情了,而且我从来都没有在执行任务时拔过手枪。据我所知,杰伊从来没有接受过任何格斗训练。我们能杀掉那个混蛋,全靠阴差阳错。"

"你最好回家,"伊娃说,"你的妻子还不知道事情的细节呢。"

"主管?"

"走吧。"

兰德感激地瞥了她一眼,便离开了。

技术间人来人往,职员们正把法医设备搬进去,把尸体搬出来。但是他们识相地和愤怒的克鲁兹主管隔开了一定的距离;只有伊娃站在她旁边。"你的拇指痛吗,主管?"伊娃突然问道。

"欸?是的,有点痛。咦?你怎么知道?"

"因为我知道你是个尽职的警察。警报响起的那一刻,一个尽职的警察会按下按钮,然后让整个剧院和后台的空气里都布满麻醉剂。"

"我按了!但是不知道哪个狗娘养的——"

"我知道。无论你怎么不断地按按钮,都不管用;那正是你的拇指作痛的原因。"

克鲁兹缓缓地点起头来。"我明白了。"她又想了想。"不过,那本来也不会奏效,很明显那个混蛋戴上了鼻孔过滤器。"

伊娃点点头。"你肯定戴了鼻孔过滤器。但是你在那时并不知道杀手也戴了。一位尽职的警察不可能知道。"

"但是如果他戴了过滤器的话,为什么还要破坏麻醉剂喷射器呢?"

"这样,当他完成刺杀任务逃走的时候,就能制造最大的混乱?尽量让平民们从各个方向四散奔逃。"

"天杀的,伊娃——"

"放松,拉妮,我绝对站在你这一边。我知道这件事让你丢尽了颜面,但我觉得你已经尽力了。如果你想的话,我可以对德川这么说,帮你求求情。但是如果我是你的话,我会让欧立根医生照看一下那根挫伤的手指。"

她离开了克鲁兹，朝接待厅移去，十分好奇那些终极富人如何应对虎口脱险。六位克朗凯特在门外埋伏着，想要采访她。他们看起来都像是着急尿尿的小孩；第一位说出了一个价位。"不加评论。"她说道。他又喊出了另一个数字；在她又一次拒绝之后，一场竞标大战开始了。她大摇大摆地把他们甩在了身后，走进了接待厅。守卫们禁止他们尾随进入；沮丧的他们只好飘回住处，写下众所周知的一丁点儿信息。

一阵恐惧的尖叫之后，大厅里的人们正强装镇定。但是UIP们看起来是房间中最冷静的几个——当然，最镇定的还要数雷布。事实上，人群中看起来最恐慌的是伊夫林·马丁：他虽然挤出了笑脸，但满头大汗，讲起话来比平时还快。他发现了她，便离开了人群，朝她飘来。

"嗨，伊娃，"他大声说道，"我真开心你来了。"他又小声地添了一句："还有什么别的事情不对劲吗？还有更多杀手来给我的伤口上撒盐吗？还发生了什么其他的惊天重罪吗？比如说，克鲁兹主管发现杀手是个最高委员会成员之类的？"

"好消息是，没有消息。"她提高了嗓音，补充道，"见到你真是糟糕透了，伊夫林。你今晚看起来比平时还丑。"

他总算有精神了些，"谢谢你，亲爱的——你见过我们尊贵的客人了吗？比如说，成濑和雄？"

"你糊涂了吗，伊夫林。是我把你介绍给成濑的。你干吗不吃点镇静剂呢？"

"我现在已经筋疲力尽了。"他说。

"那就吃点兴奋剂。让你的声音高过人耳能听到的频率上限，你就不会这么扎眼了。"她说完便飘向了她的同伴，成濑博士。他正在和雷布以及维多利亚·海瑟薇聊天。成濑把她介绍给了海瑟薇，后者则掩藏不住对她苍老体征上的惊恐。

"你好，亲爱的，"伊娃说，"能再次见到你真开心。"

"我们以前见过？"海瑟薇难以置信但礼貌地问道。

"我认识你的祖母。你有一次尿在了我的大腿上。"

海瑟薇给出了唯一可能的回答：死一般的沉默。

成濑赶紧打岔。"伊娃，他们确定杀手的目标人物是谁了吗？"

她耸耸肩。"据克鲁兹在此刻所了解的情况，他是个好人，是来替全人类除掉伊夫林·马丁的。"

那个玩笑博得了一阵笑声；就连海瑟薇都近乎笑了出来。"我猜那个人的背景正在调查中？"

伊娃又一次地耸了耸肩。"当然了，不过在我看来，也只是在浪费时间罢了。要成为清水上的安保人员，背景审查肯定是严得不能再严。除非他被人用一大笔钱收买。"她在众人身上巡视了一圈，特别是海瑟薇。"我敢用现金打赌，雇他的那个人就在这个房间里。"

海瑟薇畏缩了一下，但是成濑只是点点头。"可能性很高。"他同意地说道。

"是你吗，成濑？"海瑟薇径直问道。

成濑有些皮笑肉不笑。"死了十二个人，但是没有一个是该死的那个？维多利亚，我可很受冒犯。你真的以为我会那么没有艺术感吗？"

"哦，但是你却认为那是我干的，对吧？"

"既然你问了，是的。现在咱俩都被冒犯了。我们可以转换话题了吗？"

伊娃有了一个淘气的主意。"不知道你们愿不愿意让我帮你们缩小嫌疑人的范围?"她说。

"怎么缩小?"成濑、海瑟薇和雷布齐声问道。

"好吧,只是理论上的分析,因为没办法给你们这种级别的人搜身,你们肯定也不情愿。但是我敢赌一只死青蛙,买凶的那个人的鼻子里有过滤器,他或者她知道杀手会用致命毒气来做掩护,而这些毒气或多或少必定会飘到雇主身边。想要过滤器不被发现,就必须把它藏得足够深,这样它就没法轻易取出。"

海瑟薇提出了反对意见。"那不能证明任何事情。我们中的任何一个人都可能仅仅是因为害怕而戴着鼻孔过滤器。这是一个普通的防范措施。"

伊娃点点头。"但是你们很可能并非全部戴着过滤器。我说的是'缩小范围',而不是板上钉钉。不管怎样,这都无关紧要;从原则上说,你们之中没有一个人会接受搜身,我也没什么好责怪你们的。"

"那你为什么要提起这一点呢?"

伊娃并没有回答。但是她已经在享受想象中的画面了。随着人们的口口相传,那五个人在接下来的一个小时里非得偷偷盯着彼此的鼻孔看不可。这样维多利亚·海瑟薇就不会盛气凌人地用鼻孔看人了。

雷布陪她回到了套房。他俩取了两灯泡酒杯的爱尔兰咖啡,来到了窗前坐下,在沉默中陪伴着彼此,眺望了地球母亲许久。

"基夫斯,"她说道,"杰伊醒着吗?"

"他和雅克大师都在熟睡之中,女士。"

"谢谢你。如果他醒了的话,请告诉我。"他又一次闪着荧光消失了。她转身面对雷布,说道:"无论如何,那间卧室是绝对隔音的。"

雷布点点头。"你说吧。"

"我需要编一个更可信的故事给他听。关于我为什么还在呼吸空气。哦,你干得不错。但是我听到了他的语气,他在心里并不真的相信你的解释。我怕我一不小心说走嘴,告诉他我不想死的真正原因。你告诉他的话是不会让他满意的。而且我也不知道还能说些什么。这孩子太了解我了。而且他花了整整一个月时间,试图劝我改变心意:他的傲气也在要求一个令人信服的答案。"

"不只是傲气,伊娃。他爱你。"

"所以我该告诉他什么?我总不能告诉他——"

"不。我建议你拖得越久越好。今晚发生的这一切应该会让他在几天内忙得都想不起这个问题。当他想起来时,你可以假装没空,争取一些时间。几周之后,他才会有时间和机会逼问你。"

"那时候怎么办呢?"

"你告诉他,我对你保证了今后的人生中还有更多有趣的奇事等着你,而且在第二天就证明了那一点。"

"如果他坚持刨根问底呢?"

"那就故作生气,告诉他这是你的私事。伤害他的感情当然很遗憾,但是我也想不出你还能做些什么。"

她叹了口气,啜了一口酒。"你说的没错。我不能告诉他。"

"对,你不能。伊娃,我都不应该告诉你。但是你是我在世的最老的朋友,我不能眼睁睁地看着你在天翻地覆之前就那么死掉。"

她察觉到了自己的双眼有些刺痛,赶紧闭上了嘴。他们又分享了一段时间的沉寂。

"你觉得是成濑干的吗?"

"你是说今晚的幕后黑手?我也不知道。你怎么想?"

"我觉得这次的袭击虽然缺乏'艺术感',反而造成了'艺术'般的发展。但是他最主要的论点很难辩驳。如果是他干的,不管多扎眼,他肯定都能得手。"

"很显然这次刺杀没成功只是因为一些难以置信的偶然因素而已。"

"但我觉得没有什么偶然因素会是难以置信的。当然,我可以用这条命打赌兰德和杰伊是清白的。"她越过肩头,扫了一眼身后的卧室门。"你知道我什么意思。他们都非常老实正直。"

"上帝保佑。"雷布笑道。

"他真的有保佑我们吗?"

"当然了。这样奇妙的问题,并不会经常让人遇见啊。"

她眨了眨眼,调皮地笑了起来。"你说的没错。现在发生的这些事确实不寻常。我现在感觉自己像是重新回到了六十岁一样。"

第十二章

科察宗
罗马丹
尼泊尔,珞王国
2065年1月12日

"珞王国,"那个被找来当旅行经理人的老和尚说道,他的声音盖过了下午怒吼的狂风,"一度控制了喜马拉雅山脉的所有贸易。它位于世界屋脊之巅。"

古恩特·施密特想:我可不能杀掉我的旅行经理人。那样就太心慈手软了。我非得告他告到两眼流血不可。

"当然了,"那个老头又累赘地添了一句,"这都是很久以前的事了。"每说一个不必要的句子,他都会做出同样多余的挥洒手臂的动作。他们踏足的这栋古建筑,既像一座堡垒,又像一间神庙,每一平方英尺①都怒吼着一个事实:在约翰·塞巴斯蒂安·巴赫去世的时候,这里就已经是一片弃用已久的废墟了。

两人来到古建筑的顶层,找到一处绝佳的观景点,俯瞰整个

---

① 1英尺约等于0.305米,1平方英尺约等于0.093平方米。

珞王国。天空万里无云,阳光洒在山脚那些带木质楼梯的平顶泥坯房上。山上则耸立着这座名为科察宗的摇摇欲坠的城堡。哪怕按照第四世界的标准,珞王国也不甚起眼。土地被太阳炙烤着,长不了比荆棘丛更高的植被;村子里倒是能看到几株经过精心培育的杨柳树苗,但是好几个世纪以来,木材在这里已经珍贵到没有人敢砍来烧火的地步了。短暂的农耕季节已经过去,就连远处的喜马拉雅山的景色也没法掩盖这片土地的苍凉和荒废。珞王国被允许在更大的尼泊尔王国内部继续存在,由它自己的国王和王后半自治着[①],主要原因是这里实在没有什么值得争夺的东西。

"后来珞王国怎么衰败了?"古恩特问道,并不因为他想知道原因,而是因为他想听老和尚说点他不知道的事情。

"发生了灾祸。甘达基河[②]改道了。"

"竟然发生这种事情,真是令人痛心。"

老头似乎听出了他话中的讽刺。"甘达基河里流淌的都是科察宗的力量。它一度流经那里——"他指向山下几百米处一条隐约可见的蜿蜒沟渠,被夹在荒凉的裸石之间。"但是在十六世纪末,当它的河道更改时……"

古恩特现在明白了,也就没什么耐心了。"自从那时起,你们就一直祈祷着它的回归——"

"——没错,在提极典礼[③]中祈祷,就是我早些时候提到的那个复杂而美丽的仪式。"老和尚高兴地说,"魔鬼将甘达基河改道了。而魔鬼的儿子朵尔杰·乔诺,会跳魔法的舞蹈,这些舞蹈赋

[①] 珞王国已由尼泊尔政府于2008年下令废止,现多称木斯塘。

[②] 甘达基河是恒河的支流之一,流经尼泊尔和印度。

[③] Tiji Ceremony,木斯塘最重要的宗教节日。

予他的力量足以击退他的父亲,将水流带回这片土地。提极典礼就是为了向他祈祷。典礼一般会持续整整三天,珞王国中每一个能走动的人都会参与。之前我们在这栋建筑底层的时候,我不是向您展示了两把山号吗,那就是用来召唤民众参与典礼的工具,每一把都有四米长。这三天里,珞王国就是喜马拉雅最神奇的地方,有达姆因音乐,有筵席,有舞蹈,有歌曲,有漂亮的服装和华丽的仪仗,还有——"

"但那不是在五月吗?"古恩特咬着牙缝说道。

被打断了狂想曲一般的话语,老头似乎察觉了古恩特语气中的不高兴。"好吧,没错,就像我说的一样,五月份通常是外国人来访的时节。在一年之中,我们很少在现在这个时候见到欧洲人。"

"真的吗?"古恩特一边说,一边把他的大衣领在喉咙处拉得更紧些,以阻挡凛冽的寒风。他在脑海中回想了一遍自己与这位旅游经理人的对话,后知后觉地意识到尽管那个人滔滔不绝地讲起了提极典礼,但是他从未具体说过它在什么时候举办。最开始他只是建议说,如果古恩特想及时赶到那里的话,时间已经所剩无几了。来这里的旅途十分艰苦。他是在马背上走完最后五十公里的,而且还要跟着一位与他毫无共同语言的向导。所以我没法告他,杀掉他又算轻饶了他——啊,那只能折磨折磨他了?

从遥远的北边某处传来了听起来十分恢宏而又古老的西藏山号声,和古恩特在楼下见过的那两把是一种。它的声音就像是拉长了的哭泣的男中音,让人想到一只在痛苦中死亡的雷龙。"是在召唤人们去祈祷吗?另外一座庙的某种宗教仪式?"也许这次旅行不一定完全是一种损失。异国宗教一直都是古恩特的爱好之一；他本来想见到的是盛大、华丽的佛教节日典礼,但是他现在做好了观看藏传佛教式的"晚祷"的准备,这总比两手空空地回家强。

但是老头摇了摇头。"我不清楚。"

不知怎的,他的回答让古恩特有些生气。"好吧,那么谁住在那边呢?"

老人看起来十分困惑。"几乎没有人住在那边。有一个老隐士大致住在那个方向……我也知道他有一把这样的号,因为我在他家外面看到过。但是我以前从来都没有听他吹响过它,如果那是他的号的话。"

古恩特终于控制不住了。他已经浪费了一个星期的时间,花了一大笔钱,都是为了见到一些具有异国情调的事物,而现在他在一座摇摇欲坠的废墟之上——还是一座什么看头都没有的废墟——快把自己的屁股冻掉了。他会在接下来的六个月里继续在这里,跟着一位古怪的当地向导,虽然他看起来很明显是这个地方最年长的居民之一,但他竟然连吹响山号有什么意义都回答不出来。"也许其实是查理·帕克,"他吼道,"他在秘密地练习,等着堪萨斯城再次需要他的那一天!"

当然了,他并不期待和尚能理解他的梗,但是那老头的手势分明表示他甚至都没听到他的评论。风的强度和声音都已加倍。"算了,我什么都没说!"他更大声地说,但是这次就连他都听不到自己说的话了。老头又演起了哑剧:抱歉,你说什么? 古恩特发起了脾气,没说话,只是哼了一声,然后拔腿就朝山下走去。他特意选择了从与来时不同的一扇门离开,这条路看起来更难走。他一来到底层,便继续以老头不可能跟上的速度前行。此时他已经忘记了刚才爬到房顶上有多费力。

只往下走了几百米,他就气喘吁吁了。突然间,在他走下一堵两米高的峭壁时,他意识到因为自己的怒火,他真的要完全两手空空地回家了。他停下脚步,从衬衫的口袋中取出了相机。至少他还能给这座废弃的寺庙拍一些不错的影像资料。他的存储卡容量大得可以一连拍上五天;此时用掉一些刚刚好。他转过身去,发出了满意的咕噜声:有蓝天做背景,这座衰败的寺庙看起来还颇有一些震撼人心。就像是人类为了抵御神明而建造堡垒但并未成功的感觉。他后退了几步,想要寻找一个更好的角度,同时查看了相机的剩余电量。为了避免费电,他关闭了录音设备。反正这会儿的风咆哮得震耳欲聋,而他可以在后期再配上音频,选一首和这座庙一样久远、忧郁的音乐。

他注视着取景器,将镜头由左到右、再由右至左地对着废墟移动。古恩特并没有看到老和尚,估计这会儿那老头子正目瞪口呆地站在断壁残垣之中,惊讶于他的不告而别。但是很快他就瞄到了他,毫无疑问,他的确仍然站在几分钟前眺望的窗前。他看起来正在做开合跳。

古恩特有些惊讶,然后拉近了镜头。哇,老头的确正在上下跳跃,也在扇动手臂,但是他的运动杂乱无章。看起来他似乎正在朝古恩特招手。古恩特把镜头拉得再近一些,十分困惑。老头似乎正在像傻子一样大笑,朝他指指点点,还指了指北方。难道他想要说些什么关于那个愚蠢的号角声的事吗?用肢体语言,还隔着这么远的距离?古恩特挥了挥闲着的那只胳膊,意思是:不用了。他的动作似乎让老迈的和尚抽搐起来;他双手扶着肋部,无声地大笑起来。

古恩特倒是曾经听说过这个:由于高海拔处的低氧环境,喜马拉雅人会自发地陷入阵阵狂笑。他认为这一点很恼人:他在这里正在试图给这座古老的寺庙拍点肃穆的视频,而它的看守人却在镜头里像一只猿猴一样嬉笑。走开,他摆出手势,离开窗口。

和尚马上点了点头。他看起来仍然像在开心地笑着,然后便从窗口处消失了。古恩特则继续着他的拍摄。不断升级的狂风开始侵扰他,拉扯起他的衣服,像一位东京通勤者一样推挤着他,并且猛击着他的鼓膜。相机一直在抵抗从右边吹过来的风。古恩特的相机有稳定拍摄功能,但这么狂猛的晃动对它是个不小的考验。他稍稍往右转体,背对风向,并用弯下的左肩掩护着相机。不知什么原因,狂风对他的踝部的攻击尤其大,他的双脚也开始感觉寒冷。哦,真好,他想:这鞋子在广告里吹的牛可是'此靴胜过一切'。当我回家时,我还要连这家厂商一起告了!

他一边想着,一边意识到自己的双脚感觉冷透了——靴子里有保温系统,只要它不失灵的话,照理说不应该这么冷的。他朝下望去,发现自己正站在齐踝深的清水中。在他低头看的同时,水位也在迅速上涨,爬升到了他的小腿处。

他朝北望去,看到离开这片土地已经五个世纪之久的甘达基河正在重返这片土地;河水在他的双脚处分流又合拢。现在他的耳朵总算能区分水流声和风声了。他毫无缘由地想起了那位天杀的旅游经理人曾经说过,提极节也被称为无常节。

在高处那栋建筑中,传来了持续不断的山号声。那声音穿过了风声和水声,为旁边的村庄发去警报。这号角声在古恩特听起来更像是一只雷龙笑逐颜开……

第五部分

第十三章

清水酒店
2065 年 1 月 18 日

蕾雅在深空中无助地飘浮着,想象着自己的空气供给几乎就要用光了,助推器的燃料也濒临干涸;在她拼命地喘着不存在的空气的同时,远处响起了风铃声。她长叹一声,回到了现实之中:她保存好所做的更改,折叠好打字机,并把它揣进了兜里,然后起身去开门。

当然了,是邓肯——在她工作时,除了兰德、考利和杰伊之外,门铃只被他敲响。"考利准备好了吗?"他问道。

他的眼神似乎还想问点其他事情,而蕾雅则又发出了一声叹息。我想知道我的眼睛做出了怎样的回答,一个想法突然飘进了她的脑海。"进来吧,"她说道,然后朝一侧望去,"麦克斯,请告诉考利,邓肯已经到了。"

"不好意思,麻烦你再说一遍?"

"抱歉。请告诉考利,邓肯已经到了。"蕾雅厌恶自己犯语法错误;考虑到她的职业,这难堪极了。

在短暂的停顿之后,她的人工智能助理说道:"考利让我告诉你她正在换衣服,两秒钟后就会和你们会合。"

他俩互相看着对方。"怕是要五分钟。"两人齐声说道,然后相视一笑。

这个笑容几乎马上就烦扰起蕾雅来。现在这种场景,本该是父亲和母亲在等待自己的孩子,本该是由她和兰德分享的小亲密。事实上,兰德最近的确在尽他所能地营造这样的场景,因为他知道,距离她做出重大决策的日期正在临近。而蕾雅一想到日期渐近,就很难对他相视一笑。而她刚刚给邓肯的笑容却相当真心实意。她意识到自己正在明显地靠近他,想加以调整,却一不小心矫枉过正了。"快进来吧,"她赶快开口说道,掩饰自己的尴尬,"你知道考利还得磨蹭一会儿。"

"你在工作吗?"他一边进门,一边问道。

她犹豫了一番。那个问题的真正含义是:你想一个人独处吗? 邓肯非常了解作家们的难题;如果她说自己是在工作的话,他肯定就不会打扰她了。"没有,"她决定如此回答,"你想要点什么? 喝咖啡的时间还是有的。"

"谢谢你,但是不了。"他说道,"工作的进展怎么样?"

"挺好的,还是多亏了你的帮助。我总算和布奇·谭默开始刨冰了。"

她使用了一句太空人的常用说法,表示两个人有聊过几次有意思的对话。布奇·谭默是一位星辰舞者。这句话让他笑了起来。太空人才不在乎金子或者钻石或者石油:对他们来说,一个新的饮用水源才是真正的财富。而刨冰相当于找到水源,也就常被引申为进行过非常有意义的对话。这句俚语是从他那学会的,他有些高兴。"没错,她非常了不起……当你能理解她在说什么的时候。"

"嗯,你说得对。和她交谈就像是在吃了迷幻药之后和天使对话一样。你介意加入我们的交谈一两次吗?你和星辰舞者们打交道的时间比我长得多。"

"当然不介意,但是别把期待放得太高。布奇就是与众不同而已。哪怕和她交流的是一名星辰舞者也一样,有时候也很难理解她的意思。那些自出生起就从未呼吸过的星辰舞者们是最古怪的……我想他们也是最有趣的。"

在一周以前,蕾雅问邓肯如何才能结识一名星辰舞者。她知道这其实很简单,哪怕在地球上都能做到,但是一个土拨鼠怎么才能和他们熟识呢?邓肯倒是有几个星辰舞者朋友;大部分太空人都是这样。他有一个星辰舞者朋友恰好身在清水附近,两人可以面见一下……只是要隔着蕾雅的窗户。邓肯在几天前把她俩介绍给了对方,两人已经在没有见面的情况下私下交谈过了,只是蕾雅还想亲自面谈,讨论一些当面才能说清的问题。"你接下来什么时候有空呢?"蕾雅问。

"我随时都有空;你什么时候方便?"

她想了想,然后突然意识到自己在日程表中寻找空闲时间的标准是"任何兰德和考利不在身边的时刻"。这十分合理:在没有干扰的情况下,交谈就已经足够令人费解了,要是他俩在,那基本相当于面谈无果。然而,她瞬间便意识到了,这样的话,自己便要和一位年轻俊朗的男人独处——或者几乎算是独处。如果她没有误解他的讯号的话,他对她很感兴趣。

看在老天的份上,这都是工作而已!

的确……但是这样做谨慎吗?

哦,闭嘴。"明晚八点以后怎么样?"

他点点头。"好的。"

一阵短暂的沉默。蕾雅感觉自己有必要打破它。"你的作品进展如何?"

"挺好的。昨天晚上我又完成了一个新作品,看起来非常不错。"

邓肯的爱好是真空雕塑。在蕾雅看来,这种艺术形式无非就是把各种原料混合拼接起来,突然将它们暴露在真空之中,并把偶然成形的、奇怪而美丽的形态当成自己的创作。不过,有一些真空雕塑确实相当美丽,而且她不得不承认,邓肯的大多数创作都让人赏心悦目,都不像是偶然成形的。当然,他还是有一些作品不尽人意。摄影师们不也是一样的吗?他们最受赞扬的作品背后,肯定有无数版差强人意的摄影。仔细想想看,她自己的内存中不也堆满了不尽如人意的手稿吗?

"我很愿意见识一番。"她礼貌地说道。

"没问题。那我们就在我的房间和布奇谈话吧。"

她张开了嘴巴……又紧紧地闭上了它。他有些不敢看她的眼睛。

"考利再不过来,我估计只能下次带她去游泳池了。"他继续说道。

蕾雅大笑了起来,"你以为你有其他选择吗?"那笑声在她自己听起来都太牵强。"她就是在水中出生的。在家……在普罗旺斯城的时候,想让她离开海水根本就不可能。要知道,我总觉得这讽刺极了。从我们所知的历史来看,帕伊乔家族就在海上生活,以大海为生,我母亲却是家族中第一个学会游泳的人。你怎么可能在水上生活那么久,却不知道如何游泳?那不是太不安全了吗?"

邓肯耸耸肩。"我一辈子都生活在太空里,但是我也不知道如何在真空中呼吸。"

"但是你说的是不可能事件,游泳是有可能的,而且也花不了多少时间。"

"站在你伟大的祖父亨利的角度来看,"他说,"假设你把船开到了纽芬兰大浅滩[①],但是船沉了,你就算会游泳也没有什么用处吧。"

蕾雅这才意识到,邓肯对她的家族的了解远比她对他的家族的了解多。她通常并不会如此随便地表示自己"有空",难道是因为和他相处起来比较舒服,所以才引得她不自觉地这么做了吗?她回想了一番,但是并没得出什么结论。"我猜你说的也没错。但是那听起来仍然很奇怪。也许我们应该让布奇教教你该如何在真空里呼吸。"

现在倒是我把话题转回到我们的幽会上了……

就在那时,考利现身了。穿衣服竟然花了她五分钟,这简直不可思议。因为她要去的可是游泳池,除了披上一件随处可见的客用浴袍根本就不需要穿任何衣服。由于清水旅馆内的住客来自多个国家和文化,出于礼貌,所有的住客都遵守着最少裸体法则;在公共走廊裸体行走并不得体。但是一件客用浴袍就足够蔽体了,而且一旦人们抵达泳池——或者任何非公共场合——就可以将它脱下。"嗨,邓肯!快来,咱们走吧!"小女孩说。

"抱歉让你久等了。"他故作讽刺地说道,并为考利腾出了与妈妈告别的空间。

[①] 尽管纽芬兰大浅滩名义上是个"浅滩",但是水深仍有15—91米。

在蕾雅把女儿交给邓肯的同时,他俩的双手简短地轻蹭了一下。蕾雅已经习惯了太空中难以避免的肢体接触,哪怕对方是陌生人;失重环境使人们彼此接近时不得不这样做。但是她从头皮到脚趾都感觉到了这次触碰。在她看来,他有意地延长了接触时间。

她十分庆幸考利迫不及待地想要去玩水:二人刚转身朝门口移动,她的脸就唰地红了起来。

当他问我是否在工作时,我本该说"是"的。

事实上,她的确应该在工作。她把键盘从口袋中取出,并将它展开。工作是一个将她从目前的思绪中拉扯出来的完美理由。

而她几乎马上就发现了另一个让她分心的理由。在打字机上方弹出的虚拟屏幕显示着她的日程表,能在重要的日期前不断提醒她。它显示着三十天的日程,而二月五日那一天被标记为了高亮。屏幕中的它似乎要一跃而出,朝她奔袭而来——自从她把它标记为高亮的那一天起,它就一直这么扎眼。

我还有两个星期来决定自己想不想留在这里——这是她那天早晨开始工作时脑海中闪过的第一件事情。而这会儿,也许是因为刚刚发生的一切,那个念头变成了:我还有两个星期来决定自己是否想保住和兰德的婚姻。

她把自己和邓肯的会面加入到了日程表中,把打字机收好,并来到了窗前。她凝视了威严地转动着的地球好久,想要弄清楚自己心中此刻到底是什么感觉,但是却毫无头绪,那些思绪都转瞬即逝,不肯在她心中久留。

终于,她环顾四周,仿佛在确认自己的确是独自一人……又看了看手表,确认兰德不会很快回来……然后对她的人工智能助理发出了指令:"麦克斯韦尔:启动窗口程序《家》。"

"好的,蕾雅。"

地球消失了,取而代之的是普罗旺斯城。

她回到了P城老家属于自己的写作间,从塔楼上她最喜欢的那扇窗向外望去,倾听着楼下街道传来的声音和海鸥、海浪的鸣响。她的邻居,巴斯克斯夫人,正在喋喋不休地教训着一名汽车司机;他在试图穿过狭窄得不可思议的小巷时,刮到了她的篱笆。这个幻景几乎是完美无缺的,除了与几周前兰德初次为她展示它时相同的那个缺陷以外。这回她终于辨认出了哪里不对劲。她感受不到普罗旺斯城的气息。空气中没有咸湿的气味,这种浓郁的气味被陆地上的居民称为海洋的气息,却被水手称为陆地的气息;还有海岸线上,两个互不兼容的世界的交界处,本应带着特有的腐败植物和海洋生物的气味。但是她在这里却一点也闻不到。

也许我可以让一个服务员取来一些剩下的鱼,她想。随后便哭了起来。在失重环境中很难模仿胎儿的身体姿态,但是蕾雅却做到了。

那天下午,她没能回到工作状态中去。但是她成功地在邓肯把考利送回家前一小时止住了眼泪。这样当他们回来时,她的双眼才不会发红。

在他们现身的同时,兰德也回来了。这些日子里,他极为努力地尽量和妻女一同进餐。不知出于什么原因,他的归来让她深感宽慰。邓肯拒绝了和他们一起用餐的邀请,那也让她舒了一口气。在吃饭的同时,她发觉自己比平时更注意自己的丈夫,询问着他的工作进展,并且全神贯注地倾听着他的回答,还不断地找借口与他发生肢体接触。他俩转眼间就有了一份非口头协定——完全是眼神交流的成果——今晚他完成工作回家之后,两个人要云雨一番。晚饭后,他吹着口哨飘向了杰伊的套房。

晚饭后考利与玩伴外出玩耍,蕾雅则完成了一些工作。正在构思的这个故事,她还没有想好要朝什么方向发展,但是它却不肯放过她;在过去的几周里,它那让人不安的核心内容——飘浮在空中,即将耗尽的空气,没有家的方向——在她的脑海中反复地出现。当然了,问题是:谁飘浮在太空中?为什么?她尚未想清楚答案,但是她知道,如果自己不断地玩味着这个情节的话,它最终会变得明晰起来。

那晚,当她陪考利入睡时,她问女儿:"和杰森一起玩开心吗,我的小宝贝?"

"我觉得他还不错,"考利说,"不管怎样,毕竟这里和我年纪相仿的小男孩不多。至少他会在这里待上整整两周。"对于考利来说,住在清水的最大问题是同龄玩伴的稀缺性和流动性——这简直是个罪过。短期住客的孩子极少在舱内逗留超过几天的时间;长期住客则通常没有小孩;而且极不走运的是,所有太空人的孩子要么长于十岁,要么小于六岁。当然了,考利还有一帮能和她打电话的朋友,她住在普罗旺斯城的好朋友们也都一直和她保持着电话联系……但是她还是长期性地缺少能够闻到气息、摸到皮肉的玩伴。

"哦,那一定很有趣。"蕾雅说。

"大概吧。"突然间,考利看起来猛地想到了什么。"嘿,妈妈?"

"什么事,亲爱的?"

"我刚刚想到了一件事。我的生日是在两个半星期以后,对吧?"

蕾雅心算了一会儿,说:"没错,宝贝。怎么了?"

考利用一只手肘支撑起身体。"我的生日聚会可怎么办呢?"

蕾雅想回答,但是闭上了嘴巴。

"我不能通过电话办生日聚会啊,"考利说,"我所有的朋友都在地球上!我没法办一个真正的生日聚会了,是不是?"她提高了声音,语气非常痛苦。

"呃……当然有办法,亲爱的。那时候舱内一定有其他小朋友的,我敢肯定。不管怎样,一两个总还——"

"但是我不认识他们!"考利坚持道,"如果你都不认识他们,办聚会还有什么意思?"她哭了起来。

蕾雅真想和她一起哭。但是她只是搂住了考利,轻轻地拍着她。"别哭,宝贝。事情没有这么糟糕呀。你所有的朋友们都会通过电话连入现场,我敢打包票:我们可以让爸爸把所有的电话视频讯号都用他的成像工具合并起来;通过全息成像,你所有的朋友都会像亲身出现一样。他们能四处走动,等等等等。"在说话的同时,蕾雅也在暗自估计着这么做的费用:假设兰德有时间办这件事,并且假设他的工时不计价,总消费大概和在地球上买两辆豪华汽车相当。当然了,他们现在能付得起这么多钱,但是……

考利思考了一会儿妈妈的提议,再次抽泣起来,这次比刚才轻微了一些。"那的确好一些……但是你没法给全息成像里的人挠痒啊,妈妈。我也没法和全息成像里的人互相扔蛋糕玩。"

"你当然可以,而且那只会更好,因为没有人会变得脏兮兮的。你就等着看吧:那一定会很有趣的。"

考利很是怀疑,但是在十分钟地轻拍、依偎和安慰之后,她的紧张情绪总算缓和了很多,很快便入睡了。蕾雅精疲力竭地离开了她的房间,而且内心隐隐作痛。考利说的没错:在清水办的生日聚会很可能一点也不好玩。

不到一分钟之后,兰德便回家了。他的眼睛闪闪发亮,相当迫切地想要和她上床。

从青春期开始,蕾雅就知道,如果和一个男人约定了在某个时间做爱,她就必须得履行协议——只要条件允许的话。她像英勇献身一样在脸上摆出了微笑,顺应了兰德的心意。但是她提醒自己,一做完爱,就要跟兰德讨论考利的生日聚会这件事;她并不百分百确定她承诺给女儿的安慰在技术上有可行性。

就在兰德插入她的身体时,她又意识到那个问题不大好问:他们的孩子的生日恰好在她必须给兰德一个确切答复的后一天。

那一连串想法可没法助性。这次性爱还算勉强,只因为他俩已经结婚很长时间了,但也正是因为同一个原因,兰德在二人的呼吸逐渐平复之后就察觉到了她的分心。"你想谈谈心事吗?"他问。

她忍不住哭了出来。"我都不想想它。"

他把她抱紧,但是什么也没说。他知道她大致在想什么,也知道她明白他懂她的心思。他有什么好说的呢?

大帅哥唐尼能对帕蒂说什么呢?

她把自己的下巴从他的脖颈处移开,用手把他往上推,直到他用手肘把身体支撑得足够高,让她能够看清他的脸为止。她盯着他的脸看了好久……不只是双眼或嘴巴,而是整个面庞。他则等待着。

"你是留定了?"她终于说道。

他的脸一片惨白。他也沉默了同样长的时间。她也等待着。

"是的。"

她点点头,把他往下拉回到她所处的高度。他们就那样在沉默中一起躺着,以同样的节奏呼吸,思考着同样的想法。

兰德肯定在想,我点头意味着什么呢?

有两次她都觉得他快要张口问她了,但是每次他都改变了主意。她没法责怪他,但她有些希望他真的能问出口。如果他问了,也许她就能更快地想出个答案来。

那天晚上,她忘了问他关于考利的生日聚会的事情。

蕾雅知道,一扇像她的套房中那样的真正的窗户理应比一扇假窗更好;她也知道,以日元计算,前者比后者贵上多少。但是她是一个成像师的妻子:对她来说,邓肯房间里的假窗户看起来一样好。甚至更好——她只需按一按控制面板,就能看到舱外任何方向的景象。不知为什么,在没有地球作为背景的情况下和一位星辰舞者谈话似乎是更正确的方式,这样地球的威仪就不会盖过其他一切事物。

布奇·谭默似乎并不介意面对的是摄像机镜头,而非窗中的真人。她看起来并不需要见到蕾雅;在她看来,这样就已经相当于面谈了。她一定也是以这种方式和邓肯聊天的。

只要她习惯与她交谈就好。目前为止,就算想稍微理解布奇话里的一丁点含义,都得花上几分钟的时间。这并未让蕾雅感到惊讶。暂时"中止"与数百万其他同伴的会话,并且把意识缩小到一两个无法心电感应的大脑上,对布奇来说一定有些难以转换——毕竟她是一位在太空中出生的、生命从未被如此局限过的星辰舞者。能与她交谈就已经是个奇迹了。

只消几分钟,布奇就开始放松了。她的话已经从无法破译的、多国语言组成的胡言乱语变成了英文词句——至少算是吧。现在,她的话终于能传达出有效信息了。

"——因为世界披着神圣的方形牛皮绕着圆柱转动从你的自尊净化你的行为我想那挺有趣的想告诉你我忘了一个概念我们用它测量给整座城市作画读你们所有的书,蕾雅,它们非常美……我不懂句法但是能感受到其中的含义……再来一次,而且非常迅速……别怪他在最开始不够小心……一记直拳基本上可以找到自杀的鱼……你看:主语、谓语、宾语……你们快听懂我的话了吗,蕾雅?邓肯?我现在能听你们说话吗?你们和我聊得开心吗?"

"快了,快了。"蕾雅鼓励地说。她发现,一旦布奇排列好句子成分,情况就会好很多。她不知不觉中提出了一个之前没敢问的问题。"布奇?很难受吗?我是说,和我们聊天,这很难吗?"

"这很有趣!"布奇在那一瞬间听起来像极了考利,"和我谈话难吗?"

"有一点,"蕾雅承认道,"不过跟你一样,我也觉得非常有趣。你要知道,我只是在做我一直都在做的事——用我自己的母语说话。你才是不得不出工出力的那位。"

"据我的理解,你说的'出工出力'在这个语境中指的是'让人后悔或者不情愿的精力耗费'。根据这个定义,我此生从未'出工出力'过。尽管我一向都很忙碌。"

"我希望我也可以这么形容自己。"蕾雅的脑海深处突然闪过了一道光,"但是你说到了点子上,布奇。我一直都在思考我们之间的对话,以及为什么它们并不让我满意。我想你刚刚点亮了问题所在。"

"问题还能被点亮?"

"对我来说可以。仔细回想起来,我问你的一切问题都有关于……人类理解下的星辰舞者的缺陷,呃,不好的方面。我一直都在问你不好的方面,而我每每提出一项,你都会解释为什么它并非不好。其中的一些解释,我的确完全无法理解——"

"我一直都很难表达'主观现实'这一概念,"布奇同意道,"对一个人来说,这个词组根本就是自相矛盾的。"

蕾雅在第一次交谈时问布奇的是她是否曾经怀念过"真正地"在一颗行星表面行走,而非"仅仅是"体验加入星辰之思所分享的回忆。两者的交流很快便陷入了僵局:布奇坚持说她真的能在任何时候行走在地球上,"真的"能体验自己从未亲自做过的事,她明知道现实和回忆不同,却并不受它的烦扰。蕾雅自己则从未混淆过真正的现实和哪怕模拟得最出色的现实环境,因此她深为困惑。她自己的职业生涯中的大部分时间都花在了研究"近乎现实"和现实的交界处上。为了让屏幕上的文字有气息、有声音,她费尽了心力。一个心智正常的人竟然会认为现实和想象并无区别,要她接受这个想法,可少不了漫长的思考。

"但那并非问题所在——"她继续说道。但是邓肯打断了她。

"蕾雅,一切就像这扇窗户一样。"他一边抓住她的手腕指向那里,一边说道。

"哦?"

"你也知道,对这座酒店中的大部分人来说,我们正在看着的这扇窗不如你自己的套房中那扇好。天知道它的造价要便宜多少钱。但是我们曾经讨论过这个话题,我也知道你同意我的观点,这扇窗其实更好。它可能不是'真正'的,但是它能够呈现给你任何方向的景象,或者你想看到的任何事物,就像一台平板电视一样。我知道你的窗户甚至可以做更多事情,尤其是在兰德又为它平添魔力之后……但是大部分为那种窗户付高价钱的人只是为了能够对自己说,他们从窗户看到的景色是'真实'的。他们非常在乎'真实'。你和我在意得稍微少一些。布奇则一点也不在乎。人们的喜好分布在一个连续变化的范围中,而非断续,乃至二元对立的。"

蕾雅惊讶地盯着他,有些为他的洞察力折服了。"我想我明白你的意思。"她说。

他红着脸继续说道:"因为她完全控制着自己的心智和身体,她可以赋予现实任何她想要的意义。她能体验来自一光年以外的他人的触摸,可以切实地在自己的肌肤上感受到它。或者感受已经去世很久的人的触摸……只要星辰之思中的某个成员仍然保留着被那个人触摸的记忆。她的双唇一生都没沾过哪怕一滴咖啡,但是可能尝过了我和你一辈子都尝不到的上等咖啡。"

"我现在就在喝咖啡!全太阳系中的咖啡豆……"她哼唱起一句经过改编的歌曲。在几个小节之后,她的歌声逐渐减弱。

"但是现实很复杂,并不好掌握……"蕾雅开始疑惑。

邓肯打断了她。"……星辰舞者怎么才能确定眼前的现实是你和我相信的那一种?你是想问,他们如何核实现实?"

"是的,我猜我正是这个意思。"

"我们是很多单独的个体,"布奇说,"我们也可以是一个整体。合众为一:既孑然一身,又同处一体。对现实达成共识对我们非常重要。如果我们失去它的话,我们就会彼此脱离。就像你自己的神经元一样。我们的运作机制基本和它们相同。偶尔离群也不是什么少见的事,我们会想一些事情,要么独自一人、要么三两一群地在自己独特的现实中度个假。当我们返回集体的时候，宇宙总还是在那里的。要确定自己处在所有人都认同的现实当中，对我们来说并不是什么问题。"

"那正是我不能理解的地方，"蕾雅胜利一般地说道，"就像我最开始说的一样，要想理解你们所做的解释，对我来说是一个难题。而我生活在难题之中，这种现实是我能接受的常态。但你们却似乎不会有任何难题。这我就没法接受了。

"我所能想象到的任何事情对你们来说都不是问题，也没有办法问出你们是否有在困扰的问题。我是一名作家：对我来说，一个人物就必须得有他或她的问题。如果没有难题的话，他们对我来说毫无用处，无法发展情节、提供动机。我猜我想问的是，你的族人们，也就是所有星辰舞们，难道就没有任何难题吗？我知道你们从不会感到饥饿、口渴、寒冷、孤独、迷惘，也不需要上洗手间。但是老天啊，布奇，难道就没有一件事情让你们害怕，或者想念，或者渴望，或者后悔吗？你们难道就不会有苦苦追求或者缅怀的事物吗？"

"你的人物们必须总是需要鞭策吗？"

蕾雅想了想。"没错，基本上就是这样。那才是读者们想要看到的：一个人如何在鞭策下做出反应。因为那可以帮助读者们猜测和评估自己在同样的压力下会如何应对。一条经验法则是，鞭策越激烈，矛盾就越棘手，故事也就越精彩。对人类来说，人生即受难，就像佛家讲的那样。这对于你们来说真的完全不适用吗？"

布奇在一分钟后才开口回答她，而在之前，她回答问题时从没有犹豫过一丝一毫。有两三次蕾雅都想开口说话，但是还是忍住了。

"星辰之思也会受难，"布奇最终说道，"就和你所蒙受的痛苦一样尖锐，一样深刻，一样艰难。但是以不同的方式……有不同的原因……我也没法为你解释。没有任何地球语言能够传达那些概念：你们根本就没有那些词汇。每门人类语言都饱含着一个隐晦的假设：那就是个体的大脑被围墙束缚着。让我为一个盲人解释颜色都比那容易得多。"

蕾雅十分沮丧……但是如果说她的职业让她相信了什么的话，那就是一些事情偏偏没法用语言表述。"你们都在做什么呢？"

"你这个问题是什么意思？"

"星辰之思在做什么？你们在做任何事情吗？那些萤火虫创造你们有任何目的吗？你们在齐心协力办什么事情吗？……还是说只是像熔岩灯中的红色液滴一样漂来漂去，欣赏太阳系的壮观景象，思考令人费解的问题？"

"你知道我们所过做的成百上千件事。如果你想要的话，我可以给你的人工智能助理传送一份总结清单。它的大小约为一兆兆字节。"

"那么说我就已经读到过它们之中的大部分了。好吧，只是扫了一遍而已。"其实她并没有看完过，连浏览都算不上。"好吧，只是扫了一遍目录中的大标题而已，简单地读了读一些小标题，在正文中随机地看了几百处。但是我注意到了一件事。"

"什么事？"

"你们所做的绝大部分事情在长期看来都是为我们造福。帮助人类、帮助地球。一些对我们有直接的益处，比如说纳米科技；还有一些则碰巧对我们有利，比如你们测绘小行星带的爱好正巧在2032年帮我们避免了'路西法之锤'的撞击。就连你们参与的'纯粹科学'研究,研究出的成果给人类带来的帮助远比给你们自己的帮助大得多。"

"我们怎么能够无视自己心中的苦难?人类是我们的根。我们也许不再是人……但是我们源自人类。"

"我并非在抱怨。我只是在问:那是你们星辰舞者的体验苦难的方式吗,只能借用我们的?"她脑海中已经有了一片图景:人类被当成珍贵的宠物,星辰舞者饶有兴趣地旁观着人类经历各自的难题,而即便这些难题对星辰舞者来说轻而易举,他们也煞有介事地当成自己的烦心事来看待。"如果某种宇宙灾难将人类灭绝……星辰之思会无聊到发疯吗?还是说你们依然会有事做?"

又一阵沉默;但这一次只有十秒左右。"我们将还有近乎无限多的事情来做。我也必须重申,我也非常想找到能够表述这些事情的词语。"又过了五秒钟。"其中的一部分大概可以让人类稍微理解一点点。你知道吧?星辰之思并非独自处在宇宙之中。"

"哦?当然了。所以你想说的是什么呢?"

人类很早就知道星辰之思并非独自存在,但一直没有弄明白其他的存在到底是怎么回事。从最初成立那几年,星辰之思就开始向人类汇报,他们收到了无数其他的星辰之思从银河系和麦哲伦星云发来的心电感应信号。无论从哪个角度上来说,这都可能意味着无限的财富。但是宇宙各处发来的讯号是同时发送的,"音量"也一致,也没有一种是用人类能破译的语言或者概念系统编写的。星辰之思甚至不知道该如何向它们表达:"请安静些,一个一个慢慢来!"根据各项报告显示,星辰之思最好的应对方法是学会无视掉那些潜在的取之不尽的无限宝藏,就像一台可以感知到辐射,却必须不为所动的辐射探测仪。"如果不能进行沟通的话,这些信号又有什么用处呢?"蕾雅问道,"你们没法和他们沟通,不是吗?"她知道星辰舞者做不到这一点,是从媒体那里得知的。但相比起亲耳听到星辰舞者的答案,可信度自然要比前者更高一些。

"是啊,我们目前还没有办法,"布奇同意地说道,"但事情总应该还有转机。"

"你是说我们可以解决这个沟通难题吗?"邓肯兴奋地说道。

"我们的星辰之种刚刚被唤醒不到七十载,"布奇说,"目前来看,星辰舞者的数量还没有大脑中的神经元多。但是我们的思考在不断增长着——每一纳秒,星辰之思都比上一纳秒更有智慧。可以肯定的是,我们会活得比地球上的人类更加长久,而且我们不需要浪费三分之一的生命用于睡觉,也不需要为了养家糊口而在工作上浪费另外三分之一。我们有充分的时间。时间积累出成果。我们可以使用你们无法理解的工具,建造你们无法想象的理论模型,并且用后者解决连我们都无法命名的难题。这并不是值得你们自我纷扰的事情。"

"这一切会如何发展,你知道吗?"蕾雅问道,"如果你能表达得出的话?"

"当然。神奇的事情就要发生了。"

蕾雅眨了眨眼睛。"什么事情呢?"

沉默持续了好久,直到蕾雅意识到她并不会得到一个答案。"什么时候?"她试着问道。

布奇马上做出了回答,让蕾雅吃了一惊。

"很快,很快。"

"有多快?"她脱口而出。

又一次地,沉默随着秒针的嘀嗒嘀嗒延续着。

"我此生能见证它们吗?"她试着问道。

"我没法给你一个确定的答案,但是我相信你可以。"

"当它们发生时,你们会告知我们人类吗?"

"当它们发生时,你们自然就会知道的。"

"但是你却不能透露一丁点儿到底是什么事?"

更多的沉寂。

"为什么其他人对此一无所知呢,"蕾雅烦躁地说道,"我已经读过了——扫过了——我能获取到的关于你们星辰舞者的所有资料。这是我第一次听说'星际信号只能当成噪音处理'这个难题有望解决。这是个秘密吗,还是其他什么?"

"如果这是一个秘密的话,我在你提问时就会警告你的。你以前没听说过这件事的原因是,你是几十年以来第一个询问的人。自从我们自己开始确信那一点之后,你是第一个。"

"真的吗?"蕾雅问,"这太难以置信了。"

"的确难以置信,不是吗?蕾雅,回答我两个问题。第一,关于创造了我们的萤火虫,时常用于形容它们的特征里,有哪一点是'神'没有的吗?"

蕾雅努力思考着。神显然是无所不知的,显然是无所不及的,显然是仁慈的,但是也绝对是不可知晓的……很早很早以前就离开,而且不知归期……"没有,"她承认道,"等等,有两点。它们似乎并不渴求被崇拜……也没有指使任何人以它们的名义去杀人。"

"你预知了我的第二个问题:据你所知,地球之上或者之外有任何宗教把它们当成神明来崇拜吗?"

这个问题让她大为惊愕。"没有。为什么这么问?倒是有宗教崇拜你们……至少有一个,规模还比较大。四十多年以前,还有一个小型组织试图杀死你们。我并不知道有谁崇拜萤火虫。"

"蕾雅,光是理解萤火虫的记忆就已经快要了人们的命了。它们是一个过于宏大的概念,凭借人类目前的脑力还无法全盘接收并思考。从人类的视角来看,这些异类只在地球周围逗留了几小时,在土星轨道上待了几个月,并且向我父亲承诺在几个世纪内都不会再次光临,这反而是好事。我们星辰舞者虽然被视为外星生命,却仍然被容忍,是因为我们的根永远是人类。在我的寄生生物层之下是一个女人的血肉之躯。但是在我们被问到的所有事情之中——人类问了我们相当多的问题——萤火虫极少被提及……围绕着更多星辰转动的其他星辰之思则几乎从未被问到过。地球上的政府和哲学家们一得知我们无法理解周围的星系,一个个都兴奋极了;那些无法理解的异类生命,对他们来说就像是打瞌睡的龙一样,他们很高兴能避之不提。"

"如果这是真的,我真为那些人感到羞耻。"蕾雅说。

"你不需如此。从历史的角度考虑这个问题:在两百万年的互相残杀之后,人类刚刚学会和平相处,也就几年而已,你能期待他们接受整个星系中未知的陌生人吗?还是在这么短的时间内?我能告诉你的是,就连星辰之思想到萤火虫有朝一日会回归太阳系都有些害怕,这还是在我们能够与它们交流的情况下。你们有什么理由不'假装这从未发生过'呢?在我看来,这对人类来说不失为一个健康的心理调适方法。"

蕾雅想要回答,但是邓肯再次打断了她。"抱歉,布奇。我想问你一个问题。你刚才是不是说了,当萤火虫离开的时候,他们对'你的父亲'做出了承诺?"

"是的。"

那句话也引起了蕾雅的注意。"你的父亲是谁,布奇?"她问道。

"查理·阿姆斯泰德。"

蕾雅瞪大了双眼。"你的母亲呢?"她问。

"诺蕾·特拉蒙德。"

她的耳畔似乎响起了嗡嗡声,就像一只来自普罗旺斯城的蚊子一样。他们是有史以来第二和第三位星辰舞者,是星辰舞者集团的创始人,就和莎拉·特拉蒙特本人一样在全人类种族中都赫赫有名!"我的天啊!我做梦都没想过——"

"我也没有,"邓肯敬畏地说,"布布,你从来没有告诉过我。"

"你从来没问过。你父亲的名字是什么,你不是也还没有告诉过我?"

"他的名字是'沃尔特'。但是你说的没错。只有在有人觉得我的名字好笑时,我才会解释一番,并提及他的名字。"

"你把自己的名字告诉我的一瞬间,我就明白它的幽默之处了,"布奇说道,"但是我猜你已经厌倦对人解释它的来由了,所以我从来没有问过。"

"真是感谢你的体贴。"他说道,"我总是忘记星辰舞者们的姓并非来自父亲或母亲一方。"

"我们不需要像地球人一样随父母姓。我们了解自己的血缘,以及其他人的,它不需要出现在我们的名字中。我们对名字的选择完全是根据它们的含义。"

蕾雅耳边的嗡嗡声开始减弱。"你的名字的含义是什么呢,布奇·谭默?"蕾雅问道。

"舞蹈、智慧、天空、网络。[①]"那位星辰舞者答道。

[①] 她的名字是罗马拼写化后的日语,应为"天网舞智"。

"真是美极了！"邓肯赶在蕾雅开口前的一瞬间说道，"我希望我也有一个那么好听的名字。"他转身面向蕾雅，"或者像你的名字那样的。'蕾雅'，有着'地球'或者'母亲'的意思，它们是世上所有的最美的两个词。还有'帕伊乔'也一样美丽，它代表着'热情'。"

蚊子重新开始了对蕾雅的耳朵的攻击。她能够感受到自己的耳垂正在变红，血液涌上了头顶。"你的名字是什么意思呢？"她迅速地问道。她当然意识到了他特意查询她的名字的含义意味着什么，但是却不愿承认。

他做了个鬼脸。"我只能拿个搞笑安慰奖。'邓肯'是'深色皮肤的勇士'的意思。"——蕾雅注意到就算按照普罗旺斯城的标准，他的肤色也算深的，尽管他当然并不像一位勇士一样肌肉发达……她继续专注地听他讲解——"至于'爱荷华'……好吧，当然了，在北美联邦有一个政治分区叫这个名字，可以称为省或者州……而且至少一位作家曾经把它和天堂弄混过。但是，事实上它是由'爱荷阿基姆'更改而来的，很显然在一个叫艾利斯岛的地方，一名官员命令我的曾曾祖父改的。它是俄罗斯希伯来语里'上帝会赋予你成就'的意思……我个人认为那可真是想得美。"

蕾雅想把话题从邓肯的名字和邓肯身上转移开，但是突然间想起了一个已经在她的人生中如幽冥一般出现了十几次的问题。"'上帝'这个词倒是让我又想起了萤火虫们，"她说道，"布奇，还有一个问题，我一直都很好奇。萤火虫们为什么在这里降临？"

"它们来临，是因为是时候了。"

"没错——但是为什么一定要选择在那个时间点，而不是其他的时间点?人们通常接受的答案是它们挑准了'太空旅行的清晨'出现。但是那个时间点更像是'太空旅行的中午'。在它们出现之前,人类已经进入太空,在太空中建立领地很多年了。我们在几十年前就登上了月球。他们真的花了那么长时间才注意到吗?或者那么长时间才抵达?如果我们能够为它们的旅行确定时间线的话,很可能就能顺着这个线索找到它们的来处。"

"它们的降临是瞬间完成的。"布奇淡淡地说。

"你知道促使它们降临的原因是什么吗?"

"一份合同的签署。空之扉集团和莎拉·特拉蒙德的合同。"

蕾雅只是依稀记起了历史课上学到的细节。当然,她记得的经过是,人类第一次在太阳系内目击萤火虫,大约是在莎拉·特拉蒙德离开地球,去太空创作《星辰舞》的两周前。它们赫然出现在了太阳系的外围,海王星和冥王星的轨道之间。一两周之后,萤火虫们就转移到了土星轨道处。

而到了莎拉抵达空之扉的那一天,它们就守候在那里,直到她处在舞蹈梦破碎、再次被送回地球的边缘,它们就飞了过来,迫使《星辰舞》的表演成了可能……

"他们前来与我们会面时,正是人类中的一员特意为了艺术创作而来到太空的那一刻。"布奇说。

她的话在蕾雅的脑海里不断回响着。

"至于他们是如何知晓的,就连星辰之思也没法理解。但是这一事实不容辩驳。"

她感觉自己的脑袋就要炸裂了。如此宏大而强有力的"内部消息"让她有些吃不消,而且她很明显没法相信以前竟然没有人把这些事情问明白。

"多谢你,布奇,"她迅速地说道,"你的回答非常有意义,对我们帮助很大。我们找时间再聊吧。希望你能原谅我,但是我现在得去取我的打字机了,这样我才能——"她还没说完,就注意到镜头已经被关掉了。

她把身体转离窗口,只有邓肯还在身边。

他立刻也转过身去,走开了。这让她既舒了一口气,又有些生气。她开始朝房间的另一侧飘去……但是他在几秒钟后就折返回来,并取来了一个外形奇怪的物体。在减速并在她身边停下的同时,他不停地冲她挥着那东西。"蕾雅,我之前跟你约过看这个。"他说。

她想起来了,这一定是他提到过的那件最新的真空雕塑。她想着一定要给他点礼貌的评论,便仔细查看起来,寻找着那件作品的优点。

注视良久,她终于看出来这件作品在视觉上的机巧,也看出来它要表现的是什么。她的双眼开始溢出泪珠……

她猜不出雕塑的原材料,也完全不了解它为何能拼接和加工得如此精巧。但是在她看来,在她能想起的所有事物之中,这件作品最像她以前从普罗旺斯城的海岸捡回家的一根浮木。它有着相同扭曲的形状和不对称之美;它也和浮木一样,颜色是被漂白之后的裸色,外表被做旧过,表现出久经岁月的美感。它被海水卷到了外星的海岸……就像她一样。

"它很美。"她说道,并在自己的声音中听到了一丝沙哑。她寻找着礼貌的闲聊话题。"它有……你的作品都有名字吗?"

"它的名字是'浮晶'。"他说道。他的声音也有些沙哑。

她感觉自己似乎在颤抖。"它很可爱,让我想起了——"

"家,我知道,"他迅速说道,"它是你的。是我特意为你做的。"

她耳边的蚊群搬来了一把电锯。"我……我真的必须得走了,"她说,"我答应过兰德——"话没说完,她就已经移动起了身子,四只助推器中有三只都在全力加速。在来得及看清他的反应之前,蕾雅就已经掠过了他。

她在穿门而去时,听到他在身后说道:"好的,当然了。晚安。"当她完成转向,沿着走廊全速飘移时,她一度为自己感到非常骄傲,直到她注意到"浮晶"仍然在她的手中……

我甚至没有向他致谢。

"你走得太快了,"在她旁边传来了一个声音,"请减速。"她吓了一跳,然后意识到那只是一位人工智能交警;她的飘移超过了此处的太空行走限速。她马上减慢了速度。

"谢谢你,"她说道,"我会减速的。"

第十四章

兰德开始有了一种感觉：走廊是清水内部他最喜欢的部分。它们被设计得极富视觉魅力，墙壁上铺设的软垫足够保护零太空行走经验的住客，成群的富人和准富人都愿意来这里行走。它们是你可以"飞翔"的地方，在那里，你可以享受太空飘移的快感。对他来说更重要的是，它们是"工作室难题"和"家庭难题"之间的、受到了庇佑的夹缝。它们等同于在地球上时独自从办公室驾车回家的路途，是从工作状态放松下来，并为再次面对家中的各种烦心事做好思想准备的地方。

但是走廊迟早都会走到尽头。他开始把家门口比喻成了"叹息之地"；无论他要从哪儿回去，他似乎总是要在进门之前先停下脚步，叹息一声。

他这会儿正在这么做。做好心理准备才进入房间。他将拇指按到了门锁上。

在迈进门之前，妻子的笑声先从房间里冲了出来，并把他包围起来。那声音就像干燥午后的一场清凉小雨一样，为他带来了活力……

作为一名乐师，他认为那是全宇宙中最美好的声音之一；作为一名丈夫,他感觉它令他十分兴奋。不管从哪个角度来看,他最近都十分想念她的笑声。就像一位烟瘾者被烟味牵着鼻子走一样,他循声进入了房间,寻找起声源来。

蕾雅在起居室里,位于窗口的东北方。她正坐在自己通常在写作时使用的一件家具上——她会在写作的同时四处飘浮,并且讨厌维克罗搭扣随之发出的声音——但是她并没有系安全带。而且她此时为这件家具选择的模式是"双人沙发"。在它的另一边坐着的是邓肯·爱荷华,他咧嘴大笑着,也没有系安全带。邓肯刚刚开口,想说些什么,再把蕾雅逗乐一次,却发现了门廊中的兰德。"你好,兰德。"他说。

蕾雅转过身来,仍然微笑着。"嗨,亲爱的,"她说道,"你一定累坏了,想喝点什么吗?"

他压制住了皱起眉头的冲动。"我怎么会累坏了呢?"

她看起来有些吃惊。"嗯……离首演只有一个星期时间了,不是吗?"

"当然,但是我负责的部分昨天就完成了。杰伊和舞者们从现在开始要拼命排练,把动作变成肌肉记忆,我的任务只是看管程序和寻找漏洞。我昨晚告诉你了。"

"哦,我忘记了。"

"没关系。"他刚刚希望的是能听到更多她的笑声,但是这会儿就连她的微笑都消失了。干得真好。"你们俩刚才笑什么呢?我也想笑一笑。"

她摇摇头。"要解释起来的话就得花上太长时间了。我正在写的故事里有部分内容是关于戏剧表演的,邓肯刚刚想出了一个不错的主意。"

"哦,我明白了。"在两人十年的婚姻中,蕾雅从来没有给包括兰德在内的任何人讲过仍然在创作中的作品。那是她身为作家的诸多迷信之一。"一则故事就像是一杯蛋奶酥"——他听过她对别人这样讲过不下一百次。

"考利在哪里?"

"在学习,"她扫了一眼手表,"不,这回电脑终端已经解锁了,所以她大概在打游戏或者看电影。"

他点点头。"只要她没又在打电话就好。那样打下去,这孩子迟早会把我们的气罐钱都败光。"

"哦,不,她不会的——我已经命令大白兔在她想要打电话时警告我了。"

"大什么?"

"大白兔,"邓肯说,"那是她给哈维起的新名字。他的形象还是一个兔子,但是更矮了一些,而且穿着是坦尼尔①版的。你知道,就是那个给原版《爱丽丝梦游仙境》画插画的那个人。"

兰德的怒气翻了一倍:这个陌生的男人对他的女儿的了解比他还多,而且这个年轻的粗人竟然会以为世界上最优秀的成像师不知道坦尼尔是谁。但是他仍然依稀期待着能再次听到蕾雅的笑声,所以他在脸上挤出了一个大大的笑容。"哈哈,"他说道,就好像在读出书上的文字一样,"那太可爱了。有怀表之类的东西,是吧?"我知道那些该死的书,小屁孩。"我们最好多多留意她的饮食。如果她开始长高的话,我们就会需要一间更大的套房。②"

---

① 约翰·坦尼尔爵士(Sir John Tenniel,1820—1914)是英国插画家,作品中以插画集《爱丽丝梦游仙境》最为出名。这里的坦尼尔版的兔子指的就是《爱》中的兔子洞的主人。

② 在《爱丽丝梦游仙境》中,当爱丽丝跳入兔子洞并来到大厅之后,她先后喝下并吃下了标有"喝我"的饮料和"吃我"的蛋糕,她的身体相应地分别缩小和变大。

他的妻子对他顽皮地微笑起来——那算是奖赏吧。"我觉得那不是问题。如果她真的长得太高太壮的话,我们就得把她丢到泳池里:那里所有的空间都归她。"

"考利应该会很喜欢的。"邓肯说。

"邓肯,你想留下吃晚饭吗?"兰德问道,他的语气听起来十分真挚,但又传达了潜台词:我希望你拒绝。

那个男孩还算懂礼貌;他把自己推离双人沙发,环顾四周寻找着自己可能遗落的物品,"不了,谢谢你,我得——"

一阵刺耳的声音打断了他,和驴子交配时的叫声一模一样。

"耀斑警报,一级。"一个非常响亮的声音说道,"紧急安全情况。所有住客必须尽可能迅速且平静地躲进最近的防辐射间。直到有进一步通知,请留在防辐射间中。只要你现在就找到庇护所,就没有必要惊慌。如果你有特殊情况,请拨打'紧急耀斑',帮手很快就会抵达。X射线预计在九分钟二十秒后抵达。一级耀斑警报——"广播里重复了几遍。

"静音!"兰德吼道。警报声随即消失了。"邓肯,你得留下。"

"我不该留下,"他说,"我有自己的防辐射间,只要两分钟路程,我有七分钟的缓冲时间。"

"别傻了,"蕾雅说,"我们的防辐射间够大的,我见过,最多能住六个人。"邓肯看起来仍然十分犹豫。"看来老天的份上,我们得带着考利在里面待上多久……三小时、三天都有可能?没有电话、没有电视、完全没法上网?我们需要你,邓肯。"

他笑了起来。"我明白了。"

"别浪费时间了。"兰德猛地说道,带着大家朝防辐射间奔去。

套房的设计很用心:在通往防辐射间的路上,几人会经过考利的房间。他们本以为见到她时,她会十分惊恐,但推开门时却发现她正戴着耳机,眼睛盯着屏幕,用麦克打着电话,对紧急警报浑然不知。当她注意到他们时,她猛地向后躲了一下;换作在地球上,她非跳起来一尺高不可。在失重环境中,同样的反射会导致一个人剧烈地翻滚起来;她就像一只拼命想要恢复平衡的章鱼一样挣扎着。"我只想打一分钟的电话而已,"她哭喊道,"我刚刚就要挂电话了,真的!"

兰德在她的一只脚踝闪过时抓住了它,顺势紧紧搂住了考利,并把耳机扯了下来。"闭嘴,考利!"他说。他小心翼翼地控制了自己的音量,保证既能让她镇定下来,又不至于被吓到。

他的话似乎奏效了。"怎么了,爸爸?"

"没什么大事,宝贝。有一场太阳耀斑辐射正在来袭,但是只是一级。我们要一起去野营一段时间。想去吗?"

她的双眼瞪得又大又圆。"当然了,爸爸。我能带大白兔一起去吗?我的意思是,哈维?我给他改了名字。"

"我听说了。真对不起,亲爱的,防辐射间的设计用途就是屏蔽电子,而大白兔基本上正是由电子组成的。我们必须得咬牙挺过去,就像在旧时代那样。你手边有书吗?"

"你是说,实体书吗?每一本我都读过无数遍了。你是说,我没法玩游戏,也没有任何消遣吗?"

"除非它们能独立使用,宝贝。任何需要借助网络的东西都不行。带上你的百变盒。"那是一个基于纳米科技的玩具套装,里面有一系列的小游戏,三维国际象棋、大富翁、拼词游戏等等。

"我忘记给它充电了。"她带着哭腔说道。

邓肯已经拉开了防辐射间的门闸,正在挥手示意蕾雅进去;她却停下了脚步。"快来,考利,"他喊道,"你不需要机器也能玩游戏。"

"不需要?"她看起来并不相信他的话。"好吧。"她开始朝门闸移动。"嘿,晚饭怎么办呢?"

"厨房只需要不到两分钟就能做好三明治,"蕾雅说道,并转身意欲往套房的其他地方走去。"我们还剩下大概七个三明治——"

"别,蕾雅!"邓肯急声道,"没时间了,不管什么原因,你都不应该在耀斑警报响起的时候在外面游荡。防辐射间里有食物和水,快过来!"

"快去,"兰德说,"我来负责考利。"

蕾雅放弃了备餐行动,朝门闸飘了过去。当她抵达时,邓肯抓住了她,并把她送入门中。在失重环境中,如果想要从身后推人前行,并且不让其陷入翻滚之中,你必须得推她的屁股。兰德在太空中已经待了足够长的时间,对此心知肚明,因此丝毫没有介怀。他的注意力完全在女儿身上。"用我的身体助推,亲爱的。"他一边说,一边面对着门闸伸开四肢。考利弯曲身体,把脚定在了他的肚子上,然后起跳离开。他在助推器的帮助下恢复了原有位置,并且开始跟随她前进。她的瞄准十分精准;小女孩的身体就像灌篮一样从门闸正中穿过,直抵蕾雅的怀抱。

邓肯似乎在扮演门童的角色;他一直在等兰德先进入防辐射间。"你先来,孩子。"兰德简单粗暴地说道。在邓肯转身之后,他便把后者推入了房间中——就和邓肯推蕾雅的方式一样。

接下来的几个小时可不怎么有趣。

从没人能在防辐射间里舒服地待上三个小时。它们是清水里唯一能称得上"简陋"的房间,相当于一个简易的大箱子,用来抵挡杀气冲冲的高能质子，最多能让人类在里面坚持三天半。（虽然 X 射线最先冲过来，之后也会混在威力巨大的等离子体——由电子和质子构成，连金属都能击穿——中间一起冲过来，但它们算不上什么问题，一毫米厚的铝片就能抵挡住大部分的射线。）进去防辐射间容易，但是直到紧急状态结束之前，里面的人都不能出来；房间里会供应可呼吸的空气、饮用水、可消化的食物替代品、基本的紧急医疗装备以及洗手间。仅此而已。如果有谁想让它变得更宜居的话，可以在里面放置一台可以独立运行的电脑、存储着书籍和音乐碟片的书架、可编程控制的家具，或者一些美味的食品，这个小房间里还是可以摆下这么多东西的——但是几乎没有任何人这么做……原因和人们仍然在火山脚下建房子一样。基本上每十一年之中，有九年半的时间都极少碰见较为剧烈的太阳耀斑。在这种情况下，人们很容易忘记在防辐射间里面储备足够的供应。因此，在大多数情况下，当人们必须前往防辐射间躲避时，里面储备的必需品数量都少得可怜。接下来在那里度过的时间将是一段苦刑。

兰德对此心知肚明，所以他决定不去考虑负面因素，而是专注于思考身处防辐射间时能做些什么。他回顾了一番脑海中的记事本，找到了一个待办事项：教训他的女儿不要私自打电话。然而，让他勃然大怒的是，邓肯竟然替她辩白（用兰德的话说就是"多事插嘴"），说她搞明白了该如何绕过人工智能锁明明值得奖励。当他表示那完全是另一回事时，考利开始为自己辩解，用尖厉的声音阐述了一个全新的理论："不管怎样，我是不可能办一个真正的生日聚会了；太空糟透了，我想回家。"

兰德一直指望着考利对太空的热情能够帮助他赢得蕾雅的支持，所以他只好赶紧闭嘴。几天前蕾雅私下里问过他，能否用成像设备给视频电话编码,好让考利的生日聚会能出现朋友们的虚拟影像。他那时正忙得焦头烂额,只说会"想一想";之后他考虑了一下花费,便拒绝了。现在他万分希望自己答应了下来……但他说的明明是两码事,他只是希望女儿不要浪费太多钱打电话,怎么突然就和"举办一个花费堪比赎回国王的生日聚会"扯上了逻辑关系。但要跟考利说逻辑关系肯定是说不通的。他暗自下定决心,要完成这个任务——然而时间太紧迫了,他甚至都不知道自己什么时候才能开始着手……一级耀斑通常持续多久呢?他被迫向邓肯提问。答案是三小时到三天,门闸打开就意味着结束了;这显然让他十分生气。他开始意识到自己不得不用闲聊来打发一段长度不可知的时间,而对象是被他伤害过的妻子、因他而失望的孩子,以及一个快把他烦死了的年轻人。

他需要忍耐的时间是八个小时,这段时间过得比他们本以为的恐怖秀好得多。多亏了蕾雅在关键时刻英勇地挺身而出,几乎只手撑起了一组人之间的互动,完全以自己的个人魅力消除了弥散着的戾气。她不断地转移话题,赶在争执发生前进行调解,并且承担了一切维持秩序的责任,以免兰德和邓肯爆发冲突。

最终,她总算把他们都镇压成了在防辐射间躲避的人应有的样子。她不停地讲着故事,一些是他人的作品,一些是她即兴编造的。她还哄着兰德唱起了他最拿手的歌,邓肯回溯了童年往事——那时他的生活条件相当原始(按照当代地球标准来看),没有娱乐设施是常态——并让大家一起玩了几个不需要工具或者电力的游戏。不久之后,考利也开始做出了她独特的贡献:咯咯的笑声。到了她常规的就寝时间,她就睡着了,但是一个孩子的鼾声和她的笑声一样振奋人心。而且,如果房中有孩子在睡觉的话,人们就很难将对话升级为争吵。没过一会儿,邓肯给兰德的印象就恢复成了原来那个体面、善良的年轻人,只是需要一些和地球人相处的经验来磨炼出得体的言行举止,仅此而已。毕竟,蕾雅似乎蛮喜欢他,而她一向在看人方面都有着敏锐的洞察力。

良好的精神状态本可能没法持续太久,但是算是他们走了运:就在士气上升到最高点时,紧缩的门开启,一个洪亮的声音也开始向他们保证一切都已恢复正常。他们在那个声音吵醒考利之前设法关掉了它,并且一起微笑着离开了防辐射间。邓肯知趣地立刻找借口离开了。当兰德送他出门的同时,蕾雅已经把考利固定在了她的睡套里,并回到了他们自己的卧室。兰德关闭了整个套房的灯光,走上前去与她会合。他太累了;在睡觉之前,他只是先确认了一下他们的人工智能助理们是否能正常工作,另外再确认一下如果有人伤亡的话,其中没有他认识的人。

但是,当他抵达卧室时,蕾雅正在脱内衣。

"呃……"他本想在她脱光所有的衣服前说什么,但是她却像一团高速质子一样朝他袭来,扒他的衣服。他五分钟后才说出一个模糊的音节;在之后的几分钟里,他将它重复了几遍,音量逐渐增大,间隔时间则逐渐缩短。他是呐喊着将它重复了最后一遍的。他觉得那一声似乎包含了全宇宙迫切地需要听到的一半信息,而蕾雅则尖叫着喊出了信息的另一半;二人的叫声如琴瑟和鸣。

在入睡之前,他终于恢复了足够的思考能力,想出了一句老生常谈的话,"患难见真情"。也许……只是也许……蕾雅就要同意了。

和杰伊讨论工作不再像以前一样有趣了;离《动感能量》(他们决定如此命名新作)的首演只有四天时间,杰伊手头有太多其他的事情要做,兰德却闲得发呆。除了可能出现问题的环节之外,他们真没什么好讨论的。好吧,还有舞者们内心中无尽的自我挣扎和他们之间的私人摩擦。但是兰德十分厌恶讨论这个话题。他特意选择这个职业就是因为当他需要时,他完全可以独自工作。

所以当杰伊问他"兄弟,和蕾雅的事情怎么样了?"时,他全然没法转移话题。

他决定实话实说。"你也知道,我在上周说了毫无希望。但是最有趣的事情发生了:不知怎的,耀斑警报似乎扭转了情势。至少有那么一点点。全程她都跟资深演员似的,从未抱怨过,也没皱一下眉。紧急情况一结束,她就对我主动得不得了。我们上一次那样做爱已经是……老天啊,我也不知道;但是上一次不管是什么时候,都肯定是在地球上的时候。那感觉就像……就像给清水旅馆施洗,给太空施洗一样。你知道我是什么意思吗?"

杰伊马上点了点头。"我和伊森也在高地球轨道施洗过一次。"

兰德听闻之后露出一脸苦笑。很显然那次性爱并没有让伊森坚定在太空定居的决心。"我的意思是,蕾雅要决定在太空生活,就好像我第一次搬到P城一样。我从来没有在海边居住过,我也不确定自己喜不喜欢那么宽广的海平线。你也知道,还有沿海城市的暴雨、狂风。当我们一起经受过第一次飓风的考验后——那可真不容易,我满心想的都是:'好吧,那还不算太糟;我可以在这里活下去。'在防辐射间里坐着不是什么有趣的事……但比坐在单身酒吧里有趣得多。也许她就快准备好下决心在这里定居,学习如何在太空生活了。"

"但是她的态度还是摇摆不定,不是吗?要知道,离首演只剩四天时间了。下一周你无论如何也得给凯特一个答复,要么走,要么留。"

"我知道,我知道。但是对于这种问题,你没法逼人给一个确定的答案,不管时间上多紧迫。"

"好吧,我想说的是,就算她决定要走,你也不是一定就得离开——至少你们的婚姻还可以按照另一种方式继续。虽然伊森和我的异地恋没成功,但这并不代表它是不可能的事。看看菲利浦·罗斯和他的妻子——和蕾雅一样,她也是一个作家,他们就坚持了下来。很多太空人和土拨鼠们的婚姻维持得还可以。"

"你真的认为可能吗?在你的前车之鉴后?"

"好吧,它也许不是最棒的选项,但至少可以先维持一年半载,看看情势发展如何。"他似乎想开始讲些什么道理,但是却改变了主意。"我太自私了,兄弟。《动感能量》是部好作品。我喜欢和你合作;我不想就这么放弃这个机会。我一点也不希望你回去,只希望你就算身处太空也能维持和地球上的伴侣的关系。"

兰德想了想,却摇起头来,"我懂你的意思。但是我就是没法想象自己和蕾雅的婚姻在那种情况下还能维持下去。而且,让考利频繁地上天入地,每三个月就得换一个地方,对她来说也不公平。"

"不一定三个月换一次,还有其他可行的方案。"

"那并改变不了什么。如果蕾雅决定离开,我只有两个选项,要么是她和考利,要么是这份工作。所以,我猜你能想象得出我看到任何她可能愿意留下的迹象时有多宽慰。"

又一次地,杰伊似乎在仔细斟酌着他的话。"兰德?如果她真的决定要走呢?如果耀斑之后的疯狂性爱只是她在从庇护所解脱出来之后,下意识地用来庆祝劫后余生的方式呢?如果你必须在蕾雅和清水之间做出选择,你会怎么选?"

"那么我可以简洁而绝对确定地回答你。答案是,这个问题让我肝肠寸断。"他抠起自己的指甲来,继续说道,"我真的很喜欢这个地方,很喜欢这份工作,也喜欢与你一起合作。但是我也深爱着蕾雅和孩子。我只能告诉你,我在祈祷那种情况永远不会出现。我期待一切都朝着好的方向发展。"

第十五章

地球各地
2065年1月19日

希达尔哥·罗德里格斯夜梦难安。他做了个噩梦,十分离奇惊恐。等他睁开双眼,他突然尖叫了一声,飞快地站了起来。他起身的速度非常快,让他想起童年时,有一次在自家羊圈打盹时打了个喷嚏,把羊惊得四散奔逃,他也被羊群奔跑的动静惊得迅速起身——当时是他第一次知道,人类的喷嚏对山羊来说就像是"快逃命啊!"。这一次比那时起身的速度还快。

尖叫声吵醒了阿玛帕罗和孩子们;没过几秒钟,他们也尖叫起来。

他们舒适的小房子不见了。取而代之的是一种无法形容,甚至几乎不可见的东西。它无处不在,在四下包围着他们,没有明显的开口,还笼罩着一层不知来源的光。他们谁也认不出来这是什么东西。他们第一反应是:这是某种魔术变出的陷阱。

这一判断促使希达尔哥低吼了一声——他希望它听起来饱含着愤怒之情并用自己的身体撞向可及范围内最近的一部分。

他并没真的希望能够穿透它,但是他必须得试一试。他弯下一只肩膀,朝它猛撞过去,但是却弹了回来,随即倒吸了一口凉气。他没能撞出任何破口或者哪怕一个凹陷来,但是那个无处不在的……东西……的一部分突然变得透明起来。

一扇窗户……

希达尔哥看到了窗外依然是他所熟悉的家乡景观;的确有一些奇怪的变化,但是他没空仔细观察它们。他抓起了一块破布,缠在了拳头上,朝窗户猛砸过去。窗户上那层透明的东西没被砸碎,但是他的手却糟糕地肿了起来。

他的儿子胡里奥效仿了他的做法,在一段助跑之后,身体前倾着撞向了最近的墙面。当毫无成果之后,他挑了另一个地点,又试了一次。他这次的尝试尤其成功:那东西之上出现了一扇门。他试着打开了它,发现它能正常使用……家人们跟着他迅速从门口跑了出去。

那东西仍然无法辨认。毫无疑问,它看起来并不像一座房子,甚至都不像一座建筑物,至少不像他们见过的那种。它的外形似乎并不包含任何直线、垂线或者直角;他们也看不到烟囱。

好奇心,以及逐渐意识到外面实在是比刚才在里面热上太多,终于驱使他们重新入内。

他们试着撞了它更多次。终于,鲁兹发出了一声尖叫。她碰到了一个地方,一座洗手池便在那里慢慢出现。希达尔哥一边吼她离远些,一边小心翼翼地靠近那个地方。不知什么原因,它有两个水龙头。他尝试着想打开离他最近的那个;他并不熟悉它的开启方式,但是弄明白也并不算难:水流了出来,然后打着旋子从排水口处流走了。

希达尔哥惊得张大了嘴巴。他家有史以来——没错,哪怕在他最富裕的祖父活着的时候——都没有用过自来水。而且它竟然有两个水龙头。他试着打开了另一个,就在他试着靠近那里的时候,一股气流从水池涌来,他直接昏死了过去。

是热水……

当他醒过来时,他的新房子正在对他说着话,兴奋地对他讲述着他只听说过的城市中的交通状况。它甚至向他展示了图片……

不久之后,当希达尔哥知晓山坡上棚户区里的所有邻居都经历了和他一样的事情时,他才感到些许安慰——还有住在地球上其他地方的努科瓦姆·范·德·胡夫家和他们的邻居……阿尔吉·本特家和他们的邻居……特洛伊·卡梅拉(这个名字原本是一个传说中的英雄的名字)家和他们的邻居……和卢德寿家和他们的邻居……名单还有很长。事实上,完整的名单从来没有被统计出来过。

仿佛有一种感染房子的传染病在世界上蔓延开来……

过了很长时间,人们才得知住在那些毒房子中的人永远不会生病。而要让任何一个受过教育的人相信这一点,还需要很长很长的一段时间。

第六部分

第十六章

清水酒店
2065年1月20日

就在杰伊观看《动感能量》第一次的完整技术彩排,并且幽怨地祈祷着上帝打个雷把他劈死算了的时候,警报拉响了。

"耀斑警报,三级——"

"又来了一次?"有人抱怨道。

"再说一遍,三级!这是一次紧急安全事件:所有住客必须尽可能迅速而且平静地前往游泳池区域;并且在抵达后原地等待进一步通知。请勿慌乱,只要——"

警报短暂地消失了,剧院重新出现在视野中。

"当你朝泳池方向移动时,请大声汇报;清水酒店在听到你的报告后,就不会浪费时间搜寻——"警报又开始宣布下一步的指令。

"新星舞蹈公司的全体成员,即刻离开剧院!"杰伊吼道。

妮卡被谋杀之后,接替她出任技术主管的人是安德鲁,一个太空人:他从后台的门闸跳出时,就像橡木塞弹离香槟酒瓶一样。杰伊突然想起考利和兰德还在后台,便起身朝技术间走去,想要查看他的弟弟是否需要任何帮助。在路上,他猛地意识到自己的难题已经终结,或者至少被推迟了:在《动感能量》理应拉开帷幕时,整个舞团以及清水中的所有其他人都仍将在游泳池里避险。在紧急状态结束之后给表演重新安排时间会花上好几天的时间。这样一来,悬在他头上的达摩克利斯之剑要延期好些时候才会落下。当他抵达技术间时,兰德和考利正在从里面出来。考利看起来有些害怕,但是并没有慌张失措;兰德则神情严肃。"亲爱的,"兰德对女儿说,"杰伊伯伯会带你去游泳池。我和妈妈过两秒钟就会在那里和你们会合。"

"爸爸,不要——"

"带她走,杰伊。"

"蕾雅不会有问题的,兄弟。"杰伊开始劝他,但是兰德打断了他的话。

"我试着给她拨了电话,但是她此刻并不接受来电。"

"就算她没发现警报,穿着防辐射服的人也会找到她的——"

"去找她不过是绕远一点点而已。麻烦你带考利走。"他腾跃起身,并启动了助推器。杰伊发觉自己正在试图安慰考利,尽管她完全能自我安慰;他们一起朝游泳池飘去。

清水中的大部分人也都在朝那个方向进发。越靠近酒店中心,人群也愈发稠密。有些人情绪高涨,倒是带来了节日的喜庆气氛;有些人则狂躁不安;有些人吓得说不出话;还有的正在被穿着笨重的防辐射服的工作人员拖着走,一边前进还一边哀怨地抗议着。一旦抗议声过于吵闹,那个人就会被注射镇静剂。看起来每一条走廊中都配有两位镇定、能干的工作人员:其中一位的全部职责是保持人流的通畅,另一位则只负责安慰能听进去人话的人们。当他们抵达泳池区域时,考利似乎变得开心了起来。一位面带微笑的员工给了她和杰伊每人一对塞入式无线耳机,一入耳,一个镇定自若的声音便从中传出,为他们低声讲解着安全指示:"泳池目前已经基本清空。当接到指示时,请即刻入内。泳池壁有显示为绿色的姓氏首字母,请找到你的,并前往此区域,以便我们清点人数。如果你有任何紧急情况——急救、医疗、如厕、有亲人失散——请寻找穿着袖标和腿标的工作人员,并向他们报告情况——"

整个紧急状态的处置都条理清晰,并且经过有序的演练,而且奇迹般地全都在顺利进行;在过去的半个世纪里,清水每隔十一年都能成功地处置一次这样的状况。不到一分钟,泳池的所有大门便全部敞开,人们都收到了进入其中的指令。耳机里的声音十分严肃地禁止人们在大门逗留。杰伊和考利被人群卷进了泳池内;成百上千嘈杂的住客一同挤在了他们的周围。

杰伊环顾四周,在几百米之外的泳池壁上看到了绿色的P,并把考利带到了那里。杰伊松了口气。"小可爱,我们就在这等你爸爸妈妈吧,"他对孩子说,"这比简陋的防辐射间有趣多了,不是吗?"

"当然了,"她同意道,同时观察着四周,"哇哦!竟然还有我不认识的小孩!看起来和我同龄。就在那,看到了吗?杰伊伯伯,我能去打个招呼吗?"

"等一会儿,亲爱的。咱们先等你爸妈到这,好吗?你知道的,我们要在这里待上三天呢。"

"哦……好吧。"突然间,她惊恐起来,"杰伊伯伯——演出怎么办呢?"

他笑了笑。"你是说舞蹈表演吧?考利,地球上的孩子们还会因为'雪天'而不用去上学吗?"

她眨眨眼睛。"哦。不会,但是我妈妈跟我讲过以前的故事。不过我们有'太阳黑子日'——学校的电子系统一崩溃,你就不用学习啦。"

"没错。这么说吧,这三天对你爸爸、我还有整个舞蹈公司来说都是'太阳黑子日'。相信我,我们都乐得休息一番。"

"哦。嘿,这么说这是件好事咯。我的天,这个地方没有水时看起来好奇怪啊。"

"你说的没错。我听说这里是你最喜欢的地方,不是吗?"杰伊心不在焉地说道。他的手表告诉他距离门闸密封还有不到五分钟;他的双眼盯着所有的入口处,搜寻着兰德和蕾雅。在这会儿赶来的大部分人都是被一本正经的工作人员拽进来的;杰伊忽略了他们,正因为如此,他并没有立即看到考利的父母。

但是他最终还是看到了他们,那时候他俩和邓肯正在被三位拖着他们进入泳池的搜救员松开。在来的路上,他们一定是安静地配合了的,因为三人都还清醒着,但是就在杰伊开口想要叫考利把注意力转移到父母身上时,他注意到了三个人之间的气氛看起来怪怪的;他想了想,还是闭上了嘴。这三个人之间,一定发生了什么……

他眯起了眼睛。邓肯似乎正在开口说话,至于是说给兰德还是蕾雅,或者说给两个人一起听,就不得而知了。从他的肢体语言上来看,情绪似乎十分激动。兰德的答复则十分坚决有力,就连离得很远的杰伊都能听到他的声音。当然,由于人群中的嘈杂声,他并没有听清兰德说的是什么。蕾雅和邓肯两个人一起开口回答了他的问题,并且说个没完。接下来兰德的声音就没有传过来了。在几秒钟的停顿之后……邓肯转过身去,想要飘走;兰德则开启了助推器,紧跟着他,并在超过他之后和他扭打起来。这里都能听到两个人的喊叫声。蕾雅则追赶着两个人,也自顾自地喊着——

不知什么原因,十个土拨鼠之中有九个都试图以错误的方式在太空中打架:他们以为伸出直拳击打对手会使他们飘离对手,便本能地选择上勾拳。但是这样做只会让他们从对手面前滑过,并朝他的脚下移动。太空人了解这一点,通常会准备好用向上抬起的膝盖来迎接下降中的下巴。杰伊看到他的弟弟挥出了一记上勾拳;知道接下来会发生什么的他脸色突变。兰德的质量比杰伊大得多,那在太空环境中是一个绝大的劣势。

然而不知为何,邓肯并没有使出自然而然的反击招数。没有抬起膝盖的他被兰德击中,之后两个人像两块滑板一样滑过对方,朝相反方向飘去。他们只有时间做这么多——把他们带到这里的三位搜救员已经动身去搜寻其他落在后面的人,所以两位发放耳机的工作人员接手了给兰德和邓肯以及蕾雅——因为她仍然在大喊大叫——注射镇静剂的任务。没过几秒,三个人就都安静了下来。人群此时仍然处在混乱之中,因此基本上没人留意到这个短暂的闹剧。

"杰伊伯伯,你看到爸爸和妈妈在哪里了吗?"考利问道。

"没有,亲爱的,"他温柔地说道,"但是我很确定他们俩没问题。他们知道你在我手中很安全,所以可能正在当志愿者,帮忙管理人群。"

"哦,我敢打赌你说的没错,"她说,"爸爸非常擅长在紧急事件时帮人保持镇定。"

"没错。"他环顾四周,找到了一位没有戴袖标和腿标的工作人员。他知道她是一名移动助手。杰伊挥手示意她来到身边。"你看这样好不好,小可爱?我在这里待着等他们,你跟这位女士……嗨,吉!——你跟她走,去和你看到的其他孩子们玩一会儿?吉,这位是考利·波特。"

"嗨,考利。"

"嗨,吉。嘿!听出来了吗?'嗨——吉——',发音和宇宙指挥中心那艘叫作'高吉'①的飞船一样。"

"听你这么说,好像还真的挺像的。"吉慈祥地说道。

"哇哦,我猜是你的爸爸妈妈特别喜欢奥兹系列的书,才给你起名叫'巫'?我有一个朋友叫邓肯·爱荷华,他的爸妈给他取名时——"她们一起飘走了;考利甚至忘了和杰伊说再见。

一等到两个人飘出他的视线,杰伊便径直冲向了兰德、蕾雅和邓肯那里;他们已经被拖到旁边固定起来。一位戴着袖标和腿标的工作人员——杰伊也想不起她的名字了——正在试图确认他们的身份,以便处理他们。"这两位是我的家属。"他说。

"好的,佐佐木桑②,"她尊敬地说道,"把他们带回家吧。但是那个太空适应引导员怎么办?"

杰伊犹豫了一瞬间,说道:"照常处理。"

"没问题。"邓肯恢复意识时将会有纪律官在场;他会受到严厉的教育,档案里也会添上一个巨大的黑色记号。这次过错甚

---

① 原文为"high-gee"。

② 在日语中,名字后加"-San"表尊称,此处按音译加上"桑",可理解为"先生"或"小姐"。

至可能导致他被解雇——如果斗殴的原因是杰伊怀疑的那样的话。他下意识的反应是为邓肯说情……但是如果事实证明他的弟弟是毫无根据地向那个男孩挑衅的话,档案记录总是可以撤销的。

"你手头的解药还有多少?"他问那个女人。

她开口想说些什么,但是只是耸耸肩,从口袋中掏出了一对注射液,并把它们抛给了他。

他缓慢地把熟睡中的蕾雅和兰德拖到了"P"区。那是个棘手的任务,尤其是还要在人群中穿行,但是对一名舞者来说并不算难。他在路上想清楚了该如何处置;当他抵达目的地时,他把蕾雅交给了一位戴着袖标和腿标的工作人员,并嘱咐他先看着她。然后他找到了一个周围没有多少孩子的区域,把兰德拖到了那里。他用维克罗搭扣把弟弟固定到了墙面上,撸起了他的袖子,并在给他注射了解药之后后退了几米远。

兰德很快便苏醒了——没有任何缓冲和间歇,就和他刚才昏睡时一样——疯狂地寻找起自己的对手来,并且准备再来上一拳。过了一会儿,他才猛地意识到周围的状况。他双肩下沉,低着头,低声呻吟起来。紧接着,他猛吸了一口气,想要狂吼一声——要么出于愤怒,要么出于悲痛,但是杰伊赶紧冲上前去,伸出手捂住了弟弟的嘴。

"放松,"他小声说道,"你可不想再挨上一针。你会——"他迅速意识到了自己最好别挑明双重剂量的镇静剂最常见的后果:短时性无能。"——后悔的。你得镇静下来……然后告诉我发生了什么。"他移开了自己的手。

兰德的身体又一次瘫软下去,这回直接变成了失重蹲伏状,眼瞅着进入胎儿姿态也不远了。他许久都没说一个字。

杰伊已经猜到了大概,但让他亲口说出来十分重要。"说吧。"

他的弟弟抬起头来,表情像失去了一根胳膊或者一条腿一样。他正试图在汹涌的情绪中组织语言。"我到那里时……他俩在一起。"

杰伊想到了六七种回答,总共有几百个字。他最后选的是:"然后呢?"

兰德挣扎着压低了自己的声音。"别开玩笑了,杰伊。你难道想要我给你成像模拟一下当时的状况吗?"他的语气就好像喘不过气一样。

杰伊皱起了眉头。"他们被你逮个正着?他们无视了三级警报?我不相信!"就算那真的发生了的话,他想,他们至少也有足够的时间披上浴袍——看在老天的份上,他们现在可是衣衫齐整的!而且如果他们穿着衣服的话,就没法证明任何事,事情还有回旋的余地——

"他俩的衣服都穿得好好的。我花了将近两分钟才赶到。但是,天啊,杰伊,我的脑袋上他妈的长了鼻子,我脑袋上也长了眼睛。那件事肯定发生了。肯定发生了什么事。"

"——而你并不确定到底有没有真的发生,不是吗?"他没听到回答,便继续说,"那可能只是一个闪过的念头或者一个飘忽而过的冲动,只是你赶去的时候是个不妙的时机,对不对?同样的事情我也经历过:我正在和人调情,你知道……就在我开始意识到事情正在往比调情更复杂的方向发展,都已经决定要离开时,他的妻子走了进来,发现了我们俩在一起,下面还硬邦邦的。那其实什么也说明不了;但她还是误会了。我们只能在短暂的难堪之后,再给她解释一下。"

兰德把眼神转向别处。"我会的,我会找个时间听她解释的。"他重新面向杰伊,说道,"但是,杰伊,我和她已经在一起生活了十年。我见过她难堪的样子,甚至还见过她内疚的样子。但是这是我第一次见到她羞愧的样子。我已经知道了自己需要了解的一切。我很感谢你给我的建议和支持,但是如果你继续缠着我,我非连你也一起打不可。所以,如果可以,你让我一个人单独待一会儿好不好?等等——考利在哪儿?"

"有人看着她,"杰伊说,"你先不用担心她。我把蕾雅弄醒之后就会去找她。你确定你在这里没问题?"

"不确定。但是换地方也解决不了问题。快走。"

"当你调整好情绪的时候,听听这个,"杰伊说道,并把自己的耳机递给兰德,"它会告诉你这里的安全流程。"说完他便离开了,任由弟弟一个人悲伤。

在回到P区的路上,杰伊突然想起了一首歌,是已有将近百年历史的斯蒂维·旺达的《都怪太阳》。那首歌的歌名实在是太过讽刺,他赶紧闭上了嘴。他知道自己应该替弟弟感到悲伤,但是现在他的内心只剩下麻木。发生了太多事情;还有太多事情要做;一个八岁儿童名义上仍然在他的看护之下,而且等不了太久,他就必须对她解释这一切。也就是说,他们要带着这个难题在泳池这个闷罐中待上至少三天时间。他的心开始狂跳。

蕾雅醒来得和兰德一样快,她的眼神一锁定在杰伊的脸上,脸就羞得通红。

"发生了什么事?"他问道,"不,直说吧:他看到了多少?他能从中推断出什么?"

当她理解了他的意思时,双眼瞪得溜圆。"哦,杰伊——"

他转过身去。

"真该死,蕾雅……真该死……真他妈的该死——"

"考利在哪?"

"正和一个非常善良的女士一起,还有其他的孩子们。"他愤怒地说道,"我想,在你们不得不对她解释为什么妈妈和爸爸互相不说话,以及邓肯叔叔的下巴上为什么有个瘀青之前,我们有至少十分钟时间做准备。但是你是个作家:我相信你能即兴编出点什么来。"

"她不叫他'邓肯叔叔'。"她急忙说道。然后,她斟酌着开口:"呃……我……"

"请大家注意。"一个响亮的声音在泳池内响起。它又重复了两次,并在人群的吵闹声逐渐消散时继续说道:"我们非常高兴地向您报告:三级耀斑警报是误报——再说一遍,刚才的警报属于误报。"吵闹声变成了欢呼;那个声音也相应地提高了音量:"紧急状态已经结束。为了将混乱减轻到最小,请按照字母分组回到你们的客舱。从姓氏首字母为A的客人和他们的家人开始。在前一个字母分组的客人全部离开之前,请不要擅自动身。清水为可能产生的所有不便真诚地道歉,并且感谢您在紧急状态下的配合——"

"我的天啊——"杰伊开始说道。

"帮我把她带回家,杰伊。"蕾雅脱口而出,便在他来得及提出反对意见之前冲了出去。她混入了姓氏首字母为A的人群,并消失在了视野中。杰伊只是在她身后发着呆,感到自己的头痛愈发严重。

不一会儿,考利便现身了;她跟在看起来很高兴的吉身后。"杰伊伯伯,他们过来找我了吗?"

他本能地开口想说"不"。但是他意识到在不久的将来,很多人都将开始对这个孩子撒谎,而他不想成为其中之一。"我瞥见了一眼他们,"他说道,然后赶紧离开了危险话题,"但是这地方跟疯人院似的,我们现在没法找到他们。没关系;我确定他们会和我们在你家的套房会合的"——该死,又碰到一个危险话题,回去的时候他们在不在套房都很难说——"迟早一定会的。告诉我,你遇到有趣的小朋友了吗?"

"哇哦,遇到了!我见到了一个和我一般大的男孩,名字叫瓦尔多,和我一样是个太空人:他也会一直在这里待下去!我以前从没见过他是因为他的肌肉有些问题,所以他没法出来玩。但是没关系,我可以去他家,和他成为永远的朋友!我还邀请他来我的生日聚会——"

别抱太高期望,小可爱,杰伊想。但是他还是说:"听起来是个不错的小家伙。"

很多人的计划都会很快发生变化。

他已经和S组的其他人一起离开了泳池,与考利来到了走廊。最新消息传来:《动感能量》会按原计划时间开场……

和有史以来的大部分编舞师一样,杰伊在表演开始的两天前,还是无法预测自己的作品会是艺术成就还是灾难边缘。无论是从客观还是主观的角度,要他评估这套节目,已然是件不可能的事。他已经准备好用心接受哪怕最业余的批评,或者来自最资深评论家的赞美。两晚之后,最终的、也是唯一重要的审判会在鼓掌欢呼,或者鸦雀无声,或者——拜托千万不要!——一片嘘声中来临。他心急火燎地想知道它将是什么……却又害怕那一刻来临。他确信自己需要另外一个星期的时间来打磨节目;那正是他为耀斑警报而庆幸的原因。

而这次该死的紧急状态只是为他浪费了一次技术彩排的时间,并且击垮了他的弟弟。

好吧,也许相对而言,整个事情还是有好处的,至少从杰伊的角度来说是这样。蕾雅理应会回到地球了,那甚至可能正是她出轨的原因。那样的话,兰德除了留在太空以外别无选择!地球上他唯一能回到的地方是普罗旺斯城,是蕾雅的城市。他会痛苦一段时间,毫无疑问……但是就像山姆·斯派德曾经说过的一样,一切都会过去的。他的心终会被治愈。一整季的原创作品,一些伊夫·马丁公关来的媒体好评,几次起立致敬……终究会抚平他内心的伤痕。

哦,该死!兰德还有心情来参加首演吗?

杰伊想他的弟弟不会出现在最后两天的彩排中。那自然是个损失,但是安德鲁应该能独自掌控局面。杰伊也知道自己会怀念兰德的陪伴。兰德在彩排时担任导演的传声筒角色一直非常出色,也往往能在最后关头迸发灵感,对舞蹈进行一些精彩的修改——好在缺少这些也非致命。

但是如果兰德不出席首映的话,凯特·德川非气得打人不可。他的现身是必须的。所有的媒体都会在场;那有关脸面——她的,以及董事会的。

杰伊也知道凯特有多在乎脸面,兰德就有多不在乎。哦,这比悲剧还悲剧:看起来表演时出现大灾难的所有因素都已经备齐了……

"我真希望那个愚蠢的耀斑不是误报,杰伊伯伯。"考利说,"那里才刚刚好玩起来。"

负罪感正在撕裂着他的心。他竟然一心只顾着自己的难题?"我也是,亲爱的。"他温柔地说道,并更紧地握住了她的手。

我他妈的拿她怎么办是好呢?

"谢尔盖?"他试着说。

私人人工智能助理已经重新上线。"有何吩咐,杰伊?"迪亚基列夫说道。

"抱歉,考利,我得和安德鲁处理一些事情。谢尔盖,请屏蔽周围的声音。"四周人群的声音不见了。"给兰德打电话。"

"杰伊,他目前不接受来电。"

"真他妈该死,输入紧急解锁密码:'P城'!"

接电话的是蕾雅。"什么事?"

"我该拿你女儿怎么办?"杰伊开口就问。

一阵短暂的沉默。"你能……你能看她一会儿吗?不管怎样,就一会儿?"

"我怎么跟她解释?"

他听到兰德正在背景中愤怒地说些什么。"……帮我安慰她一下,好吗?"她说,"拜托了,大哥,我会给你打电话……当我们准备好接她的时候。"

是她的一句"大哥"让他镇定了下来。蕾雅以前从来没有那样叫过他——她在求他。"好吧。"他准备结束通话,但是不知道该说什么。要说"好运"吗?他最后说的是:"我会等你来电。那就这样。"

帮我安慰她一下,好吗?

"考利,你得跟我走。那些克朗凯特们想采访你的爸爸妈妈关于耀斑事件的看法。你也知道,他们总是很热衷于了解名人对热点事件的观点。"

这个借口真牵强;在之前那次真正的紧急状态之后可没有人被采访!但是考利相信了他。"好的!也许我们应该在你家看采访,那些媒体可能很快就会把视频传上网络——"

杰伊的脸抽搐了一下。"嗯,大概不会那么快。剪辑得花上好一会儿,你知道的——"

"有来电,杰伊,"迪亚基列夫说道,"有两个来电,安德鲁和弗朗西尼。"

杰伊希望自己此时拥有两个克隆的大脑。"考利,抱歉;谢尔盖,把他俩的来电一起接通;安德鲁、弗朗西尼,我现在没法长时间谈话,但是……"他的大脑飞快地运转着,"……呃,今天的彩排就到这了。我们明天中午再进行技术彩排;晚饭后进行第一场带妆彩排;最后一遍彩排安排到开演当天的下午。"

"你确定吗,头儿?"弗朗西尼问道,"我们可以今晚进行技术彩排,取消'杂耍'就好。"

"不行,"杰伊说,"发生了这种事情,舞厅表演是必不可少的。我不会在那儿,但是相信我:你们永远都不会有比今天更好的观众。他们会给你喝彩一直到把嗓子喊哑为止,而且会像慈坛社①成员一样慷慨地给你们小费。所有人都需要庆祝自己仍然活着"——好吧,几乎所有人——"而且还没被困在泳池三天。我得挂电话了。我等下会把我在今天下午记下的内容发给你们的人工智能助理。我们明天再聊。就这样。"

"有来电,杰伊:凯瑟琳·德川,伊夫林·马丁,伊娃·霍夫曼……另一个刚刚打来,邓肯·爱荷华。"

"我受苦受难的耶稣啊!拒绝爱荷华和马丁,告诉伊娃我会给她回电话,拒绝所有其他来电,接通凯特的电话。你好,德川桑,虚惊一场,是吧?我知道你为什么会来电话。别担心:当

---

① 慈坛社是共济会的一个分支,成员多为上流社会人士,热衷于慈善事业。

开场铃响起的时候,我们一定会准备好——"

  当他对自己的老板讲完了所能伪造的所有安慰的话语,并且终于挂掉电话时,他已经回到了家中。一进屋,他就把考利交给了大白兔;它查看了一番,了解到客房服务尚未恢复正常,便任由她跑到了他的私人储物室。与此同时,它烦躁不安地看着怀表,焦急地等待着下单功能重新上线——它知道她这会儿一定需要一份花生酱果冻三明治。

  杰伊深吸了一口气——

  呼气;再深吸一口气——

  杰伊此时简直想一醉方休。他让所有家具都缩入墙壁中,随即翩翩起舞。他跳啊,跳啊——四处弹跳、着"陆"、旋转、回归原位——尽可能地消耗着自己的体力,直到他的身体和大脑一样疲劳为止。他把自己所有的恐惧、困惑、负罪感和愤怒都倾注到了这支舞之中……还有他因弟弟在此刻遭到背叛而感到的不安……私下里对那个选择在此刻为弟弟戴上绿帽子的婊子感到的一丝同情……以及为那个孩子而感到心碎:她就要成为暴风雨中的一片落叶,但是还要好多年她才会懂得这一切……

  当他终于停下自己的舞步时,考利的掌声让他大为惊讶。他并没有意识到她一直在观看,也没有想到要屏蔽自己的舞蹈所表达的一些信息。但是她并没有看出来:她的表情里有的只是震撼,掌声也十分真诚。小女孩对自己的厄运全然不知。

  他们最终在彼此的怀抱中睡着了。

第十七章

新星舞蹈剧院
清水酒店
2065年1月22日

  新的舞蹈表演刚开始没多久，伊娃就知道这是部不错的作品，并且松了一口气。

  你并不总是能看出来，至少在这么早的阶段不行。有时候，你还不确定自己喜不喜欢一支严肃的舞蹈，它就已经结束了。在传递它所承载的主题之前，一支舞蹈也必须向你解释应该以哪些标准来评判它；而且有时候，理解和评价一支舞蹈的潜台词，需要花费和欣赏作品本身一样长的时间。正是因为相同的原因，伊娃一直在避免观看任何彩排，这样才能够公正地评价一部完整的作品。但是，《动感能量》开场刚刚一分钟左右，她就不再祈祷她的朋友的作品别失败，而是沉醉在其中了。杰伊和他弟弟的第二次合作天衣无缝：尽管这部作品源自普里芭拉那个华而不实的脑袋，但确实要比《空间传递》还好。

  这部作品和那部比起来并没有那么考验脑力，但这不是说它非常简单。比如说,它是为球形舞台而非拱形舞台创作的,因此它必须在任何一个角度看起来都完美无缺。舞台本身空空如也:很明显,他们今晚不会用到任何一种零重力舞蹈常用的标准坐标转换软件……这意味着舞者们会更辛苦。这支舞蹈的名字是另一个线索。《空间传递》基于一个早已过时的概念,只包含一个双关;而《动感能量》中多重含义则像多级瀑布一样——动力与能量、合力与动力、亲情与能量、亲情与激情[1]——这些都是人类世界中最基本、最必不可少的概念,和DNA一样古老,也极有可能和DNA一样永远不会过时。事实上,舞蹈的开场就是由十二位舞者组成的双螺旋——每条单螺旋是连成串的六位舞者——在突然亮起的强光下舒展、拉伸。在他们分散开来的同时,伴奏音乐同样经典:每个声部的声音都并不对应某种乐器,但听起来也并非合成效果;它们混合所成的音乐很难判断风格;你可以想象它在任何历史时期中演奏。舞者们的服装尽可能地不为他们的外形带来任何影响:他们都穿着与肤色一致的连衣服,头罩则盖住了不同的发型和发色,背后的翅膀尺寸巨大,助推器也妥帖地隐藏着。

接下来的编舞所使用的动作,也不专属于任何时期或风格——甚至不具有编舞者的特有风格。伊娃熟悉杰伊的大部分作品,但如果没有事先得知的话,可能都没法认出这是他的创作:他成功地超越了自己的局限。

比如,通常来说,他讨厌齐舞,称它们为"冗复",并试图尽可能地少用它,但是两串螺旋一彻底拆分为十二位独立的舞者,他

---

[1]《动感能量》的英文名是一个编造出的合成词"Kinergy",可以拆分为合力与动力(Kinetic Synergy)、动力与能量(Kinetic Energy)、亲情与能量(Kinship Energy)或者亲情与激情(Kin Urge)。

们在接下来的几分钟内就一直在齐舞,只是不断地转换着彼此在组内的相对位置,就好像鸟群在飞行时改变队形一样。

伊娃慢慢地意识到这部作品的确有一个不可避免的时代"代名词":由于舞者们都没有体重,舞蹈必须是属于二十一世纪的。在不借助任何特效的情况下,它流畅而百变的动作组合没法在以前的任何一个时期被表演出来——在地球上哪怕现在也不行。但是随着兰德的成像开始,这部作品的时代性再次飘忽不定以来。位于舞台另一侧、与她面对面的观众不见了;舞者们这时在一望无际的地球蓝天里飞翔着,周围是团团云朵。处于伊娃正对面的太阳被一朵薄云挡住,阳光也因此灿烂得刚好可以忍受——她下意识地以为自己正在地表以上几千米的高空中平躺着,即将下坠;视觉体验逼真得让她不安地抓住了她的座椅。(在短暂地环顾周围时,她想着应该有许多其他人在做同样的事情,然后发现其中没有一位出生在太空。)但是云朵和舞者没有远去,她也没有"坠落";不久之后,她便放松了下来,接受了可以在重力场之中飘浮的事实——就像躺在云上一样!她重新开始观看起舞蹈来。

"仙子"这个概念有多古老呢?把它换成长着翅膀的人类在云朵中嬉戏又如何?这些舞者在和云朵嬉戏:他们朝它们飞去,疾速地穿过它们,或者把一朵云在两个人之间像沙滩排球一样抛来抛去。一段六人舞开始了:舞者们互相抓着彼此的脚踝,组成了一个大圆圈,刚好来得及让一朵云悠然自得地从中穿过。另外一组则位于剧院的另外一端,似乎正在效仿六人组的做法,但是正当云朵穿过时,他们组成的圆圈收缩起来,将其夹断成了两朵云;六人组也随即变成了两个三人组,分别领走了一朵小云,并与之玩耍起来。然后那边的六个人组成了一个绒球,就像池中的天使鱼,但是球心是一朵云;那个云团逐渐地向外扩张,一点点地吞噬了他们的躯体,并成为一个包裹着舞者们的稀薄、通透的球体。云球最终演变为一个空心水球,在表面张力的作用下转动着。所有六位彼此分散开来,冲破了包裹着他们的大气泡:它发出了滑稽而黏滞的破裂声,水滴则朝各个方向倾泻而去,宛如怒放的焰火。朝着伊娃冲来的那些刚好在眼看着即将抵达时消失得无影无踪。

找到一位苏美尔牧羊人,给他一两个小时适应零重力环境,再给他看这支舞蹈:他肯定能够瞬间理解这支舞蹈的含义。伊娃想,那对于一位克里特岛的石匠,或者中世纪炼金师,或者假想中的二十三世纪的聚能生物来说同样成立。你甚至可能找到可以欣赏这支舞蹈的猿人。创作者们在创作上极富勇气,创意无限:他们重新点燃了古老岁月中人类对飞行的渴望——要知道,他们的观众生活在一个连去洗手间也需要飞行的环境之中,每个人在进入舱内之后都竭力地想要亲自实现那个各代人都期待过的奇迹。伊娃已经在太空生活很长时间了,这却是她第一次反思到自己有多幸运:人类最古老的梦想,像鸟儿一样飞翔,而且不用惧怕坠落在地,对她来说却是司空见惯的常事。

在简短幕间休息中,伊娃向上伸出手臂,轻击了耳中那对节目组配发的耳机;她故意没有在节目开始前听任何讲解和注释,但是现在她十分好奇创作者们会如何讲述自己的创作理念和意图。她听到了永垂不朽的穆雷·路易斯①的录音片段;他正在读自己写的书中的选段:

表演不应深陷泥沼之中,应该是飘浮着的。它存在于上方,萦绕在半空。它是即刻的,自然地发生。它没有根,从空气中汲

---

① 穆雷·路易斯(Murray Louis, 1926–2016)是美国现代舞蹈家和编舞师。

取养分。它飘浮在赋予它生命的所有可感之物之上。它的光环从它所在的高处向下挥洒,渗透了一切事物,并把事物都提升到它的高度和深度。表演是一种能自我表达的启示。

当演职员表和致谢名单开始时,她关掉了耳机。第二幕已经开始了。在幕间休息时,所有的舞者都退场了,看起来就像一个接一个闪着微光逐渐消失了。云朵则愈发浓厚,发展成了积雨云,挡住了太阳;天空也随之暗了下来。这会儿,舞台已经几近完全黑暗;你只能在剧烈的风暴中依稀地看出云朵的形状。温度似乎略微降低了一些,气压则开始上升。

突然间,随着一声震耳欲聋的巨响,一道宛如等比放大的钢叉的闪电自两朵云之间划过天际。它直冲着伊娃而来,直到几米开外的地方才消失;她当晚第二次紧紧抓住了座椅。整场观众都深吸了一口气,然后紧张地小声咕哝或者暗笑起来。五秒或者十秒之后,第二道闪电划过,比第一道略短,而且来自不同的云朵,又一次照亮了风暴的内里。配乐听起来仿佛是远处吹响的山号,庄重、深沉的低音中夹杂着狂风的呼啸。又一道闪电闪现,它比较弯曲,在瞬间闪亮之后消失不见……接着又是一道,再来一道。它们跟真实的闪电一样随机,每两道闪电之间都间隔两秒到二十秒不等,在视野中闪现将近一秒钟左右。

随后所有十二位舞者一起出现在了舞台上;他们被困在了上帝的闪光灯骤然发出的光亮之中,组成了一幅静止的画面。观众又一次低声私语起来。下一道闪电把他们困在了另外一个静止的画面中,之后又是一个。他们的排列有时是两个六人组,有时是四个三人组,或者三个四人组,或者一组七人,一组五人,又或者两两成双;也有时候,他们仅仅是十二个失落的个体而已。不管两道闪电之间的间隔有多短,观众从未看到他们的移动过程。伊娃很好奇他们是如何在黑暗中转移而不发生碰撞的，但又不想臆测表演手段是什么，只想简单地欣赏它。很快，她便留意到了图案变化的规律。整段表演让她想起了一个名为《生命》的古老的电脑游戏：一群细胞根据简单的规则"进化"和"增长"着，因此在连续不断地变换着形状和结构。这段表演就像真人版《生命》在以非常低的帧率播放着，有着怪异但颇具吸引力的美感，无时无刻不在发生变化，但是也愈发稳定起来。

似乎纯粹是出于巧合，舞者们朝彼此靠近，直至聚集到一起。一道尤其明亮的闪电逗留得比之前更久；它的尾端一次又一次地分叉，分成了上百道竞相追逐着风暴的蛇舌状火焰——在它们时明时暗的照耀下，那群舞者开始在太空中运动起来，像一只凯瑟琳之轮一样旋转着。随着闪亮的火光渐暗、消失，舞者们开始温和地闪起微光来。不知怎的，那光亮似乎属于他们自己，像萤火虫之光一样发散自体内。在保持各自在队形中的原位的同时，他们也开始做出肢体动作，先是整齐划一，然后各自舞动；没过多久，每位舞者舞动的幅度增大，使舞群分散成了更小的几组。

其中两组并不对称地面向彼此，开始在运动的同时在身后留下光迹：光迹最开始很短暂，仅仅是残影而已，但它们逐渐地开始延长成了蜿蜒的光尾，就好像追逐着他们的光芒被甩在身后愈来愈远。突然间，他们消失不见了。另外三组则开始画出他们各自的光迹。很快，舞者们便在天空上刻起了光雕，宛如回旋加速器中的粒子轨道；各组舞者偶尔会成为另外一组的镜像，但不久又绘制起自己的图案来。这让伊娃再次想起硅谷时代萌芽时期的一样东西：一段名为"电子火"的屏保动画。它在视觉上有些催眠效果——但是是那种让人脉搏加速、呼吸急促、警觉性提高的催眠。一道道闪电仍然闪现在云层中各处,为整个场景输送着能量,使其尽显宏大壮观、危机四伏。也许背景音乐甚至还包含着一些亚音速元素:这会让观众产生这样一种感觉:如果一名舞者错过了某一动作,并因此扭曲了他们一齐编织的深奥图案的话,就会产生一些可怕的、灾难性的后果——堪比诸神之黄昏①的那种。舞蹈的速度和强度不断增长着;最终,十二位舞者都以所能达到的最大速度反复飘移着——似乎只要速度再快一点,他们就要撞入观众席,自己的飞行也会失控。云朵似乎离他们越来越远。在陷入狂热的混乱的同时,他们重新集结,重现了那部经典历史名作中萤火虫们与莎拉·特拉蒙德对峙的画面……只是舞者们并不呈红色。每个人光芒的颜色都不尽相同,展现着十二种不同的色彩;整体看来,他们就好似某些初始模块,正在艰难地试图拼凑成一道彩虹。

  背景音乐愈发激烈、高亢;当旋律的风格不再变化时,他们的彩虹也拼凑好了:之后,他们围起了圆圈,稳定地旋转着:就像是一个大圆轨道,对称轴不断地变化着,让人想起"和平监控器"系列卫星所在的"橙子切片"式的绕地轨道②,或者包含着十二个电子的初始原子模型一样。他们的光迹连接起来,点亮了整条轨道,宛如地球周围一道自我追逐的、荧光闪烁的彩虹。

  在几声小号之后,彩虹骤然变得更加明亮,亮度是原来的两倍。每一朵云都分解成了无数个向四周膨胀的水滴,亦像无数

---

  ① 诸神之黄昏指的是北欧神话中一连串巨大的灾难,诸多神在大战中死亡,再加上自然灾难的侵袭,整个世界最终沉没在水底(尽管最后世界得以复生)。

  ② "橙子切片式的轨道"指的是卫星或舞者们均匀分布在同一条轨道上,各自与圆心的假象连线与橙子切片中的白线类似。

粒种子。每一滴的表面都映出一圈小型彩虹。随着它们的分散、消失，积雨云的颜色和质量也逐渐减轻，先是变成一片薄雾，然后彻底消失，只剩下几朵悠闲的白云。暴风雨结束了；阳光回到了布景中，和它一同归来的则是那片熟悉得让人心痛的地球上的蓝天。（长期以来的研究表明，就连太空出生的人对那种颜色也能产生情感上的共鸣；这种共鸣似乎被牢牢地镶嵌在了人类DNA中的某处，尽管没有人能解释得清为什么。）伴奏逐渐地轻快起来，由深沉的次低音号向中频声音演变：古怪的是，那乐器的演奏像极了人声，但那声音的流转模式却与任何人类文化中的歌唱方式都不相同。舞者们发出的光亮已经极为刺眼，使得他们的身形看起来就像被放大了一样，每个人看起来都是一模一样的分身。

紧接着，彩虹环解体，他们又变回了第一幕中的那些调皮、独立的仙子，但是此时的他们散发着明亮的光芒。背景音乐是一支大型唱诗班的合唱：成百上千的歌者用一种伊娃从未听过的语言热切地歌唱着心声。尽管旋律之间的冲突偶尔会得到短暂的些许和解，但整体效果其实极不和谐，仿佛合唱团成员们各唱各的一样。

湛蓝的天空突然间被染成了金色。舞者们组成了几队，炫目地高速互动、分离着。四位舞者聚到一起又散开，仿佛是在商量每个人要跳什么舞蹈动作，接着再把舞蹈段落带到各自的小组中；新组合又创造出了新段落，并将其与原有的组合起来，随后也四下散去。舞蹈创作的灵感在舞台上自然地迸发着，然后像闪电和谣言一般扩散开来。毫无疑问，十二位舞者又开始了令人意外的齐舞，随后再次各自舞动起来，但是齐舞很快又重新出现——与此同时，伴奏乐中也有越来越多的歌手就曲调与和声方式达成了一致意见,最终齐心协力地演唱起同一首歌。舞蹈和音乐一道搭建起一个稳定的平台,并且向更高更远处攀升。

就像是真的一样! 云朵朝着伊娃飘来,风则拂过她的脸庞;她与舞者们一道上升,把未露面的地球远远地甩在了身后。这片幻境完全让人信服,也的确震撼人心。风不见了,他们把云朵也甩到了身下;金色的天空又一次开始暗下来,并非属于暴风雨的那种,而是属于太空的、纯粹的,而且还点缀着星光的黑暗。

不,并不纯粹。他们穿过了一层不知由哪种尘埃构成的迷雾——红色的尘埃。它开始在舞者的身体上聚集起来,直到将他们完全包裹、覆盖。每个人都闪烁着一种红色:赭红、棕红、猩红、赤红、鸽血红。那尘埃是寄生生物,他们则是新生的星辰舞者,正在将双翅伸展为太阳帆。他们像熔岩灯中彼此磨蹭的液滴一样,兴致盎然地研究着一种全新的舞蹈方式。

伊娃把她所有的专注力都集中在了保持完全静止和冷静上。那可不容易。但是雷布一直都信任她的能力。几十年来打扑克赌钱的经验也带来了帮助。

十二位舞者短暂地蜂拥在舞台正中央,高速运动着,显然是"引用"给了人类寄生生物的萤火虫们的"舞姿"。随后他们四散开来,摆起了球形阵……并一齐优雅从容地屈腿,做出了人们在太空中冥想时所用的空间禅姿态;每个人都背对中心,也背对彼此。他们一道向宇宙鞠了一躬;音乐则最终定格在一个覆盖了整个人类听觉范围的大和弦之上;就像柴郡猫[①]一样,舞者们和音乐开始逐渐消失,只剩下沉默、无限的宇宙以及在远处炽热燃烧着的明亮星辰;接下来它们也暗淡下来,不见了。

[①] 柴郡猫亦出自《爱丽丝梦游仙境》。它是一只虚构的、具有特殊笑容的猫,可以让身体凭空渐出式消失,最后仅剩它的笑脸。

沉寂持续了整整五秒钟。然后,震耳欲聋的掌声响起——

太空中的艺术表演用到球形剧院的诸多原因之一是音效。掌声会自我增强,原理和地球上站在半球状建筑一端的人能够清晰地听到位于另一端的人的耳语一样。在太空中,任何程度的起立赞美声听起来都像是一群地球上的观众集体癫狂了似的;这种加强掌声的效果弥补了他们没法起立致敬的遗憾。然而,这次的掌声如果放到地球上,估计连莫斯科大剧院的墙壁都能震颤起来。

剧院的灯光在这时亮起,伊娃扫了一眼杰伊和兰德。他俩都在VIP区域的另一端,正在解开安全带,起身前往舞台,和舞者们一道向观众鞠躬致谢。她的眼神已经没有以前那么犀利了,但是她毕竟经历过那么多事:只需瞄上杰伊一眼,她就本能地确信他不知道雷布的秘密。想要读懂兰德的脸就难得多。伊夫林·马丁一听说兰德的妻子昨天离开了他——带着女儿回到了普罗旺斯城——便马上和驻店医生取得了联系。听说那位成像师被找到时,正醉得一塌糊涂,止不住地傻笑。他的双眼肿得像两个创口,行走起来也跟刚来的游客似的,但是媒体并不会为难他。

兰德会知道些什么吗?不太可能……不过,真正让她惊呆的并非编舞,而是其中的一个视效情景。当然了,那可能只是巧合而已……

观众们尽情地表达着对节目的喜爱之情,精疲力竭的舞者们不得不谢幕八次才得以脱身回到后台,脱下早已被汗水浸透了的表演服。伊娃鼓掌的时长比其他观众短很多;她衰老的双手很快便无力继续拍下去了。终于,观众们的掌声结束了;她的同伴成濑和雄则小声嘟囔道:"我很喜欢这场演出……除了结尾以外。"

打扑克赌钱的经验再一次地为她提供了帮助。"全场变暗那部分真是棒极了!他们在哪儿做的闪电舞台造型?你觉得他们是怎么才能在黑暗中精准地移动,却不互相撞个满怀的?"

"'我怎么去卡内基音乐厅?'[①]"那位万亿富翁答道。

"你这么年轻,怎么可能知道这个笑话!卡内基音乐厅在你出生前就被拆掉了!"

他的双眼闪过了一丝光亮。"我一直想成为一名经典幽默表演的学徒。"

她眨眨眼。"'你要钱还是要命?'"她问道——那是另一个来自古老的收音机节目的笑话。[②]

成濑给出了正确的答案:他一语未发。

她给了他一个微笑作为奖励,一手解开安全带,一手挽住了他的胳膊。"咱们去接待厅吧,我想在人群把他们吓傻之前先恭喜他们。"

当伊娃在成濑的陪同下推搡着挤进等待的队伍时,兰德和杰伊已然意兴阑珊。但是她吸引到了他们的注意力,并且成功地把两个人都搞迷糊了——她说的是:"小伙子们,威廉·纳尼今

[①] 这是一个笑话的前半部分。卡内基音乐厅是位于美国纽约的音乐表演标志性建筑和圣地。喜剧演员杰克·本尼所讲的原版笑话是:"你怎么去卡内基音乐厅?"作为笑点的回答则是:"练习、练习、再练习。"

[②] 这个笑话同样来自杰克·本尼,描述主人公在生命的紧要关头却犹豫不决:

——劫匪:"你要钱还是要命?"

(停顿)

——劫匪:"听着,伙计。你要钱还是要命?"

——杰克:"我在想呢!"

晚非不知在哪里微笑不可。"

"他一定会爱死这套节目的。"成濑同意地说道。两位创作者都结结巴巴地感谢了他们。然后伊娃便任由一名助理克朗凯特来采访自己,只眼睁睁地看着杰伊两兄弟远去——那是刺探兰德的秘密想法的最差的时间和地点。

她和成濑回到了她的套房。他接受了她递来的酒,二人随即便移到了窗前。视野中的地球有四分之一满:被照亮的那一弯恰好包括日本在内;晨光刚好抵达东京。在他俩分享了几分钟的沉默时分后,他开口说道:"你并没有回应我对《动感能量》结尾的批评。你喜欢它吗?"

她感觉自己就像在重力场中同时抛接几个鸡蛋一样。"是的,我很喜欢那个结尾。它引起了我的共鸣。你不喜欢它哪儿呢?"

"星辰舞者的母体。"

"是因为它太显眼了?"

他犹豫了一下。"是的,是那个原因。"

"还是因为别的什么?"

他又犹豫了一番。"你知道我对那些红人的真正想法。"

"我并不了解。"她说,"我知道你不是他们的头号粉丝,也知道你不想让公众知道这一点。考虑到你父亲和星辰之思之间的历史纠葛,我十分能理解。但是你真的那么讨厌他们,以至于区区一个与他们有关的小片段就让你对一部艺术作品倒尽胃口?"

"没错。"

"看在老天的份上,和雄,为什么?把个人情感抛到一边,在所有人之中,你最应该知道人类种族欠了他们——"

"你正巧说到了点子上。我怎么可能不憎恨他们?"

"哦,那太蠢了!"

再也没有一个活人有权对成濑和雄说那句话了;但它来自伊娃,他只好乖乖接受。"感激意味着责任。在这个问题上,我们的责任之大让人惶恐。"

"但是我们所有的东西里几乎没有什么是它们想要的,就像我们永远都不会怀念的微量元素。他们永远都不会给我们寄账单。"

他点点头,再次开口说:"正是如此。那意味着我们的责任甚至更加难以承受。对于双方来说,这无论是在情感上还是在账面上都不对等。"

她皱起了眉头。"你没把讨厌星辰舞者们的原因说完吧?"

"你的意思是?"他问道。

"你并不是全人类。这笔债分到你个人头上以后……好吧,以你手头的资源,你大概用现金就能付清了。这种想法最多是个抽象的哲学问题。想要让你认为一支舞倒胃口,原因肯定出在你内心深处。你到底看不惯星辰之思的哪个方面?"

"他们的美德。"

"你再说一遍?"

他的话语中第一次有了情感的影踪。"他们太他妈的善良了!无限地让人敬爱!我的本能告诉我要鄙视和惧怕任何看起来无可指摘的人。他们纯洁无辜得让我们放松警戒!我们允许他们为我们废弃了战争,还允许他们把联合国加强为了一个真正的世界政府。也许战争终究不是一种真正必要的恶行,如今已经有比它更有效率的致富方法了,但是我们有一天也许会发现它在某种意义上是必要的,只是我们现在还没有发现那种意义而已。"

"老天啊,和雄!你想让战争回到人世?我可一点也不想看到。"

"我真心认为在旧时,当我们有的是一个争吵不断、爪牙相争、兵戎相见的世界时,我们更像人。现在的我们因为天上掉下来的无尽的馅饼而变得又胖又软,而且因为我们短期内的财富增长暂时超过了人口增长,我们已经不再担忧人口过多。总有一天,我们会来到坐吃山空的地步……那时文明就会崩溃,数百万、数十亿的人都会接连死去。可以想象的是,所有人都会死。全人类。但是星辰舞者们不会。他们永远都不会死。"他从自己的声音中听出了流露的情感,并马上稍微克制了一些。"你也知道,我不在公众面前讨论这些事。人们太爱戴星辰舞者了。这年头,一个人如果不与他们做交易的话,就没法拥有真正的财富。如今,人类已经沉醉其中——欢乐地沉醉着——完全没心情听从严肃的警告。但是,尼安德特人怎么可能不恨克罗马侬人呢,伊娃?"

她点点头。是时候转移话题了。"好吧,虽然我和你的感觉不同,但是我觉得我理解你的意思了。多谢你的解释。我会记得在你生日时不给你买特拉蒙德们新出的舞蹈专辑的。"

"哦,不,"他说,"如果你想的话,请尽情地送就好。一个人看显微镜下的癌细胞,还可能喜欢上它们优美的螺旋运动呢。我认为星辰舞者们的编舞本身非常有趣;只有他们的存在会冒犯到我。"

他的话让她微笑了起来。"你们国家没让你当一个有实权的天皇可真可惜,和雄。你一定会成为最伟大的君主之一的。"

"就算我能当皇帝,我也讨厌只当一个好皇帝。"他同意地说道,喝完了他的酒。

她也照做了。"你困吗?"

"不困。"

"我们上床去?"

他鞠了一躬,握住了她的手。"我这一生都很好奇为什么其他男人独宠年轻女人。"

"大概是因为,"她提议道,"他们自觉配不上最好的。"

他笑了笑,朝她靠得更近了些。

第十八章

华盛顿特区
2065 年 1 月 28 日

美国国家税务局的局长知道,她的办公室里的信息安保设施已经是人类最高智慧的结晶。但是她还是起身离开办公桌,亲自确认办公室房门是锁好的,然后吩咐她的人工智能助理取消今天的所有预约,推迟所有的来电,自己则用标有"最高安全级别"的电话拨往了布鲁塞尔。

电话那头的官员,联合国主管税务的副秘书长、财政委员会的主席,即刻接起了电话。"你好,拉托娅。你来电的时间有点早啊。华盛顿现在几点?早晨八点是吗?"他凑近了屏幕,"我的天哪,你生病了吗?"

"乔治,我一整夜都没睡觉。"

副秘书长叹了一口气。"这样看来,一定碰到了很严重的事了。好吧,我该顶着哪个头衔?"

"我想,两个都得顶。而且你可得抓紧了。你可能还得发明第三个头衔:我觉得这件事在以前完全没有先例。"

又一声叹息。"继续说吧。"

"乔治,我已经做了一遍又一遍的款项合并。我用了三种方法,各种机器,我甚至还检查了三遍。"

"但是——"

"今天你会从我们这里收到比你的预期更多的会费。"

副秘书长抬起了一侧眉毛。"多多少?"

"大约有百分之十。"

另一侧眉毛也随之上扬起来。"你是在对我说,美国的国民生产总值跃升了百分之十。你说的是上涨。"

"那是我想对你说的一部分。我昨晚和雅克、罗吉利奥通过话……他们也报告了同样比例的上涨。雅克把他的确定在了百分之九;罗吉利奥还没完成,但是说墨西哥的增幅大概是百分之十一点五。"

副秘书长皱起了眉头。"所以说,有人正在把一大笔钱注入北美。这是热钱,还是只是账面上的?"

"就我所知,是真钱。"

"从哪来的?"

"是像细雨一样从天上掉下来的。一滴又一滴,遍地都是。"

他哼了一声。"你学会绕弯子了,是吧?很好,钱流向哪里?谁在为这些收入交税?在哪个门类?"

"喝一口镇静剂。"

副秘书长皱了皱眉头,但还是照做了。他紧缩的眉头立刻就舒展开来。"继续说吧。"

"只有一个门类:自我雇佣收入。"

"自我雇佣?"他原本认为那可是最不可能出现这种收入暴涨的领域,"有做次级门类的总结吗?"

局长点了点头,"还是只有一个,自我雇佣艺术家。"

副秘书长瞪大了双眼。在整整十秒的沉默之后,他说道:"哪种艺术家?"

"所有种类都有。剧院现场表演、舞蹈、电影、音乐、文学、雕塑、美术……从我们能看到的情况来讲,在从高雅歌剧到街头演艺的每一种艺术形式和次级形式之中,所有的从业者中有大约百分之十都过了个丰收年。"

"而且是同一个收入来源?"

"不是。也许吧,我也不知道。我的怀疑是有可能,因为所有这些额外收入都同一个形式存在:匿名捐赠,而非拨款或者票房。每位艺术家或者每个艺术团体都收到了一笔捐赠。数额不小。"

"但是如果是那样的话,问题就简单得多了!"副秘书长说,"谁的报税表里写明了捐款?那些慈善家们最喜欢拿这种名目来抵税了。"

"那正是问题所在。没有一个人。至少不在北美。但是为什么会有海外人士想要如此慷慨地资助北美的艺术事业呢?"

"这个问题的确让人困惑。"副秘书长同意道。

"想不通啊,真该死。这让我很担心,乔治。这种规模的好消息其实是个不祥之兆。我隐约能感觉到某种骗局的存在。"

"会不会是来自北美的捐赠者选择因为某些原因不去申报……"他的话渐渐微弱起来。

她礼貌地假装她并没有听到他说的话。"乔治,你能调查一下这件事吗?别声张?"

"我会的,一有消息就给你回话。"他说道,之后便挂了电话。

在那一天余下的时间里,工作占据了她的全部注意力,但是整夜她都在冥思苦想。第二天早晨,当她的人工智能助理在办公室现身,并说道"副秘书长先生"时,她惊得畏缩了一下。

"接受通话!"她马上说道。

"他不在电话里,女士。他就在办公室门外。"

"老天啊。"她深吸了一口气,站起身来,"请他进来吧。"

两位保镖在他之前进入了办公室,仔细地环视了一番房间,然后朝门外点点头。副秘书长走了进来,使眼色把他们遣走了。她想要绕过办公桌,跟他打招呼、寒暄一番,但是他只是挥了挥手,示意她不必如此。他俩一起坐下;他省略了一切形式,直奔主题。"这个房间安全吗?"

局长查看了一眼安全监控面板。"安全。"

"全世界都发生了这种事,在太空中也是。高地球轨道、蟾宫,任何地方都一样。已经发生六个多月了。"

"任何地方?方式也一样?"

"并不是任何地方,只有在人们靠艺术挣钱养家的地方。所有艺术团体都有得到捐款。"

她看起来很吃惊。"所有的?你并没有收到全部的数据,不是吗?我以为有几个国家到了缴税截止日期12月31日仍然没有上交报表。"

"没错;的确有这样的国家。但是几乎所有的国家都要求自我雇佣的艺术家每季度都上报收入情况。我不能断言无一例外,但是我敢打赌。规律很明显。"

她两腿一蹬,办公椅便离办公桌远去,直到撞到她身后的墙上。"这难道不是最离奇的那种事吗?"

"你有什么新情况要报告吗?"

她想了一会儿才做出回应。"大部分都是没什么用的情报。

我尝试了进一步细分门类并做了相关性研究,想看看能不能找到关于动机的线索。哪些艺术家收到了钱?为什么是他们?收到了多少?类似于这些问题。"

"然后呢?"

"没什么有用的信息。有些人是快要饿死在阁楼上那种,但是也有一些是主流明星或者公司,还有一些位于两者之间。我也找不到任何与地理位置、金融状况、政治倾向、宗教信仰乃至美学偏好的联系。一些受捐赠者事实上分属互有竞争的流派。我能找到的唯一有相关性的一项却透露不出任何有用的信息。"

"哪一项相关?"

"数额。很显然,无论那些幸运的受捐赠者是谁——从最穷的诗人到最富有的导演,从理发店四重唱组合[①]到交响乐团——他的年度收入都翻了四倍。在几个个例中,捐款甚至达到了百万美元级别。"

副秘书长神情严肃地点了点头。"这和我了解到的情况一致。"

局长瞬间面无血色。"我的老天啊,乔治,地球之上或以外有实力如此大肆散财的金融机构总共也不超过五六个——"

"我知道。"

她抓紧了自己的身体。"所以你跟秘书长讨论过这件事。"

"是的,我认为那很必要。这种事对我这种行政官员来说太难处理了;我需要咨询一位政治家。"

"那他说——"

[①] 理发店四重唱是一种无伴奏演唱形式,在二十世纪初中期发展于较为落后的美国非裔社区。

"他说匿名捐款只是匿名捐款而已,不管数额多少。他说没有任何法律规定慈善家必须利用抵税政策。他也说了支持艺术并不是犯罪。他说尊重隐私权是联合国的政策。他还重点说了在支持艺术家这件事上,任何侵犯隐私权的人都会被贬回原国当小办事员。"

她用难以置信的眼神盯着他不放。"他是说让我们别多管,随它去就好。你要给我说的就是这个?"

"他可没说那种话。别多管什么?"

她张大了嘴巴。三十秒之后,她才说出话来。在那期间,她几十年以来第一次仔细回顾了自己的人生。"我忘了。"她最终说道。

他点点头。"大象看起来永远都不高兴。"

她随着椅子回到办公桌前,盯着桌面看起来,不停地用手指敲着它。"肯定有人会察觉的,"她终于开口,"艺术家们总和克朗凯特们有联系。迟早有一天,有一位克朗凯特会听到消息,并且意识到自己手头有条大新闻。这些数据可是公开信息。"

"只有当我们发布它之后才是。"副秘书长谨慎地同意道。

她心算了一会儿,并核对了桌面上的几个数字。"乔治,这太可怕了。不管做这件事的是谁,他都面临破产。按照捐赠的数额和规模,任何我们能想到的捐赠者都会在五年之内破产。"

乔治点点头。"那正是我算出的结果。但是也有征兆显示捐赠活动正在变得更活跃。"

"我的天啊!乔治,你比我了解情况:全球经济中发生这种规模的震荡只可能导致苦痛和灾难,那是迟早的事。难道秘书长看不出——"

"让我告诉你我这会儿最希望的是什么事吧。"他说。

"是什么?"

他的语气中有一丝懊恼,"我希望我当初选择了继续练吉他。"

第七部分

第十九章

马萨诸塞州,普罗旺斯城
2065年2月24日

  蕾雅敞开了大门。"晚安,汤米。"她礼貌地说,同时把他推到了门外,并清理了一番门廊。汤姆·昆哈稳稳地落了地,转身一脸困惑地看着她。她把之前他买给她的鲜鱼也扔给了他,塑料袋直接砸到了他的头上。"今晚用不上了,"她说,"我这已经有一条黑线鳕鱼了。"她笑着重重地关上了门。
  她的笑声并没有持续多久,她太愤怒了。怒气也很快不再管用,她又回落到了伤感之中。她的双肩猛地沉了下去;她则转身,疲惫地朝厨房走去。
  兰德返回清水已经过去两周了,他说他永不会回头;她相信他做得到。她的婚姻已经正式终结十四天了。那意味着半个月的孤独和无性生活。普罗旺斯城是个小城,八卦在冬天传得尤其快;没有对象的男人们已经开始围绕在她的身边了。P城就是

P城,城里的男性人口毕竟将近一半,她总能找到合适的。但是,真该死,那群笨蛋们难道就没有一个能在谈这事儿的时候有点格调吗？她又不是想要爱情,或者任何强烈的情感。如果他们能给她的自尊心哪怕一丁点安慰的话,她都可能珍惜一个在某种简单的流汗运动中暂时迷失自我的机会。然而她得到的却是鲜鱼和"带她放荡一番"这样轻浮的提议。

很快全球文学界的八卦网就会跟上……她收到的提议只会更加浪荡。

她有一整颗星球上的男人可选,她却不知道哪个比得上兰德。

或者邓肯。当她穿过起居室去往厨房时,她的目光落到了"浮晶"上：它正在朝向海湾的窗口一侧缓慢地翻转着,助它保持平衡的是一个一人高的喷气装置。在兰德回到轨道的第二天,她就叛逆地把那件真空雕塑摆放到了那里,就在全家三人的全息照片旁。她停下脚步,全神贯注地欣赏起它来。它看起来完全属于那个位置：毗邻着海湾的景致,位列帕伊乔家族的老照片和纪念物之中,俨然P城真正的一部分。

然而那个想法瞬间便惹恼了她。它不是P城的一部分。它属于太空。它不属于那间起居室。它是一个错误的象征,和P城格格不入。普罗旺斯城中的物体不会藐视重力,在半空中翻腾。除了市政厅里的某些装饰品以外,普罗旺斯城中没有一样东西是在真空塑成的。太空不止夺走了她的丈夫和婚姻,还向下伸出了一只触须,直抵她自己在地球上的起居室——并且逼迫着她喜爱它。它以吸引兰德的方式吸引了她……它毕竟如此美丽。可是她永远也不能回到那里去……但是她永远都不能将宇宙抛在脑后。她的心已经被它牢牢地捕获了。

好吧：如果就连她儿时的住所都不安全，那么至少还有海滩。那里没有任何太空的痕迹。她调转方向，朝门走去。反正去厨房也毫无意义；她已经好多天都没能吃下一口东西了。

她在门廊处停下，想确认汤姆已经离开，并且查看自己是否穿够了衣服，然后便坐上了车。海湾那边的沙滩离这里只有一个街区……但是北边临海的沙滩更大，而且现在太阳已经下山，那里的人也会少很多。

当她坐在方向盘前，拴好安全带之后，她注意到前排乘客座位仍然是按照兰德的体型设置的。她猛地一推，把座位调节为了初始设置。又想了想之后，她把座位调成了考利的体形，并把后排座位调回了初始设置。是时候让孩子挪到前排来了。"鲱鱼湾①，公共停车场，走商贸街。"她说道。话音刚落，车便以本地的规定限速二十公里每小时自动向前驶出。

兰德回来的那四天简直痛苦不堪。第一天是考利的生日，父母二人都欢乐得让人难以置信；哪怕考利不在身边，他俩也维持着停战状态，生怕打破了考利的好心情——但情况还是很糟糕；但是当他俩在第二天开始讲话时，事情就变得更不妙了。接下来的两天则越来越糟，精疲力竭的二人总算承认他俩之间无话可说，也做不成任何事。兰德会留在太空；而她会在地球上待下去；不存在任何妥协的可能。他们一承认了这一点，便仪式性地做了最后一次爱。蕾雅从来没有在绝望中做过爱；回想起来，她也并不后悔那样做……但是她希望自己不要再想起这些事了。

也许可能很奇怪的是，邓肯的名字甚至没有被想起哪怕一次。她当然永远都会怜爱地想起他，也出面向清水求情帮他保

---

① 事实上鲱鱼湾海滩位于普罗旺斯城的西南海岸，而非北面。

住了工作,但是她和兰德都清楚他只是一场风寒,一个幌子,一种脱离她两难处境的方式。但是,不论如何,他俩的关系已经结束了:兰德后天发展出的对太空的一往情深,邓肯出生时就全都具备。

在前往海边的路上,她给玛格丽特姑姑打了电话,后者则告诉她考利一切都好,玛丽昂姑姑正在带她洗澡,以及亲爱的你不用担心任何事。她挂掉电话,还是开始担心起来。

已经过去两周了。她不能永远地躲避这个话题。迟早她都得和考利长谈一番,试着去解释生活中所发生的巨大改变。考利知道她和妈妈要回到地球再住上一段时间,但是并未被告知为什么,以及要住上多久。她还不知道爸爸这次访问地球是他的最后一次。蕾雅等的时间越长,开口就越难。但是这位大作家还没组织好合适的语言。或者,她缺乏的也许只是勇气而已。

商贸街是一条滨海的单行道,并不比她的车宽上多少。车只能不时地向前移动:她的车自动遵守当地交通法规,不停地为所有的行人和宠物停车让路。路两侧是一排排的诱惑:酒吧、俱乐部、夜总会、餐厅,一家挨着一家,每一处都极具吸引力,每一处都让人类的最高创造力尽显无遗,并且充盈着灯光、暖意和欢声笑语。她动了点走进其中一家的心思,却又感到一阵寒战。她开始后悔选择这条路线,尽管这条路确实全程都能闻到海岸的气息;单凭这一点就能让她愿意忍受被这条街的人们和他们该死的快活劲儿围攻。她开过了一个转盘,并经过了普罗旺斯城的酒家,把城市甩在了身后。车速加快,很快她的车灯照亮的地方就只有小山包、芦苇荡,以及结满了蔷薇果和蓝莓的灌木丛了。

她把衣裤调为保暖模式;当车自动停在了鲱鱼湾时,整个人已经很暖和了。她起身朝寒风中走去,在此过程中蕾雅并没有照亮自己的脸,以此暗示他人,自己不想要陪同。她沿着海岸线行走,慢慢步入彻底的黑暗之中;终于,她找到一个私密性不错的半圆形沙丘,便潜入了它的那片阴影之中。天上的云多得让人根本没法看清海,但是海浪声在与思绪的搏斗中轻易地占了上风,并使后者安静了下来;海岸的气息也渗入了她的骨髓里。她躺在细沙之中,把衣服的保暖功能调低了几档,直到自己能感到些许寒意为止。

一个小时后,就在她即将抵达心神平和的状态时,风吹散了云层,星辰纷纷现身。

哪怕在这里,世界的一半都是太空。在这里观景和从清水酒店任何一扇窗向外眺望其实差不多,唯一的不同是她处在一个重力加速度的环境中。而且在这里,她和那一片无垠的空旷之间没有隔一层玻璃……

不,还有一处不同。蕾雅一向都热爱星空。而这片沙滩一直是她最喜欢的观看星空的地点之一。这会儿,在狂风的抽打之下,她不得不承认它们在没有大气层阻隔的情况下更美。在太空中,星星并不会眨眼或者闪烁,而只是永恒、平稳地燃烧着。在那里,观星者对深度和规模有更好的体验。而且,在太空中,你可以的的确确看到天文学家们为何将它们分为蓝巨星、黄巨星和红巨星。

哦,要是不用把自己密封到那个几乎要让人犯幽闭恐惧症的小闷罐里,就能欣赏满天星辰就好了!

或者雇一个优秀的成像师……

她发现自己的双手正在身体两侧抓着沙子,赶紧猛地坐了起来。她一起身,就发现过不了多久,沙滩的这一段就不会再专属于她了。十几个人正沿着海岸线朝她的方向走来,每个人的脸都闪着温和的光亮,俨然一群杰克南瓜灯。不同寻常的是,他们似乎并没有在闲聊,也没有随身带着啤酒桶、食物或者乐器或者沿路捡拾生火用的浮木。有那么一瞬间,她脖子上的汗毛本能地竖了起来。但是P城已经几十年都没发生过严重犯罪事件了。她看着他们靠近,希望他们能够快快经过她,继续走下去。

让她颇为沮丧的是,他们停下脚步的地方并不远。当她看到他们组成了一个圆圈时,全身都紧绷了起来。是一群穿梭士!刚好是她现在最不想看到的东西:以星辰为背景的舞蹈画面。比那还糟糕:穿梭舞——它是你在地球表面上能找到的,就精神内核和就舞蹈动作而言最像零重力舞蹈的一种。她站起身,甩掉想要沾到她的衣服后背上的湿沙子,并朝她的车走去,以便为穿梭士们腾出这里的地形能提供的全部空间。但是,就在第一位舞者准备在圆圈的正中央开始跳舞时,一个人离开了人群朝她走来。她刚想开始加速甩掉那人,但却认出来他是马努埃尔·布拉瓦。蕾雅慢下了脚步。

他以老葡萄牙人的方式说自己的名字:"姆纳尔"。P城是一个充满了古怪人士的地区,但是他还是成了一个本地的小名人。你根本看不出他的年龄;几乎每一个城市居民儿时的回忆中都有他的存在,但从没人知道他以什么为生。人们总是能不时地见到他,而他常常是静止不动的:一动不动地坐在开阔侧海滩的岸上部分,或者海湾一侧的码头上,同时略略微笑着远眺着海水。他算是鳕鱼角本地的印度教苦行僧式人物:简单地生活,沉默寡言,靠路过的人家的施舍填饱肚子。作为回报,他会讲一个简单的短句,从没被说话对象以外的人听到过。人们并不情愿谈论马努埃尔告诉了他们什么,但"他是一个智慧的老人"是大家的共识。

至于蕾雅,十六岁的她在某次闲逛时经过了他,并给了他一个奶酪超多的三明治……她收到的回报是:"当你一人独处时……其实享有优质的陪伴。"这句话对那时的她来说几乎毫无意义,但是她从未忘记过它;随着年龄的增长,它听起来就愈发明智。

十六岁时,一人独处是她最大的恐惧,而问题的根源正是马努埃尔断定的那个:她无法珍视自己。马努埃尔随意、即兴的话语简直可以拿来做他们聊上一整天最后的总结词。在对她丝毫不了解的情况下,在从来没跟她说过话的情况下,他就对她了解颇深。他似乎也一样了解城中的每一个人;至少,他似乎从不需要补上第二句话。

他之所以不显得猥琐的原因是他确实是善良的。用一个奶酪三明治来换,值了。

在他这会儿靠近她的同时,她想他肯定知道她最近经历的所有事情;她等待着他的心灵鸡汤,又希望自己随身有一个三明治。天知道她现在有多需要一点点来自他人的高见。

他在她身边停下之后便转过身来,所以两个人都面对着大海和穿梭士们。他俩一起看了好久舞蹈,几乎忘了时间。很快,她就忘了自己在等他开口。穿梭舞名副其实:它有一种催眠的特质,仿佛能让人穿梭到想象中的精神世界。穿梭士们以一种微妙的、说不出的方式让她想起了星辰舞者。也许只是因为他们被照亮的脸庞在黑色的海水和天空组成的背景下发出的玫红色荧光。他们的舞蹈似乎并不要求舞者有任何高超的技巧,但是仍然使她像被施了魔咒一样陶醉。她第一次开始理解为什么有的人会愿意花上那么长时间做这件事。

"做好准备,"马努埃尔说,"有好事即将发生。"

她转身看着他,而他正在微笑。她的第一反应是想要问:好事是什么?什么时候?但是马努埃尔从不解释他的话,也从不补充细节。所以,她说出的话让自己都吃了一惊。她问的是:"当它发生时,我会知道吗?"

他的笑容更灿烂了。"你不会错过它的。"

两句话已经打破纪录了。她决定继续冲击新纪录,问他怎样才能做好准备,但他已经踩沙子返回穿梭士们的聚集地了。她沉默地看着他加入了舞蹈,然后转身,迈着沉重的脚步朝她的车走去。

她在半路上停下了脚步……静站了一会儿……之后便转身,沿着来路走了回去。她在群舞的边缘站了大概半个小时,终于决定舞蹈;当她迈出那一步时,舞蹈敞开胸怀接纳了她。

她在开车回家的路上才恢复线性意识。她的手表显示刚过早晨四点。她并不觉得自己有想象中的疲乏;不知怎的,那舞蹈赋予了她的能量比她消耗的多。她感觉如果她解开安全带的话,就会一直向上飘到车顶棚处。

而且,她体内深处还有了一种奇怪的、几乎被她遗忘的感觉。她饿了……

她如逃命一般进了屋,就着红茶吃掉了几乎半根玛萨索瓦达,一种涂满了黄油的葡式甜面包。她在吃饱了之后便揉了一大团面,准备做玛拉萨达。那是一种裹有糖衣的甜食,算是葡萄牙式的贝涅饼,在本地被称为"翻糖饼",也是考利最爱的早餐。

当面团渐渐隆起的同时,她则上楼来到了楼顶天台,在"寡妇道"观看日出。那是普罗旺斯城中所剩不多的原版"寡妇道"

之一；帕伊乔家族上下五代的女人们在这些木板上来回踱步，寻找着海平线上丈夫归来的踪迹。最终每一次她们都成功地等到了他们；没有一位帕伊乔家族的男人在海上一去不归——那可能让这片寡妇道成了所有地方最幸运的一个。蕾雅意识到她正在打破这一连串的好运气，心中感到一阵苦楚。但是当彩色开始在海平线上出现时，她确信自己能忍受这段煎熬。

大部分的渔船早已出海，只有一位不走运的船长碰到了引擎故障，刚刚从麦克米兰码头出发，正在绕过防波堤。一辆送货卡车正在吵闹地驶过商贸街，海鸥们则在骚扰垃圾工。从她所在的高处，蕾雅看到有一个人正形单影只地沿着海岸线漫无目的地游荡。

穿梭舞使她两周来头一次从痛苦中得到长时间解脱。不，不是从痛苦中，而是从痛苦所带来的煎熬中。她从未忘记自己所经受的情感上的损伤……但她已经放松心态，不再惧怕它。她相信心伤此刻正在愈合，即使她并不知道这个过程要花上多久。而且她知道她会回到海边，加入更多的穿梭舞中。也许考利也会喜欢它；蕾雅在日间穿梭舞集会中见过小孩的身影。她们可以分享一起舞蹈的时光……

就在天亮到足够她看清几个街区以外玛格丽特姑姑和玛丽昂姑姑的房子时，她看到了一间房亮起了灯；考利可能就睡在那里。她回到了楼下，把做玛拉萨达用的面团砸实。她将它切成了几块，把每一块都抻了抻，然后放到一边。接下来，她给考利打了个电话，在接通的第一件事就是嘱咐麦克斯韦尔如果女儿还在熟睡的话，千万别把她吵醒。

但却是她直接接起了电话。"嗨，妈妈！"

"嗨，亲爱的。你玩得开心吗？"

"当然了!"

她的热情是假装的;这会儿蕾雅已经恢复得足够清醒,能够听出那一点了。考利很爱她的姨姥们,但是小女孩清楚地知道,只有当不能让她知晓的事情发生时,她才会寄住在她们家。"嗯,我不想泄露任何大计划之类的事情……但是如果你不在十分钟之内回家的话,你就吃不到火热出炉的翻糖饼了。"

"翻糖饼?自己家做的?哇噢!赶快:如果你不想让我把门砸破的话,就快开门。"她挂了电话,并且赶在油热之前就进了厨房。她们一起做了玛拉萨达;满房间都是咯咯的笑声。母女俩一直吃到了打饱嗝为止。

之后她们进行了一次很长、很长的谈话。

第二十章

凌步绝顶
2065年2月25日

被绳索拴在一座"大山"上的兰德感觉自己仿佛正悬吊在宇宙的正中心,就像被困在黑琥珀之中的一只苍蝇。他只能听见大海的潮水声和自己的呼吸声,以及他平稳的脉搏。上帝所有的造物都在他身旁铺陈开来。他有一种想要飞旋起来的冲动,但是知道如果他那样做的话,就会让自己的"脐带管"变成一团乱麻。就这样大概也挺好:即使视线只看得到面前这一半,也足以令人目不暇接。

他发现自己正在思考萨利耶里昨晚为他找到的一首诗。兰德想要"一些含有萤火虫的随便什么作品";他的人工智能助理的搜索引擎则找到了一首端呗——一种比都都逸①的音节划分更为具体的日本民歌体裁:

---

① 都都逸,产生于日本江户末期,由初代都都逸坊扇歌(1804—1852)集大成的"7,7,7,5"音节的口语定型诗。通常由三味线伴唱的通俗歌曲,由音乐曲艺师在曲艺场(说书场、杂技场)演出。

> Kaäi, kaäi to
> Naku mushi yori mo
> Nakanu hotaru ga
> Mi wo kogasu.
> Nanno in gwa dé
> Jitsu naki hito ni
> Shin wo akashité——
> Aa kuyashi!

> （无数的小虫
> 从早叫到晚，
> 喊着："我爱！我爱！"——
> 但是，萤火虫燃烧自我的
> 宁静的热情，
> 比它们所有的渴望都更深。
> 我的爱更是如此……但是我
> 不知道我朝一个不真诚的灵魂
> 敞开心扉——悲哉！
> 会有怎样的结果。）

真正令人惊讶的是，这首端呗被拉夫卡迪奥·赫恩[①]于1927年记录并翻译成了英文，又过了七十年，"萤火虫"才在一种昆虫之外多了一层含义。但是它却似乎能极精准地描述兰德的处境。

[①] 拉夫卡迪奥·赫恩（Lafcadio Hearn, 1840-1904）是一位世界诗人，最以日本文化著作著名。尽管文中写到他是于1927年翻译的这首端呗，但事实上他本人于1904年便在日本去世了。

萤火虫创造了人类：它们在几百万年前为地球播下了生命之种，然后便离开了。萤火虫们属于太空。人类一开始到太空进行艺术创作，它们便立刻回访。当然了，在那时，太空是一个人类艺术家可以前往的地方，尽管最后他们还是得回到地球。

太空并不能解决问题……但是它必定能提供解决问题的、更为广阔的视角。

"好了，伙计们，"特尔卡在他的耳机中说道，"时间到了。转身。"

兰德和课堂中的其他人一起开始转身，直到他们都面向他们来自的那座"大山"——凌步绝顶——为止。凌步绝顶是人类前来变成星辰舞者的地方。他多少有些不自在，因为他知道自己并不属于这里，也绝非这些学徒的一员。他们是第二个月的新人，还有一个月就要永远放弃以前的人生，融入寄生生物了。和他们相处让他感觉自己有一点像在参观死囚牢房的游客一样，或者一位混入了麦加的异教徒。然而，是雷布·霍金斯亲自建议他来上这门课的。

兰德已经有了"太空腿"，也能在失重环境中娴熟地运动，但是他所有的经验都来自室内，来自那些密封的房间里。每个人都说，如果你想真正地体验太空，你必须得长时间出舱活动。清水酒店有资质、也有设备带住客出舱，如果他们有意向的话，但是你必须是住客，而且总有人在一旁殷勤地看护、搭手才行；压力服则被永久性地拴在酒店建筑体上，绝对不配有助推器，极厚的防辐射层也严重限制了人的运动范围；舱外活动限时一小时。土拨鼠们真是太擅于在舱外弄死自己了。如果你的出舱记录都来自酒店套房，太空人绝对会笑话你。但是酒店确实没法提供更高级的训练了。

当他见到雷布·霍金斯时,他不由得跟雷布讲了这个问题,那位和尚则邀请他来"凌步绝顶"做客,并上几堂舱外活动课。"但是你的学生们难道不会讨厌有外人在场吗?"他问过。

"他们完全不会,"雷布说,"凌步绝顶现在是个大地方,我们半个世纪以来都有很严格的尊重隐私的惯例。如果你有一天出现在课堂上,人们只会以为你是由于某种原因新转入的,不会多管闲事。他们中的大部分人都处在回顾人生的过程中,基本无暇他顾。"

兰德感谢了他,但是仍然感到不安,并将这个邀请抛到了脑后。

直到他的婚姻毁灭的那一刻。

当杰伊和伊娃分别花了几个小时建议他接受雷布的邀请去凌步绝顶时,兰德总算耸耸肩,接受了提议。虽然他和蕾雅都认为咨询师也帮不上忙,但是既然现在两人已经分道扬镳,他感觉自己需要和别人谈谈。一个以太空为家的圣人听起来是一个不错的选择。兰德初次见到雷布时,对他就很有好感,杰伊和伊娃也为他做了担保——用伊娃的话说,"检过了他的票。"

这会儿,当他在太空中转体,面对着一根巨大的、在尖头处闪着光的石制雪茄,也就是凌步绝顶时,他不得不承认来这里是个好主意。和雷布交谈有莫大的帮助:在谈话过程中,雷布的话全部由问题构成,而且全部问到了点子上。上课也有帮助:在赤裸的太空中,一个人很难保持自怨自艾的心境。与见习们、新人们以及准共生者们相处亦有帮助:所有这些人都在与他们的人生道别的过程中,而他们的陪伴则帮助兰德与自己的人生妥协。

"很好,"特尔卡说道,"我们今天要尝试一点新东西:你们都要靠自己回到舱内去。"

最开始有兴奋的吵闹声,但很快便消失了。没有人想搞砸这项演练。

"一个一个来,"她补充道,"我不想看见你在前面一个人还没完全回到舱内就开始动身。阿巴迪,你先来。"

二十五位穿着压力服的人中走出来一位,轻敲了一下"脐带管"的连接处。绳索立刻与他分离,缩回了凌步绝顶内部。他调整好身体姿态,伸展开四肢,等待着指令。

"行动吧。"

阿巴迪的助推器并没有排出可见的尾气,但是他开始缓慢地朝凌步绝顶移动。非常缓慢。舱外活动操作的诀窍是采用你认为合理的速度的一半,你抵达的过程会比自己想的要难一些,但却会比自己想的要快上两倍。

在这样的速度下,飘移一万米花费的时间不短。波特在字母表的后半段。在自己动手之前,兰德有足够的时间观察同学们的操作。

他已经失去了婚姻;这些人则正在放弃所有的一切。他们对宇宙的忠诚度比他高,为了完成目标而放弃了比他更多的东西。

作为回报,他们收获得比他多,搞得兰德有些嫉妒他们:长达几世纪的寿命,没有恐惧、饥饿和孤独的生活,被有史以来最大、最紧密的家庭怀抱着,在星辰之间工作、嬉戏。是艺术家的那些可以在接下来的一个或者两个世纪中追求艺术理想;如果他们想的话,完全可以二十四小时不间断地工作,还不需要寻求商业的、大众化的或者评论界的成功。也不需要爱情。

也许某一天,他想,也许再过十年或者二十年,我会放弃一切到这里来。

可他转念一想：为什么不是现在呢？

他还没准备好，仅此而已。不管已婚还是离婚，他仍然是一个父亲，而且至少在接下来的十年中，仍然会处在这个角色中。他还没有用尽他的灵感；他还有更多成像需要创作，在星辰舞者的设定中不会成立的那种。在期待掌声和渴求成就那两个方面，他还远未满足。他为自己如今的地位打拼得太苦、奋斗了太久；在酒被彻底喝干之前，他可不能随意丢掉酒杯——毕竟，它让他失去了一位好妻子。

"波特——就位！"

他猛地从自己的空想中走了出来；并在脑海中遍历了整个流程。这串指令命令绳索回收至舱内；那个掌心控制面板上的操作组合会实现所有五只助推器的同等强度喷射；像这样移动我的下巴可以启动抬头显示器……"我准备好了，特尔卡。"

他的绳索摇晃着向凌步绝顶收去。他把显示器的中心对准目标，绷紧了四肢，然后触发了助推器。除了手腕和脚踝处的轻微压力以外，似乎什么其他事情都没有发生。位于他的尾椎下方的那一只助推器没有产生任何感觉。难道是它坏掉了？不可能，屏幕显示他正在像计划的一样飘移着。他环顾四周，看到其他人的确在后退，速率则刚好快到能让他观察到这一点。他等待着。过了一会儿，凌步绝顶突然间开始明显地离他越来越近。他仔细地检查了自己的方位，确信他需要修正运动轨迹，并且付诸行动。

他的瞄准很好：如果日光房那扇敞开的大窗户上有个靶心的话，他在回到舱内的路上也会精准地穿过它。他的减速也同样完美：他最终在离自己瞄准的扶手前一臂之遥停了下来。他看到了已经回到舱内的其他人艳羡的目光,很是自得。"非常好,"特尔卡说道,"好了,普利布拉姆:就位!"

他的人工智能助理,萨利耶里,在他的耳中轻声说道:"兰德,有来电。来自雷布·霍金斯。"

他切断了压力服内的无线电通信,接起了电话:"你好,雷布。"

"你好,兰德。你在舱外活动课上尽兴吗?"

"非常尽兴!"他说道,"多谢允许我加入。外边真是大不相同……"

"当然是这样。听着,我只是想告诉你,在接下来的两三天里,我将不会在这里。我得去清水一趟。"

"真的吗?发生什么了?"

"一个聚会,算是吧。事实上,如果你想来的话,你也在受邀者之列——如果你不介意中断几天舱外行走课程的话,你可以过来,和我一起出发。这个活动应该很难忘。"

"是什么活动?"

"你知道胖子亨弗莱吗?"

"谁不知道他呀?"自从阿姆斯泰德在世纪之交发表《星辰之种》通讯以来,那位圆滚滚的餐馆主人就名声大噪;据说他的"彼时"和卢库鲁斯大厅对"美食家和饕餮者的天堂"这一头衔的竞争由来已久。阿姆斯泰德声称你不需要告诉亨弗莱你想吃什么、以哪种做法烹饪,以及你想吃多少。在过去的一周多时间里,兰德发现此话一点不假。

"很好。他刚刚过了一百岁生日……而且他就要退休,去清水酒店享受安逸的黄金晚年了。"

"哇噢。很多人一定都失望极了。"

"没错。他已经发了几十年的誓,等他的年龄变成三位数,就一定要退休。看起来他没有食言。昨晚晚餐过后,他脱下了自己的燕尾服,把那家伙丢到了太空中。当然了,主厨们都是他亲手栽培的,但是没有他打量顾客、端来酒菜,感觉起来肯定是会不一样。无论胖子在哪里,空气都是甜的。不管怎样,他不想让我们给他在这里办欢送会,更喜欢像一只猫一样偷偷溜走——所以美雅和我决定今晚搭一艘特别包机送他去清水。如果你想来的话,飞船上有你的地方。"

"这个主意听起来不错,"他说,"能有机会让我了解他,我当然再愿意不过了。他总是很了解我,每回他施展他的魔法把戏的时候,我都忍不住想他喜欢吃什么。"

雷布过了一会儿才回答。"你知道吗……已经过去几乎五十年了,但是我相信我从未见过胖子吃东西。"

"他肯定得找时间吃东西吧。"兰德故作幽默地说道。胖子亨弗莱有一百四十多公斤;他不动时,像极了一座果冻做的清水酒店模型。

"说得有理。好吧,也许当我们送他到酒店以后,就能看到他吃东西了。"

"我明天就带他去卢库鲁斯,"兰德说,"能请胖子亨弗莱吃顿饭简直再荣幸不过了。还有你和美雅。"

"没问题,"雷布说,"下午五点在停靠装卸区会合。"他挂掉了电话。雷布似乎永远都不需要赶时间,但是他也从不浪费时间或者口舌。

最后一名学生也回到了室内;兰德赶在特尔卡宣布下课之前重新开启了他的无线通信。他离开了日光房,并且在萨利耶里的帮助下穿过迷宫似的隧道——凌步绝顶酷似蜂巢就是因为这些隧道——回到了分配给他的房间。他在那里取下了气罐和助推器，将两者设置为充气/充电状态，并收拾了一个用于过夜旅行的小包裹。他尚未准备好回到清水的全职工作岗位上去，但是回去待一两天不会有什么问题。他也需要回到那里测试一下，来到凌步绝顶的此番经历到底对于抚平自己内心的伤痛有没有效果。

他还可以去见杰伊，询问一下新作品的进展如何。兰德还未能创作哪怕一个音符，也没有看杰伊每天发送给他的小样……但是杰伊会理解的。兰德留给了他一套完美的成像来使用，也已经完成了新墨西哥州沙漠主题作品，并告诉过杰伊，自己会在首演之前一两周回来，为他编创的舞蹈配伴奏乐。和身边的所有人一样，杰伊也很支持兰德的这次休假。

在他打包的同时，闪过了一个念头："萨利耶里，你能确定考利和蕾雅的位置吗？"

"麦克斯韦尔说她俩目前没挨很近，相距大约五十米，兰德。"

"很好。帮我接通考利，秘密线路。"

"嗨，爸爸！有什么事？"考利欢乐的声音在几秒钟后问道。

"嗨，小公主。我只是想告诉你，我要回清水待上两天。我知道我们在今晚安排了一次长谈，但是看起来我会很忙。我们能改到周四吗？"

"当然。大概可以……"

"有什么问题吗？"

她停顿了一会儿才开口回答。"爸爸？"

"什么事？"

"我……呃……妈妈和我在今天早晨谈了话。"

"哦。"他听到这句话的第一感觉是如释重负。一想到将来某个时间点要对考利解释发生的一切,他就有点发愁。但是看起来蕾雅这两周都没想好要怎么跟考利坦白。听到她终于坦白,兰德长舒了一口气。

但他很快意识到现在还不是放松的时候。"你……你能接受吗?"

又一次地,她的回答慢得让他万分煎熬。"我能问你个问题吗?我问了妈妈,但是她说她也不知道,还说了我应该直接问你。"

他深吸了一口气,然后屏住了呼吸。"说吧,宝贝。"

"我每次最多能在太空和你待多久?"

他的呼气声大得出奇,耳畔响起了一种类似于压力服无线通信信号不佳的效果,像一种回响不断的蜂鸣声。"你是说,在不发生不可逆性改变的前提下吗?"

"不是,大白兔已经帮我找到了那个答案,"她说,"我是说,在不让你难受的前提下。"

他的心都快从胸口跳出来了。"发生不可逆性改变前的最长期限,宝贝。最长的期限。如果那些时间不够我们俩用的话,我会抽空回到地球去看你的,至少在我发生不可逆性改变之前。"

"那真好,"她有些小心翼翼地继续说道,"呃……我能再问你一个问题吗?"

"当然了。"

"你还恨邓肯吗,爸爸?"

那个问题就像是猝不及防地冲着他的小腹来了一拳。他忍住,然后摇摇头,诚实地做出了回答。"不,考利。我不恨他。"

"我很高兴。帮我向他问好。再见,爸爸,我爱你!"

"真是太巧了！我也爱你。"

"嗯，真的是太巧了，不是吗？"她微笑着挂了电话。

兰德总算收拾完了包裹。离动身去停靠区还有一段时间，他播放了一些杰伊发来的小样，并思考起如何配乐来。该死，当他回到清水的时候，也许他应该就在那里待下去，并重新开始工作。也许是时候重新开始他的人生了。他可以另找手头工作不多的时候，再来继续舱外活动。他想给杰伊打电话，告诉他自己正在赶来。但是时机不对：杰伊现在应该正在工作室中。他决定在到达之后再联系他。

去清水的旅途非常舒适，尽管小型飞船内部的装饰实在有些简陋。穿着压力服的胖子亨弗莱绝对让人过目难忘。他就像原版桶中猴①一样好玩；在加速和减速之中不用系安全带的时段，他甚至模仿了一段《动感能量》，让兰德和客舱内的所有人都笑到流泪。

兰德被此般欢乐包围，深感欣慰。他能看出雷布在这次路程中也是百感交集，美雅（凌步绝顶的教师，也是雷布的接班人）同样如此。尽管他们在过去半个世纪中培训至成功结业的学生合计有二十五万之多，胖子亨弗莱是他们一直以来的伙伴之一。美雅是一个安静、严肃的女人，兰德觉得她的表情像极了老照片中母亲送儿子上战场时的样子。

在观看胖子亨弗莱模仿星辰舞者的舞姿时，他突然好奇起来：为什么胖子没有在退休时接受寄生生物呢？但是他知道最好不要问他，至少今天不要。哪怕你在凌步绝顶待上一会儿。你都会知道这个问题属于个人隐私，谁都无权侵犯：他和胖子还

---

① 桶中猴是湖畔玩具公司于1965年发行的一款玩具。

不够熟悉。

但是那个男人能读懂他的心思。他的表演引起的哄堂大笑一消退,他就朝兰德看过来,说道:"你想知道我为什么不把那些红色果冻当甜品吃掉,是吧?"

"嗯……没错,胖子。事实上,我的确很好奇。"

亨弗莱笑了笑,"有一次,一群混蛋炸掉了一立方公里的寄生物,你听说过吗?"

"当然了。"在兰德出生十年以前,一个狂热的反星辰舞者恐怖主义组织,在成濑和雄的父亲的率领下,不知怎的设法摧毁了一大团寄生生物。那时,它正在从泰坦星的大气层被运往绕地轨道,以供凌步绝顶下一代的结业生们使用。一路护送它的几位星辰舞者也被杀死。

"好吧,那一大团的大部分都是为我准备的。他们从那时开始就一直在试图搞来更多储备,但是要等他们准备好我需要的量,还得花上二十年时间。"兰德被逗乐了;雷布和美雅也一样。"我的想法是,在这期间我可以看看电视、游游泳、看点演出。你给我留下个好座位了吗?"

"嗯,这么跟你说吧,胖子,"他若有所思地说,"就视角和方位而言,也许我们应该为你专门创作一套节目。"

"什么意思?"

"把你放到舞台的正中央,围绕你展开表演。"

胖子兴奋地狂笑起来,并拍了拍他的后背;幸亏他还系着安全带。"你说得太对了,孩子。"

他们抵达清水时是晚上七点三十分。减速过程和加速一样轻缓,不超过半个重力加速度,而且只持续了几分钟。兰德可以轻松地承受更大的加速度,但是所有其他乘客都是太空人,无力承受更多。

　　胖子亨弗莱已经明确要求过,在他抵达时,不要办任何欢迎活动。当然了,伊夫林·马丁违背了他的心愿,正在空港处等候,想要把他拖到一场新闻发布会去。不过,兰德已经隐约预计到了这一点:他先离舱,把马丁带到一边,并威胁道如果他不赶紧一边待着去的话,他非抓着他的卵蛋把他从最近的隔板处扔出舱外不可。那个干公关的小人照做了,尽管他同时也在喋喋不休地抱怨着——在失重环境中快步移动可不容易,但是他设法溜掉了。"别费力为他办理入住,"他在离开时回头喊道,"已经办完了。把他直接带到P-427房间去。"

　　兰德敲敲门闸,示意已经扫清障碍,其他人便出舱了。在纳米拖虫拖走行李的同时,他想要为胖子亨弗莱展示在哪里插入硅晶圆片,以便把他的人工智能助理安装到清水的数据中心内……但是却发现胖子并没有助理。这让他颇为惊讶,也有一些困惑。

　　"你呢,美雅?"他问道。

　　但是她也摇摇头。"我在这也待不长,不必费力搞这个。我们有需要时用雷布的就可以了。"

　　"好吧,没问题,"兰德说,"但是一定要跟紧他。如果你没有人工智能助理的话,这地方就跟兔子老巢似的。"

　　"这里各处都有公共电脑终端,都是以前遗留下来的,"他指出,"如果我走丢了的话,找你帮忙就可以了。"

　　"当然了。我的名字并没有收录在名单里,但是我的人工智能助理有:它叫安东尼奥·萨利耶里。你们看这样好不好:我去把我哥哥请过来,在一个小时以后和你们在胖子的新套房里见面?我也得冲个澡:我已经在压力服里待上一整天了。"

"我没问题。"胖子亨弗莱说道。

"我们一个小时以后见,"雷布一边说,一边安装了自己的人工智能助理,"里尔德,请带我们去奢华套房427。"

几个出口之一开始柔和地闪起光来。"这边走,师父。"

兰德回到了自己的房间,看了一眼时间,然后决定在洗澡之前给杰伊打电话。他这回应该刚刚用完晚餐。

"嘿,兄弟,你怎么样?你什么时候回来?"

"大约五分钟以前就回来了。你想见见人类空间中最快乐的胖子吗?"

杰伊眨眨眼。"'最快乐的胖子'……嘿,你指的是胖子亨弗莱吗?他在这里?"

"而且要住下去。他刚刚退休;刚刚到一百岁。我是和他一道乘飞船回来的;明天我还要和雷布一起走。在大约一个小时之后他的新住处会有一个小聚会:据我所知,只有他、你、我、雷布和美雅。你认识美雅,对吧?"

"当然了。嘿,这听起来好极了!我一直都想有机会回到凌步绝顶去,和胖子再聊上几个小时。他住在哪?"

"奢华房427。八点二十五分在最近的拐角处和我碰头。我们一起进去。"

"到时见。"

五十分钟之后,他来到了约好的地方。杰伊几乎同时从另外一个方向现身,满脸笑容。他俩紧紧地拥抱起来,拍着对方的肩胛骨。

"兄弟,你还好吗?"

"我挺好,"兰德说,"我还干了一点点活儿——等下给你看。"

"我他妈的才不管那些——你还好吗?"

"好吧,"他说,"还是不太好,但是我已经看到光明了。你懂我的意思吗?"

"那就好。我跟你说过,那地方对你有好处。嘿,伊娃也要来这里:雷布给她打了电话。事实上,她很可能已经在套房里了;我半个小时之前和她通电话的时候,她说自己马上就动身出发。我能听出来她和胖子是老朋友。"

"我一点也不惊——"

灯管突然熄灭了。

"该死,真是见——"杰伊说,"迪亚基列夫!"

没有应答。

"迪亚基列夫,真该死!"

"萨利耶里?"兰德也试了试。

一片寂静。

附近有一台公用电脑,但是它并没有发出亮光,大概也因为停电而关机了。"天啊,"杰伊低声说道,很明显正在尽力控制着自己的声音,"我想整个该死的系统都他妈的发生了故障。这种事以前从来没有发生过。我本来都敢押上十亿美元赌它永远都不会发生故障的。"

他们听到了远处传来的一声尖叫;具体哪个方向不得而知。清水的走廊的声效一向很奇怪。

兰德的心怦怦地跳着。"我的天啊……"如果没有灯光、没有人工智能助理也没有电话,离没有空气还有多久呢?他在灾难性的黑暗之中奋力想要镇静下来。"好吧,我们应该怎么办?"

就在那时,灯光又亮了起来,是沿着走廊排列的,每一百米一盏的备用小红灯。更大的闪灯则标志着岔路口。兰德以为它们是巨大的帮助,代表着情况逐渐恢复正常,但是却看到了杰伊紧锁的眉头。"哪怕这是一场系统性崩溃,它们也比这更早亮起来——早得多,"杰伊说,"一定是发生了十分离奇的事情。"

"我们有空气供给吗?"

杰伊看到了最近的排气扇,朝它飘移过去,并把脸凑到一旁。"有。气流有减弱,但是的确是空气。"

"你觉得是什么问题,只是局部故障,还是说一整座酒店都他妈的黑灯瞎火的?"

"我也不知道。这两种情况都本不该发生。但是我会向天祈祷这只是前者。"

不远处,一扇房门打开,一个人从中探出头来。"嘿,伙计!"他用澳洲口音喊道,"你们知道到底发生了什么该死的事情吗?"

"还是这么想吧,"杰伊回喊道,"你今晚的房费就要被酒店免单了!"

"太对了!"他说道,然后关上了门。

"天啊,"兰德说,"胖子他们一定吓坏了。如果电力中断时他们的窗户是关着的,房中的紧急照明就会在最低档运转:要找到手动门阀就可能花上他们一个小时的时间,就更别提弄明白怎么用它了。"

"对他们来说,这种欢迎方式可真是离谱。"杰伊同意道,"来吧,咱们去安抚一下他们。"

他们俩在阴暗古怪的红色灯光下朝427套房移去。"我们永远都没法让胖子相信这地方很安全了,"杰伊在他们靠近目的地时说道,"该死,我真是没法相信。我能想象得到的唯一能让清水的整个系统发生故障的,是一颗彗星正巧击中这里的核心内存——但是我们没有感觉到任何冲击力。这偏偏就是说不——

哦,混蛋。"他习惯性地自动在门前停下脚步,以等待一位人工智能助理询问他需要什么帮助。"兄弟,替我敲一下那个门阀,好吗?"他说道,同时指向了某处。

兰德拉开了杰伊所指的小拉门,并拉动了里面的手柄。它很轻易地就拉动起来,但是房门并未移动。"好像是坏了。"他汇报说。

杰伊露出一脸苦笑。"当然了。坏事从不单独发生。"他用双手扶住了自己的臀部。"该死,房门是隔音的——你甚至没法隔着它用摩斯代码敲出'冷静一下'来。"

"摩斯代码是什么?"兰德问道。

"伊娃肯定会知道,但是那没关系——等等!你说'坏了'是什么意思?那是一个机械门阀:它不可能坏掉。"

"好吧,"兰德说道,"那没有反应和闪烁的红灯代表什么呢?"

"闪烁的——"

在失重环境中,一个人永远不会被别人看出"脸色发白";当血压下降时,血液并不会从头部回流。但是哪怕在昏暗的照明下,兰德也能看到哥哥脸部的血色在消退。他赶紧飘移到兰德身边,盯着那盏闪烁的小指示灯看起来。几秒钟后,他开始不断摇头。经典的否认动作。

兰德抓住了他的肩膀,狠狠地摇晃起他。"那代表什么?"他大声问道。

杰伊朝他转过身来,满眼都是恐惧。他试了三次才说出话来;而当他终于回答时,几乎听不清楚。"房门的另一侧没有气压。"

第二十一章

高地球轨道
2065 年 2 月 25 日

苏尔克·德雷格以前一直都极其讨厌所有人七嘴八舌说个不停。在心电感应联合体中三十年的生活教给了她应对多个信息源的方法——比任何一个人类知道的都多,但是以往从来没有过这么多星辰之思的成员同时发表意见的状况。在这片吵闹声之下,是来自土星却回荡在整个太阳系的无言的尖叫,就像舌根处挥之不去的苦涩一样。

她想"听"到的"声音"自然反倒是最弱的。不过也是最近的,但是远近对于一个心电感应者来说毫无意义;信号强度和能量才是最重要的。

所以,她从没有在喊叫的每一位星辰舞者处借来能量,并用它发出了一条以前从来没有在心电感应网中传递过的信息。

都他妈的给我闭嘴!

果然有回应——突然间,整个系统都相对安静了些。就连土星环处无言的呜咽声都把"音量"和"音调"调低了一半,影响范围缩回到了本地区域。唯一的一句话——"救救他，苏尔克！"像念经一样没完没了地重复着。

现在，苏尔克总算能清晰地听见她最需要的那个温柔的声音了。目前一切都好，表亲们，雷布说，我们目前都没受到伤害，这意味着他们想要扩大打击范围。请镇静。

这会儿她已经知道了他的具体位置。他被囚禁在一艘隐身性能极佳的飞船中，联合国出动所有的探测飞船都找不到它。但是，如果搜寻目标是另一个心电感应者的话，任何一艘战斗巡空飞船都比不上她。雷布在遇到第一位星辰舞者之前就已经是一位心电感应者了；他天生就擅长此术。胖子亨弗莱和美雅也是如此。

除他们之外，还有另外四位眼下位于太空的人类；来自地球上的人类也有十四位。对于全人类来说，这算是一个平均数字。他们所有人也和雷布、胖子以及美雅在同一时间被绑架了，成了一名囚徒。但是这艘飞船才是苏尔克的目标所在：她碰巧离它不远，可以做些什么。她指示自己的潜意识监控其他正在进行的营救行动，以获取与她手头的问题相关的数据，但在意识层面上暂时屏蔽了它们。

她把雷布的位置发给了擅长轨道弹道学的同伴，在得到回信之后骂了一声。你的速度不够快！你即将离开黄道，前往更高的地方；那儿可什么都没有！

雷布仍然镇定自若。当然了。我们知道他们在太空中一定有一个秘密基地；现在他们正在带我们去那里。我们已经知道地球上的那些人被带到哪里了。

很好，但是我们没法去那个地方。如果你们被带去的地方防御得十分严密，我们该怎么办？

那我们行事就必须非常聪明。并且需要很多运气。

她和在还是人类时受过军事训练的人取得了短暂的联系，又一次地骂出口。我们已经派出星辰舞者在你们的预计轨道上的多个地点进行拦截……但是在他们减速以前，我们不可能知道你们到底前往何处。如果他们进行转向操作，我们可能会完全与你失联。

他们很可能会那样做。他们很害怕；他们会假设自己的隐身装备不够好，并且尝试一切手段。

我现在就可以追上你们，她说道，你正在朝我驶来，距离足够近。

她已经开始调整她的太阳帆了——就像摊平比萨面饼一样展开体表的寄生生物。你们所乘坐的飞船速度快得要命，但是如果我能附着到飞行器上，并且没死的话……她的腰带上有一只火力异常猛烈的助推器，她也从来没有预想到它能派上用场；她小心翼翼地将它顶出寄生生物膜，并且借用了一百个大脑的能量帮助她瞄准，并一路加速到它的燃料耗尽为止。

你能做些什么呢？美雅问道。

攀在飞船上，扯断天线，破坏通信，猛敲船体，让他们分心，好让你们攻击他们……如果需要的话，让我用手指甲把驱动装置拧下也无所谓。

雷布的声音中似乎有些笑意。我真是太爱你了，苏尔克。倒霉——他们就要把我药晕了。

我也是，胖子亨弗莱说道，你一定要谨慎，苏尔克。

她这会儿已经能用肉眼看到他们了；那艘飞船驶来的速度的确很快。但是她很有自信；在八岁的时候，她就已经学会跳上飞驰而来的货运列车，并以此逃离了一个叫东德的地方。怎么样?她回应道,我敢打赌这件事除了我没人能做到,如果你也能做到的话,伙计,我就给你一块两公斤重的金质小行星。

他咯咯的笑声是她生命中听到的最后一个声音。她从头到尾都没留意到一个长着白色翅膀的身影从身后靠近了她,并对着她的大脑发射了一道激光束。

第八部分

第二十二章

清水酒店
2065 年 2 月 25 日

杰伊记起了一则发生在宇宙探索初期的老故事：一位在太空实验室任职的宇航员醒来时发现照明发生了故障，花了将近两分钟的时间才找到备用开关，而他的卧室大小和一座电话亭差不多。黑暗和失重环境是一对令人不安的组合。

他大概是活着的人中最了解清水酒店内部构造的人了。但是在应急灯古怪、游移的荧光下，所有东西看起来都不一样。在一些地点，就连应急灯都发生了故障，而且他和兰德经过的每一处，都有那条古老信条的忠实拥趸："当危险降临，当困惑侵扰，转着圈跑，大声尖叫。"杰伊清楚地知道，伊夫林·马丁这时候一定在某处吓成了傻子，正在一把一把地往下扯头发。

杰伊第一次对冒犯住客毫无顾忌；他和兰德像铅弹一样穿过他们，身后则是一长串的愤怒和断骨。毫无疑问，这意味着一场昂贵的诉讼。

能够让他们以最快速度弄清楚事件缘由、汇报发生了什么以及有效地做出应对的目的地是凯特·德川的办公室。酒店自然也有其他的"神经中枢",但是在没有人工智能引导的情况下,杰伊只能找到这里。意识到你对那些该死的家伙的依赖有多深让人大为惊愕。如果我突然需要计算一个立方根之类的事情,就全靠老天成全了,他一边疯狂地想着,一边把一个肥胖、秃头的土拨鼠从一面隔离墙上推了下去。

兰德娴熟地躲开了那个在墙壁之间弹来弹去的住客,并赶紧跟上了杰伊,与他并肩前进。"他们的套房不可能在停电之前就失压,否则我们一定会听到警报。要让压力在我们拉门阀的时候降到零,房间只可能是被飞速炸破的。"

"整扇窗户肯定都没了。"杰伊说。

"那可能吗?"

"不可能。除非有帮手。"

"所以说他们已经死了?"他推开了一位试图相当礼貌地劝阻他们在愈发激烈的骚乱中超速的酒店雇员,并且在经过她时抱歉地补上了一拳,因为那是最快的解释方式。

"很有可能。但是也可能没有。"

"你怎么知道的?"

"我问自己的是,什么才能砸破一整扇窗呢?我想到了一种专门为这个功能设计的一种飞船。我的猜测是他们被劫持了。我想,他们进入那间套房时,窗户已经被取下了:他们看到的是全息成像。在某个时刻,他们都晕了过去……"

然后不知是谁穿过全息成像,把他们拖走了……如果有个大藤壶附着在清水上的话,难道不会有人注意到吗?

"更像是鲫鱼,"杰伊更正他说,"它能移动。如果它的隐身性能好的话,不会有人注意到的。胖子的房间位于空港的另一侧。这会儿它肯定已经飞走了——把这里当成球心,它可能所在的球面每一秒都在扩张。在背景中的星辰的照映下,哪怕隐身得最好的飞船你也能用肉眼看到。当然得在你知道往哪儿看的情况下。"

"那么我们就别再浪费时间了。"他们来到了最后一条走廊,大约有两千米长;也许有一打摇摇晃晃的人影正在堵着通往管理区的路。他抬起头,以自己能喊出的最大声音大吼了一句"闪开",然后低下头,把自己的助推器开到了最高一档。

杰伊也做了同样的操作。每一个人都奇迹般地从他们的路上躲开了。行进到半路时,他们关掉了助推器,反转身体,然后开始减速,却发现助推器的燃料都已用尽。二人猛地撞到了门上,几乎快把骨架撞散了,然后拼命地抓住了扶手;反弹同样剧烈,拽得他们的胳膊近乎脱臼。杰伊最先想到的是兰德的安危,但是他的弟弟朝他露出了一个不太稳的笑容,以及弯成圆圈的拇指和食指。

杰伊找到了手动门闩,将其拉开。这个能用,他长舒了一口气;他甚至都不确定自己能否在管理区呼吸到空气——也不知道如果呼吸不到的话,自己该怎么办。两个人一起手脚并用地冲了进去,然后又重新锁好了门,以便拦住前来索要退款的住客。前台没有任何人,外围办公区里也没有。"人都他妈的哪去了?"兰德吼道。

"我也不知道。"杰伊迅速回答道;他比自己的弟弟还紧张。这个情况可不妙,非常不妙。"等等。"他说完便退回了前台。"我在这里帮人代过一两次班。"他说着,在桌面下的一个抽屉上输起密码来。"咱们看看密码有没有变——啊!"他拉开了抽屉,并从中取出了一把绝对不合法的警用激光手枪,是通用电气制造的。"有时候当你呼叫保安的时候,他们没法迅速赶到。"他一边说,一边检查着它的充电状态,然后给枪取下了安全锁。"现在咱们去看看到底是怎么他妈的一回事。"

"我走在前面,可以吸引火力。"兰德说。他和杰伊交换了眼神,然后相视一笑。"高地球轨道上的哈迪兄弟①。"兰德说。

"而且还他妈的心急火燎的。"

他们小心翼翼但迅速地穿过了外围办公区,朝凯特的办公室前进。兰德走在他的哥哥之前。终于,两人飘浮在了她的办公室门外。

"听一扇隔音门毫无意义。"杰伊说。

"敲门也毫无意义。"兰德同意道,然后打开了藏有手动门阀的小门。"还是我先走。"

"没有必要。如果有目标的话,我知道它会在哪里。"

"好的。如果里面有麻烦的话,你去右边,我走左边。"

"右边是哪边?"两个人刚到相对处于倒立位置。

"你远离我,我远离你。"兰德拉开了门闩。他松开手时,门清脆地响了一声,敞开了几厘米。他抓住了门把手以便支持自己的身体,然后把门彻底推开。他和杰伊一道进入房间,然后停下了脚步。

两个人都开始大笑起来。

他们知道这样做并不合适,笑声只会让情况变得更糟。但

---

① 哈迪兄弟是美国作家爱德华·斯特拉特迈尔的诸多悬疑作品中的一对男孩;兄弟俩常常一道探险。另有一对真实存在的哈迪兄弟,他们是职业摔角中的双打组合,擅长表演飞行动作。

是眼前的场景实在是两人见过最怪异最可笑的组合了：伊夫林·马丁，拿着一把枪。

杰伊大笑着按照之前决定的那样，试图从兰德身边移开，却想起了他的助推器燃料已经用尽。他仍然并不担心；只靠肌肉，他和弟弟就能把马丁那样手脚不利索的人甩到身后。

然后他看到了凯瑟琳·德川就在他的左边，也拿着一把枪。他的笑容消失了：他和兰德这边只有一把枪，马丁和德川那边却有两把。他拍了拍兰德的肩膀，示意了一下德川的方向。在思考了极短的时间后，他把枪指向了马丁。如果要被那两个人中的一个杀死的话，他宁可死在凯特手里。至少更有尊严些。

"松开枪！"马丁喊道。

杰伊艰难地思考了整整一秒钟，然后松开了手指。那把枪，很显然，浮在了原地。

"丢掉它。"马丁更正道，同时朝门廊旁的一面墙射了一束激光，以表自己的懊恼之情。在空调来得及把它吸走之前，间隔墙上的塑料材料烧焦的气味便充斥了整个房间。杰伊用手指弹了弹自己的枪，像玩弹珠的小孩一样；它朝马丁飘去。他无视了那个男人，转身开始对凯特说话。

"我早该意识到这些事情也有你在策划的，"他说，"但我敢打赌，就算你完成了自己想要的目标，你也不可能再拥有现在这个职位了。"

"哦，我最后的确可能会失去这份工作，"她同意地说道，"但是那时候我应该已经有一个更好的了。"

"比这个还好的工作？"

"好多了。我会掌管一个比一家酒店更有声望的组织。"

"那是什么？"

"高地球轨道。"马丁说,然后开始冷笑。

"闭嘴,伊夫。"德川训斥他道。

他瞪大了双眼。"你他妈的在说什么呢?没人能掌管高地球轨道。"

"没有人,"马丁说,"因为联合国不允许这种事情发生。但是联合国也存在不了多久了。"他咯咯笑起来。

"闭上你的臭嘴,伊夫,"德川吼道,"你可以在他们死了之后对他们说这种事情。之前绝对不行!"

杰伊试图大笑;但是并未成功——这个笑话一点也不好笑。"你真的以为自己能够对抗联合国,以及星辰之思,而且能赢?"

凯特忍不住地回答起来。"我不行,"她说,"但是我们中有能做到的人。我一辈子都在和他们合作。"

"你们艺术家总是在吹自己的'远见',"马丁挥舞着枪说,"哈!你们这些混蛋不知道'远见'是什么!我们将会重塑未来。"

杰伊能感到整个宇宙在他的头脑中旋转,让他的脑袋有些疼。当然了,这只是他的妄想。就连联合国本身都没法打败星辰之思。他想象不到任何人能做到这一点。

"先生们,请进。"德川说道。杰伊扭头环顾身后,看到两位保镖进入房间,已经拔出了枪。他注意到每个人都戴着一个他并不熟悉的耳机和一件不显眼的喉麦。这些通信设备显然不依靠酒店内的系统。他把头转回去,看到德川和马丁也佩戴了它们。

"所以说,"他对凯特说,"关于胖子亨弗莱的房间里发生了什么,你知道的比我们更多。"

她点点头。"哦,当然了。多得多。"

"确实。是你给胖子分配的房间。所以说,现在就是你开始炫耀,告诉我们发生了什么,让我们为你的智慧而折服的时候了。"

"不,"她说,"现在是你们被带走、处死的时候。再见,佐佐木。"她双手合十,鞠了一个躬。"和你在一起工作总是跟屁股里面长了刺一样。马丁,你和他们一起走,一定要保证他们死得漂漂亮亮的;这是你的专长,不是吗?"

杰伊张开嘴,想说些什么,但还没等他弄明白自己要说点什么,不知什么东西触碰了一下他的后脖子,他便昏睡了过去。

杰伊昏睡得极不踏实,感觉自己正身处不可预知的加速过程之中,这让他想起了还在地球时的诸多噩梦;陌生的声音在远近各处响起,说着他无法理解的内容。他觉得自己好像忘记了一些事,一些非常非常重要的事。他奋力回想,但只觉得头疼。

当你从被迷晕之后醒来时,理应感到混沌、困惑。但他觉得此时的混沌困惑程度远远比"理应"更糟糕一些。

他正处在一条走廊中。并不是一道公共走廊,而是……那个名词过了一会儿才浮入他的脑海。那个词是:地下管道。这里的照明更加昏暗。有东西在附近飘浮着——直觉告诉他,搞清楚这些东西是什么,对于了解目前的形势非常重要。最开始他只是数了数:有四个。然后他才辨认出来:他们是人。接下来,他费力认出了他们的身份:伊夫林·马丁;他三年级时的体育老师——哦,不,那是……是……对,是即将杀掉他的保镖之一;当然了,还有另外一个;多出来的那个人……该死,我到哪儿都能认出他来:那是我弟弟。他对我来说就像亲弟弟一样。

所以,他这时把他们分成了两组。朋友:一位;敌人:三位。这个比例看起来对他可不利。话说回来,其中一个保镖似乎已经死了;那的确让实力分布平均了一些。而且伊夫林·马丁的脑袋以一个好笑的角度垂着……

他又迷迷糊糊地观察了几秒,重新评估了一番形势,这次的结果让他更安心了一些:兰德正在呼吸;其他的人则不是。

这给了他些许希望;他深吸了一口气,让大脑充满氧气,随即感到脑袋逐渐清明了一些。这好极了,他对自己说,我是怎么做到的呢?

当兰德也有恢复意识的迹象时,附近的一扇门敞开,出现了邓肯·爱荷华的身影。"很好,"他说,"你醒了。我猜他们的通信设备可以被追踪,便把它们丢掉了,但是我们现在必须得动身了。我也不知道他们开启了哪些系统。"他飘移到兰德身边,试图把他拍醒……但是很快便想出了更好的方法,将他转动起来,好利用离心力让血液涌入他的头部。"拿着这个,盯着点外面。"他补充道。

杰伊及时伸出手,抓住了一把比他从前台取出的警用手枪更有威力的激光枪。他干瞪了几秒,然后便猛地回过神来,检查起充电状态和安全锁。"你太了不起了,孩子。"他的语气中带着肃然起敬。但是邓肯无视了他,仍然忙着唤醒兰德。

兰德处在混沌之中的时间比杰伊短。土拨鼠和新太空人通常能更快地从药效中解脱出来:他们的血压更高。他环顾四周,看着飘浮的尸体,随即像马儿赶苍蝇一样摇了摇脑袋;他瞄了一眼杰伊,然后转头重新面对邓肯。

"我对着你的嘴砸了一拳,"他也肃然起敬,"但是你却让我活了下来。"

"那是我活该。"邓肯沉稳而坚决地说道,"听着,我们得走了。如果你们现在就跟我说明情况,我觉得没有时间,我也并不想听,但是如果你们能提出往哪里逃的好建议的话,我很乐意听一听。"

"该死,"杰伊说,"我希望我更了解应急程序……"

"你需要什么?"邓肯说。

"首先,一大罐麻醉气体,喷气口连着软管的那种。"

"拜托,"邓肯说道,同时飘移开,"我可是个适应指导员,我估计都比凯特·德川更了解这个鬼地方。"

我希望你说的没错,杰伊想道。兰德跟在了邓肯身后,杰伊殿后,准备好随时射击。

邓肯把他们带到了一个秘密的、不起眼的应急用品储藏室。在那里,他们发现了杰伊想要的那种气罐和全新的助推器,并为兰德取了一把音速步枪。在他们把耗尽燃料的助推器换成新助推器时,他们也互相交换了信息。

"我正在往豪华区走,因为我知道那里的恐慌会最严重;为了节省时间,我走的是地下管道。然后就看到了马丁和那两个傻子在我前面走了一个岔路口,拖着你们俩,枪就拿在手上。灯很暗,所以他们并没有看到我。"

"你为什么要插手?"兰德问,"你为什么选择了站在我们这一边?"

邓肯并没有回避他的问题。"我爱你的妻子,而她爱着你。我不想让她伤心。"

兰德也没有回避他的答案。"我明白了。你是怎么做到杀死所有三个人的?"

邓肯耸耸肩。"那三个人都是在地球上出生的。夺走马丁的枪不是什么大挑战。事实上,那两个保镖其实身手还挺灵活;我本想留下一个活口,询问一番,但是他们逼我加快了动作。所以,告诉我:坏蛋是谁? 我们应该怎么应对他们?"

"任何人都可能是坏蛋,"杰伊说,"但是我们所知的那个是凯特·德川本人。"邓肯扬起了眉毛,但是没有加以评论。"我们要做的是活捉她,并且好好审问一番。我倒是希望她能快点进行下一步,好早点露出更多的端倪。她就是系统崩溃的幕后黑手,以此掩饰一起绑架案。"

邓肯瞪大了眼睛,然后紧紧地闭上。"我的天啊。"

"也就是说,你觉得他们还活着咯?"兰德说。

"他们必须得活着。想要杀人,比这容易的方法有很多。"

"也有更简单的绑架方式。他们本可以在我们下飞船的时候就把我们劫走,而不需要搞出这么大的动静。"

"太空指挥部密切监测着在高地球轨道上移动的一切物体,"杰伊说道,"但是他们的注意力极少在清水上。在这里下手花费不菲,但是这很可能给了他们足够的时间不留痕迹地逃走。"

"谁被绑架了?"邓肯问道。

"胖子亨弗莱·帕帕杜普洛斯、雷布·霍金斯、美雅和伊娃·霍夫曼。可能还有其他人,但是我只能肯定有这些人。他们是在一间套房里被直接劫走的,绑匪们破窗而入,将他们掳进了一艘具有隐身功能的飞船里,现在早就飞到不知道什么地方去了。我不知道到底发生了什么事情,但是它和一场阴谋推翻联合国的政变有关。"

"我的天啊!"邓肯说,"一场货真价实的老式政变?"

"从伊夫谈话的方式来看,我想用'天下大变'来形容更合适。我不在乎历史学家们以后如何称呼它,只要他们能在它后面加上'未遂'就好。所以我们需要凯特,而且需要活捉她,保住她的声带;其他一切随便。她正在她的办公室里……我有办法把她从那里弄出来,如果我们能活着到那里的话。我敢肯定她有一套私人监视和防御系统。她上一次允许我们靠近,是因为马丁不想对克朗凯特们解释,我们的尸体上为什么会有难看的激光灼烧过的痕迹。但是如果现在再过去一次,我想她不会手下留情的。"

"所以说我们的计划是什么?"兰德问道。

杰伊叹了一口气。"我本来希望你们能想出什么办法。我也不知道在会被人发现的情况下,怎样才能只用一只弹弓突袭一座城堡。"

"我知道,"邓肯说,"我带你们从仆人们的入口进去。"

二十分钟之后,他们就来到了一个离德川的办公室门十米远的出风口,隔着花纹栏杆向外窥视。他们都穿着从应急储物间搜刮来的备用压力服,并将无线通信保持在静音状态。杰伊摘下了他的头盔,吸了一口气;在发现他没有晕过去之后,其他人也照做了。

"我想我们已经在她的火力范围内了,"邓肯说道,"我看不出门厅里有任何像是激光枪管的东西。"

杰伊挤了过来,把头伸得更靠前,也四下看了看。他把麻醉气罐紧紧地抱在了胸前。"这么办怎么样:我们中的一个人出门试验一下;如果有必要的话,另外两个人可以为他报仇。"

"咱们先别急着行动。"兰德说。

杰伊笑了笑,但是笑声中毫无欢乐可言。"兄弟,你不觉得这里对你来说有点闷吗?"

"既然你提到这码事了,我的汗的确流得像——哦!"

"当一个土拨鼠开始出汗的时候,他会笑着去取一罐冰啤酒;当一位太空人开始出汗的时候,他伸手摸自己的压力服。酒店的备用系统有足够的电力保证空气流通和有限的照明,但是制冷系统就照顾不到了。清水酒店是阳光下一个闪着光的金属球,充满了散发着体热的人,而且与土拨鼠们相信的相反,太空一点也不冷。如果系统不在接下来的一两个小时内恢复正常的话,人们会因为温度过低而死掉的:我们所剩的时间不多了。"

"你准备怎么引诱她开门放你的麻醉气体进去呢?"邓肯问。

杰伊调皮地笑了笑。"我不需要那么做。马丁在靠门一侧帮我钻了一个漂亮的、软管粗细的洞。"他开始向外推开花纹栏杆,兰德制止了他。

"让我来。"他说。

"我必须得宣示特权,"杰伊抗议道,"我认识伊娃和雷布的时间可比你长得多。"

"那正是我的意思。你之前说过,你几乎希望她早点露出端倪。我不那么希望。杀掉她对我来说没有那么必要。"

"那只会让你送命。"

兰德露出了笑容。"嗯,兄弟,这会儿这个世界并不怎么需要一位一流的成像师。"

"我的动作比你们两个加起来都快。"邓肯说道。

兰德转过身去看着他。"没错。但是那个气罐质量很大,你没有足够的肌肉来挪动它。有些事,还是地球人比较擅长。另外,也轮到我干出点英雄事迹了。好不好?"

过了一会儿,邓肯点点头。"祝你好运。"
"多谢。"

在那一段煽情的对话之后,活捉德川倒是简单得可笑。所有事情都进展得像一个成功的首演之夜一样顺利,刚好有足够的肾上腺素能保证你处于最好的状态,也没有你无法处理的意外状况。门厅中有隐藏的喷气装置,但是压力服让它们变得无关紧要。德川的门一旁的那个激光洞刚好容得下兰德的软管。她在自己的办公室里储备了一套压力服,而且走到了它跟前,但在来得及戴好头盔之前便晕了过去。他们一接触到她的电脑终端,杰伊和邓肯就在几分钟之内骗系统重新运转起来。当主灯光亮起时,他们几乎能感到回响在整座酒店内的欢呼声。然后,他们无视了几百个来电,向太空指挥部发送了求救信号,并且很快就发觉他们正在与考克斯将军通话。他是一位久经沙场的老手了,对一场意图推翻世界政府的未遂政变极感兴趣,也完全没有因此而乱了方寸。只用最少的话语,他就从他们口中获得了他们能够提供的每一条有用信息,然后让他们稍事等待。

尽管略微感到整件事情有些虎头蛇尾,杰伊发现自己还是灿烂地笑了起来。"我们做到了,伙计们。"他说道。

"真难以置信!"兰德说,"早晨起床时,我还是个受人尊敬的艺术家,现在我却在运营一座该死的酒店。"

杰伊咯咯地笑出声来,"小弟,你出门的时候可能还是个明星……但是回来清水的时候,你就变成服务员了。"

"要知道,"邓肯说,"我总觉得论运营这个鬼地方,我都能比这个混蛋干得好。"他指了指昏睡中的德川,所有三个人都开怀大笑起来。她看起来的确很搞笑。在重力缺失的情况下,紧紧绑住一个人的手腕和脚踝并不能有效地限制她的移动能力,应该用胶带把手腕固定在相应的大臂上,把脚踝固定在大腿上,然后把手肘和膝盖两两缠到一起去。最终的视觉效果像极了一位正在伏身的佛教徒。

但是他们的笑容并没有持续更久——他们发现她停止了呼吸。

"……大约半个小时之后,潘特尔船长带着六位全副武装的太空战士出现了,然后我们就来这了。"杰伊讲完了他的供词。他扫了一眼自己有手表功能的那根手指,"我猜她的死亡时间是大概两个小时以前。那就是我们知道的所有事情了,将军。"

他和兰德还有邓肯正在一个任何小男孩做梦都想参观的地方:联合国太空指挥部在太空中的主堡垒"高堡"的指挥中心。它看起来就和电影中一样。现在和他们在一起的正是考克斯将军本人,一位头发斑白、笑容温暖的百岁老人。虽然他们面前只有他一人,但是杰伊清楚地知道地球之上和之外有几百个人听到了他刚刚说过的每一个字。这让他开始感到格外不安。考克斯倒是像接待贵宾一样对待他们,但是杰伊想知道还要过多久,他才能回到自己的床上睡上一觉。

考克斯从一只军用老旧灯泡杯中吸了点咖啡,然后悲伤地点了点头。"尸检显示了对镇静剂致命的过敏反应。当然了,是医源性的。她的上级没想给她留余地。他们想让她被俘之后就再也开不了口。真是一群狠人。"

"我很抱歉,将军。我们本应该想到——本应该立刻给她解药的。"

考克斯深表同情地摇了摇头。"根本没有其他活捉她的方法;你们自己也是舍命一试。而且她一失去意识,给任何解药都于事无补了。先生们,你们还需要更多咖啡吗?"

杰伊之前一直在忙着说话,根本没尝到咖啡的味道;他将注意力转到舌头上认真品尝,才辨认出这是产自昆士兰州阿瑟顿台地的品种。"是的,将军。"其他两人也要了更多咖啡;随后,一个长得比清水里任何东西都丑陋、也更为笨拙的服务拖虫端来了更多的新鲜咖啡。

在他们一起喝咖啡时,有一段短暂的沉默。最后是兰德打破了它。"我们搞砸了。"他有些丧气地说。杰伊也点起头来。

"恰恰相反!"考克斯说,"孩子们,你们今天可是在跟狮群搏斗啊,而且你们还没有身负重伤。你们确定没有接受过军事训练吗?"三个人都摇了摇头。"如果今天行动的是我手下的学员,我现在肯定是在亲手为他们的棺木授予奖章了。"

"但是我们什么都没问出来。"兰德坚持说道。

"你们三个用初生牛犊一般的勇气,冒死活捉她,而且还没送命。得到了目前的信息,已经算非常可观了!如果你们送命了的话,我现在就会坐在这里,听凯特·德川向我汇报紧急状况已经结束并向我表示感谢,但是也表明他们不需要任何援助。谁知道要过多久才会有人从凌步绝顶给胖子亨弗莱打电话,得到一个'查无此人'的答案,这才意识到情况不妙?我们现在了解你们打探到的所有情报,这些事本可能在几天之后才会被军队知道,而且生擒了五位低级别匪徒,可以好好盘问——"

"但是这一切都毫无用处,"杰伊说,"如果那些白痴保镖知道任何有用的信息的话,他们也会对审问过敏的。而我们所知的信息还太少,根本看不出任何线索。"

"只有那些信息的话,当然不行。但是它们可能会和其他事情有瓜葛……先生们,告诉我,你们愿意接受催眠审问吗?我们可能会知道你们以为自己不知道的事情。"

"有一个条件。"兰德说。

"说吧。"

"将军,这是高级别事件,而我只是个平民。我想得到你的亲口保证:当你拼凑起多方信息、得出结论时,你会和我分享它。我愿意宣任何种类的誓来保证不会泄密——如果你想的话,你甚至可以把我像信使一样软禁起来,这样我就不会走漏风声,但是我必须得知情。不是你们告诉克朗凯特们的那些说法,而是事实。"

"我也一样。"杰伊说。

"我也是,将军。"邓肯说道。

考克斯并没有立刻回答,他们也没有催他。他依次打量了每个人的眼神,终于说道:"不管你们同不同意催眠审问,我都同意你们的要求。你们亲手赢得了这个权利。首先,我可以告诉你们,你们见到的并不是唯一的绑架案。数据仍然在更新,但是太空中至少还有另外两起绑架案,地球上则有十多起。绑匪们的协调工作很棒,方法各不相同,但是成功率百分之百。现代史中几乎不曾出现如此优雅、高效的军事行动。他们花费了数十亿美元,还真是物有所值。"

"被劫走的人有什么共同点呢?"杰伊问。

"他们都是圣人。"

"什么?"

"通神的男人和女人。精神上开悟了的人。就像雷布和美雅。还有胖子亨弗莱,他正在朝他们的方向发展。他们有几种不同的宗教信仰,还有两个人的宗教信仰根本就没有正式名字。但是他们都是被雷布称为'活菩萨'的人。他还称过某个被绑架的人为'特蕾莎修女',如果你老得足够了解她是谁的话。当然,你们只要知道他们都是圣人就够了。"

"你是说像教皇那样的人?"邓肯问道。

"我说的可不是宗教领袖。我说的是在精神层面上开悟了的人。其中一个似乎是澳洲的原住民女祭司。另外一个是只在医院演奏的巴基斯坦音乐家。"

"我的天,"兰德说道,同时拍起自己的额头来,"绑匪的哪根筋搭错了吗?如果想推翻联合国的话,是要绑架圣人们、音乐家们还有餐馆主人们?"

"事情真是越发糟糕,"邓肯说,"一群富有的白痴们,谋划并且执行了超过一打完美的军事行动。"

"将军,他们除了……好吧,除了都是圣人之外,还有什么别的共同之处吗?"

考克斯尊敬地扬起了一根眉毛,尽管它已经秃掉了。"你的确总是能让我惊讶,佐佐木桑。没错。他们之间还有一个共同点。据我们所知,他们与星辰之思之间的关系都尤其密切。"

兰德的双眼闪过了一丝兴奋之情。"是某种人质交易——"他开口说道。

"我已经向星辰之思询问过了他们对已知数据的评估。"考克斯说,"有时候,从他们那里得到一个简单问题的答案都可能会花上一周的时间,但是他们已经承诺最晚在格林尼治时间中午十二点给我一个初步的分析。大约是……"他短暂地眨了眨眼;他自己的手表位于眼皮内。"……十二个小时之后。那时候你们应该已经从催眠中醒来了。在中午的时候,来这里见我,你们就能听到我们现在所了解的一切事情。"

就杰伊所知而言,他在眨眼间就苏醒了,现在正躺在一张舒适的床铺中,仿佛只过了一秒钟,便再次精力充沛、容光焕发起来。他完全没有任何关于离开指挥中心的记忆,更别提催眠审问过程本身了。这倒是没有困扰他,那时没有,后来也没有;他只是从睡套中钻了出来,确认自己仍然来得及赴约,然后把头向门外伸出去,让负责守卫的太空战士取来早餐。

在进食的同时,他很想知道自己被催眠时的口供和之前说出来的是否一致。但是根据目前的形势来分析,他此刻能在这里思考这个问题就已经令人宽慰了,于是将其抛到了脑后。他那个年代的人是一个世纪以来在对政府的信任中长大的第一代。他转而试图想象将圣人们劫为人质会给匪徒在面对星辰之思或联合国时带来哪些优势。他想不出任何说得通的答案。

他抵达指挥中心的时候还早,但是正在站岗的太空战士还是准许他进入了。兰德和邓肯稍后也来到了那里。一到政府,考克斯将军就飘移入室,看起来疲惫不堪。很显然,他一夜没睡。"先生们,早上好,"他说,"我希望这不会——"

"比尔。"

那声音来自四面八方。杰伊觉得它熟悉极了,但不管它怎么在他耳畔、心头萦绕回响,他都无法确定声音的主人。接下来,他意识到了它说的是什么,便不由得迷糊起来——对一位零重力舞者来说,这可是一种极为不寻常的感觉。

考克斯是一个常见的姓氏。但是这位将军名叫威廉·考克斯[①]。是那位威廉·考克斯——西格弗里德号的前任舰长!杰伊以为他早就去世了。他早就习惯了陪同各种贵宾和终极贵宾,

---

[①] 比尔是威廉的昵称。

但是与他同喝咖啡、聊过天的这个男人可是一个传奇:他是目击萤火虫的第一人……

"你好,查理。我在这里。"考克斯将军低声说道。

杰伊震惊得深吸了一口气,甚至发出了声响。那声音的主人是查理·阿姆斯泰德!他是莎拉·特拉蒙德的摄像师,是亲手录制了《星辰舞》的那个男人;他是有史以来第一家零重力舞蹈公司的创始人之一;他是历史上第二位星辰舞者,也是杰伊在艺术形式上的精神之父。迷糊变成了眩晕。

但是当他听到阿姆斯泰德接下来说的话之后,感觉立即又糟糕了无数倍。他说的是:"老朋友,我真抱歉。我有条非常不幸的消息……"

第二十三章

黄道北部某处
2065年2月26日

伊娃猛地醒来，感到了她一百一十六年生命中每一岁所带来的负担，每一载的滋味都能在身体某处品尝到。她第一个完整的念头是基夫斯一定是在偷喝烹饪用雪利酒。他变成了一只大猩猩，还穿上了白色的压力服。但是他仍然闪着荧光，并且行事风格相当低调。"早上好，我优雅的女士。"他说道，并鞠了一躬。尽管这一躬和以往不太一样。

"该死，这早晨真他妈好。"她答道，随即意识到她正在和他用日语交谈；她已经四十年都没有讲过这门语言了。"讲英语。"

"在下恐怕做不到，女士。"他的压力服配备的麦克风似乎有些问题，他每说一句话都会自动重复三遍。

她深吸了几口气，然后感觉到思绪中的迷雾开始散去。那并不是基夫斯，或者任何人工智能助理。那是一个人……至少是类人生物……而且蠢得根本没资格当仆人。但是，这里的空气那么充足，他为什么要穿压力服呢？事情不妙极了。

她开始回想之前发生的事情。她能想起的最后一件事是询问胖子亨弗莱有没有什么缺少的东西,可以叫客房服务给他送来。她环顾四周,并不是胖子的套房,或者清水中的任何一处。这里更像是一个建筑工地中临时搭建的宿舍,金属表面没有涂漆,各个连接处也裸露在外。这里只有她和那个日本匪徒两个人,没有什么家具物什,甚至连个睡套都没有。难怪她的脖子痛得要命:她已经随着自己的呼吸点头点了……天知道多久。至少有好几个小时。她的胸口也在作痛。事实上,她哪里都痛。

好吧,她会的语种足有一打,有些问题还是得先问一下。"我在哪儿?我的朋友们呢?"

"女士,在下一无所知,您问也没有用。我收到的指示是为你提供食物,然后把你带到主人那里。"

"你的主人是谁?你不可能什么都不知道。"

"在下真的不知道,我优雅的女士。"

她相信询问他的名字也只会是浪费时间。一部旧日喜剧中的一句标志性台词闪过了她的脑海:你也知道,他来自巴塞罗那[①]。"食物就省省吧。你能带我去洗手间吗?"

感谢上帝,他至少还允许这种事。洗手间和囚室之间由一条短走廊连接。那位日本看守的眼睛时刻都盯着她;尽管他并没有携带可见的武器,但是从他的行为举止来看,他完全不需要它们。她现在明白了:他穿着压力服是因为如果有必要的话,他就可以没有顾忌地对她使用麻醉气体。

她锁上安全门之后,试着清空自己的头脑中的一切杂念,只留下一个问题:雷布,你还活着吗?你在吗?

[①] 这句台词出自七十年代的英国情景喜剧《非常大酒店》。整句台词是:"你可得原谅他。你也知道,他来自巴塞罗那。"

没有任何回应。她本以为自己可能会探测到类似于无线电波的信号，或者说某些不知名的嗡鸣，但是什么都没有。雷布只教了她一两个月这种心电感应之类的手段，但她几乎没有什么进展。她也尝试了"连线"美雅和亨弗莱，但是却毫无意外地并没有什么效果。她只能靠自己了。

好吧，毕竟她修炼了一百多年。

在将膀胱清空、把脸洗净之后，她在这个小得可怕的房间四处翻了起来，想要寻找一支有用的武器。唯一有点可能的物件是擦脸用的毛巾。她只好放弃，离开了洗手间。那个低调的看守就在走廊不远处，慎重地与她保持着距离，也相当警觉。

"好了，马默杜克①：带我去见你的领袖吧。"她用英语说道，但是他似乎明白她的意思。他开始为她带路，不过他选择了倒着飘移，这样可以一直看着她。

她默默地记下了路线，并在一路上都仔细观察着周围的环境和状况。不知怎的，这个地方感觉比一艘飞船要大一些。一种来自潜意识的直觉告诉她，它更像是清水或者凌步绝顶，是个大型定居点。它更像是旧时的凌步绝顶：匆忙地建成，木工粗糙，只注重功能性。她还有种他正在带她抄小道的感觉。他们一路上都没遇到什么人；但是每当他们经过一个人，他和其他人都会怒视对方，摆好防御姿态，就好像两只擦肩而过的好斗的猫一样。她把这个现象牢牢地记了下来。

他将她带入的房间有点让她想起了自己位于清水的套房。简约，但不简单。她通过编程组装了一把椅子，并将它调整到适

---

① 马默杜克是美国漫画家布拉德·安德森（Brad Anderson, 1924 – 2015）于1954年至2015年间创作的漫画《马默杜克》中的主人公。它是一只大丹麦犬，是温斯洛家的一员，对主人十分忠诚。

合自己的形态。"你可以下去了。"她说。

他露出了一个有些难办的表情。"在下恐怕不可以,女士。但是我不会再打搅你了。"说完,他就……变成了一件家具。整个过程就像关闭机器人一样;突然间他就不存在了,尽管他很可能会重新显形。她想看到他呼吸的样子,但是有趣的是,她发现自己没法盯着他看超过几秒钟:自己的眼神总是会莫名地游移开。她干脆放弃,研究起她的椅子的右侧扶手来,并点了一杯浓浓的红茶。

让她十分好奇的是,那杯茶似乎是自行接近她的,原来是一些不可见的纳米拖虫,而非之前那种微型拖虫拖过来的。座椅的木工很粗糙,没错……但是这间房子里所应用的技术处在顶尖水平。

正在她喝第一口茶时,门开了,成濑和雄进入了房间。那位日本守卫重新变回人形,再次进入了她的视野。

"你可以直接向我求婚的。"她说,"何必这样监禁我。我之前两次可都是闪婚。"

成濑微笑了起来。让她惊讶的是,那是他唯一的回应。她认识的任何其他男人几乎都会感觉有必要回敬一句,好把风头抢回来。他做出了一些她并不理解的手势,日本守卫便离开了。他选择了一条开口宽敞、更加耗费燃料的圆弧轨迹,避免在两人之间穿过。

当房门在他身后关紧之后,成濑用日语说道:"孙子,确保隐私!"

"遵命,殿下。"他的人工智能助理也用普通话回答道。

"你看,"成濑继续用英语说道,"我们有绝对的隐私,但是时间却太短了。"一把椅子朝他飞来,并将他的身体半包裹住;一杯水则精准地停在了他的手中。"我很抱歉你也被牵扯了进来,伊娃。我本不想这样的。"

"雷布和其他人在哪里?既然说到这个了,我们他妈的又在哪儿?"

"霍金斯师傅和他的朋友们目前正在熟睡。"他优雅地吸了一小口水,然后赞许地抿了抿嘴唇,"你的第二个问题可以有很多种答案。我们正在椭圆形极地轨道中,远在黄道之上;这是一个无论联合国还是星辰之思都找不到的地方,哪怕他们正在搜寻我们的踪迹。这个建筑体有多重功能:堡垒、实验室、学校、旗舰、我的另一个家。"

"那其中包括'监狱'吗,"她问道,"或者说,我现在能回家吗?"

他没听见她的问题。"具体来说,我们正在我的卧室里,我想邀请你与我共享。"

"这个邀请真是鲁莽得要死。我浑身都痛。竟然对太空人施加高重力加速度,你就想不出更好的法子吗?"

"很遗憾,我们对速度和隐形有很高的需求,"他说,"我们采取了一切可能的措施,甚至使用了军用反加速技术。让人高兴的是,你们都活下来了。"

"但是健康状况如何呢?其他人本应该在我之前醒来,他们可都比我年轻。"

"但是他们很早以前就离开地球了,因此他们的旅途事实上比你的更劳顿一些。不过别担心,我接到了报告,他们的身体都完全健康。"

"那么他们什么时候才会醒来呢?"

他叹了口气。"依我之见,可能永远不会醒来了。"

她咬紧了牙关。"和雄,赶紧别卖关子了。快说,这到底是怎么回事?"

"你还记得上个月在清水举办的那场经济峰会吧?"

"让我想想……就是我们差点被杀死的那一场?还是说跟我想的一样,是现在靠绑架才能进行的这一场?"

他无视了她的讽刺。"我们五个已经成功地修复我们的关系……至少现在看来是这样……我们即将摧毁星辰之思,并推翻联合国。"

伊娃·霍夫曼这辈子认识的疯狂沉迷于权力的人可不少,那其中还包括一些在这方面相当成功的人士。如果他们中的任何人如此宣称,她都会付诸一笑,或者至少有大笑的冲动。然而,那些话从成濑和雄口中说出来却恐怖万分。她想不出任何能够用来作答的玩笑话。"我的天啊……"被恐惧笼罩着的她低声说道。

"我们希望能够建立第一个理性的世界政府。"成濑继续悠闲地说道,"我想,事实上,就连孔老夫子都会同意我们的做法。但是他怎么看待这件事并不重要。重要的是,一旦我们摧毁了星辰之思,人类所犯的任何错误都只属于他们自己。"

雷布!看在老天的份上,醒过来!

她只收到了最微弱的一丝回复,就像一个人在深度睡眠中辗转反侧一般。

"和雄,看在耶稣基督的份上,如果没有了星辰之思,人类根本就没法延续下去。毫无机会。你心知肚明!"

"那恰恰是星辰之思必须被消灭的原因。它像发放救济金支票一样把各种资源撒在我们头上,轻视我们、贬低我们、矮化我们。星辰舞者的施舍使我们在三代之内从狼退化成了羊,从咆哮的猎手退化成了叽叽喳喳的猴子。这个趋势必须得到逆转,我们必须赶在萤火虫回归之前完成这个目标。过渡期会非常痛苦,但是我们得靠自己身为自由的人类的努力渡过难关,或者不成功,便成仁。"

"你真的以为你们能够杀死太阳系中的每一位星辰舞者?这怎么可能?"

他皱起了眉头,谨慎地斟酌着他的回答。"在我回答之前,伊娃,我必须知晓你的立场。我已经陈述了我的意图。你有三个选择:你可以当我的朋友、敌人或者保持中立。"

"你能提供第三种选择,还真是好心肠啊。"她说道。

"没错,我的确如此。但是如果你选择它的话,我就没法回答你这个问题,或者任何事关战略和战术的问题。在那种情况下,我会把你软禁在此:住的自然会很舒适,并确保你对事情发展毫不知情,然后在大计完成之后再将你释放。时间在三个月左右。"

她留意到他并没能将时间精确一些,只说"左右"。伊娃露出一个苦笑:"我猜你也不会告诉敌人有关这件事的任何答案。"

"恰恰相反,"他说,"如果你告诉我,你反对我的话,我会回答你提出的所有问题,让你死个明白。伊娃,对我来说,你一直都是一个亲密的伴侣,我希望你尽可能舒服地死去。"

雷布,醒过来!站起来,用你的智慧帮帮我!真该死,你就要尿床啦!

"我明白了。如果我自称是你们的朋友呢?"

"你知道的,"他简单地说道,"在这一切结束之后,如果你想的话,我可以把整座清水送给你。事成之后,它就会是我的了。"

"而且你会相信我的话。"

"伊娃,我能看出来你是否在撒谎。"

"我有多长时间来思考这个问题呢?"

"你想思考多久都行。但是十分钟之后,我必须离开这里去发动攻击,而且二十四小时之内都回不来。如果你想在我身边见证历史的话,你必须在我离开这个房间之前选择做我的朋友。"他把自己的椅子向背对她的一侧转去,并开始读起了一份几乎全是数字的报告——语种是伊娃不认识的——礼貌地为她让出了思考的空间。

难题是,她想,如果她撒谎的话,那个精明的小王八羔子很可能看得出来。那可真糟糕,不,应该是非常糟糕,因为她将不得不反对他——真的是不得不——甚至都不敢告诉他为什么。在一百一十六个让人疲倦的年头里,在无数次调情求欢之后,死亡最终还是来临了,只是几分钟的事。意识到这一切有多心痛令她深感意外,但现在不是该恐惧的时候,她死前还有重要的事情要做,是她身上背负的用尽一切手段也要完成的可怕使命。

为什么是我呢?她想,然后坚决地扑灭了这个念头。她可不能在这种自我迷思中浪费时间。她转而放松四肢,控制起呼吸的节奏,然后强迫自己回忆起了雷布教给她的东西。

"最关键的莫过于你的心态,伊娃。心电感应的最关键的一点,大致上相当于将没用的垃圾信息从通信中清扫出去。试着想象一下你的小孩在夜里哭喊,并把你吵醒的情形。在那一刻,没有'你',没有自我,没有身份,没有恐惧,没有观点……只有需求,和对需求的感受,以及为之服务的意愿,不计代价也要宽慰那份痛苦。"

她继续调整着自己的呼吸,感受到自己的焦虑开始减轻。

自从七十年代以来,她就再也没有定期冥想过,但是它似乎是那种类似于骑自行车的事情——就算长时间不碰自行车,你的身体也知道该怎么骑。也许那种说法是真的:人们在死亡面前更容易舍弃自我,因为在那时,你终于能承认自己无论如何也无法永远保留它了。伊娃很快就发现自己比平常离开这个世界更远,或者也许事实上是靠得更近,她在向更高处爬升,或者在沉入更深的层次,但是哪种说法在零重力环境中都毫无意义。她超越了自我,抵达了一生中只有幸进入过几次、每次只有短暂的一瞬间的、不再拥有自我的境界。

随之而来的是无言的明澈,是全方位的四维视角。各种各样的二元对立面,就像上和下一样变得陈腐:内与外,己与非己,好与坏,生与死。

现在她清楚地了解了雷布、美雅和胖子亨弗莱的所在:有多远,以及在哪个方向。还有另外一位心电感应者也位于这座建筑之中,但她并不认识他。他们的意识宛如萤火虫——不是无所不能的外星生物,而是地球上脆弱得多的那种——如余烬一般闪着光,在黑暗中无意识地舞蹈着。她呼唤起他们来,每个人的大脑都在她给予的精神轻抚下震颤起来,但是没有人做出回应。他们"听"不到她,她也没法让他们醒过来。

她没有帮手,必须独自应对。

她回到了自己的躯壳之中。

她已经忘记了在灵魂出窍的那一瞬间,自己有多疲倦、有多害怕、有多愤怒。从一个完全自私的角度来说,死掉似乎并不是一个那么糟糕的主意。成濑仍然在盯着屏幕看一份不知是什么的文件。

"我还有多长时间?"她问道。

他看了一眼时间。"在我离开之前,还有六分钟。"

时间不多了。"成濑和雄,我发自内心地反对你。"

他闭上了一会儿双眼,然后猛地从鼻孔处深吸了一口气。"那可真遗憾,"他伤感地说,"随你所愿吧。在我必须走之前,你想知道多少,我都会告诉你;在那之后,你想问的问题就只能交给孙子回答了。"

"你怎样才能在开阔的太空中杀死二十五万无法探测到的目标?"

"你还记得四十五年前,一团从泰坦出发的寄生生物在一次恐怖主义袭击中被炸毁吗?"

"当然了,是你父亲干的。但是那次的目标是一个处在运动过程中的庞然大物,时刻都在公开宣告着自己的位置。那和这次有什么——"

"如果你能不打岔的话,我们的谈话就可以进展得顺利得多。我尊敬的父亲成濑鸣是按照他父亲成濑达司拟订的计划行事的。他的行动目标不仅是摧毁寄生生物,还包括秘密取得一大块样本用于研究。对爆炸的精准控制导致了寄生生物团朝可预计的方向飞溅。在所有人的注意力都集中在恐怖的灾难本身,并转向地球寻找它的策划者时,一艘隐形飞船正在最大的那块碎片的飞行路径上静候着。

"我父亲被一位星辰舞者学院的学生暗杀了,但是他为之献出生命的计划仍在继续。从那时起,我们针对寄生生物样本进行了大量的研究。我们现在已经知道该如何造出一个颜色苍白的变种:它有寄生生物的所有功能,只是没法赋予宿主心电感应的能力。我们甚至还对它进行了进一步的改良:想要存活,它需要定期大量吸收一种并不天然存在于太空之中的化学物质。像你这样机智的人当然马上就会意识到，现在，我们有史以来第一次能够建立一支会保持绝对忠诚的、身披寄生生物的军队。我们称他们为星辰猎手。在太空中，跟现在这座基地一样的地方还有好几个——它们对于星辰猎手来说就和凌步绝顶对于星辰舞者而言一样。"

伊娃不由得提出了异议："你不可能建立一支规模大到能威胁星辰之思的军队——至少没法秘密地做到这一点：从他们最开始进入共生的一步，到提供他们变种萤火虫……你甚至都没法在招募时给人们提供一个合理的理由——我没法相信你能做到。"

他不断地点头表示同意。"而且由于我们的军队必须使用慢于光速的无线或者激光通信，我们的通信和协调能力天生就比心电感应弱，这会将我们置于致命的劣势。你说的没错：即使星辰猎手配有诸多武器，而星辰舞者们没有，我们也永远都没法靠步兵团给星辰之思造成严重的威胁。星辰猎手们根本就不是用来追杀星辰之思的。我们创造他们主要是为了占领联合国太空指挥部，进而征服整个世界。统治高轨道的人一定会统治地球。"

"星辰之思在这时会在干什么呢？"

"所剩不多的那些自然是在逃命了。如果他们够聪明，就会一直逃到太阳系之外去；命大的大概能找到其他恒星。等赶走他们，就一劳永逸啦，因为他们永远都回不来。你还记得寄生生物团是怎么被炸掉的吗？"

她尽力地思考起来。四十年前，她读到过一个名为蕾恩·麦克利奥德的星辰舞者提供的目击者证词，她在进入共生之前杀死了和雄的父亲,为爆炸案复仇。伊娃似乎开始回想起了用来运输炸弹的独特而恐怖的方法……

当记忆浮出水面时,她感到一阵不寒而栗。"一枚纳米炸弹。藏在一个吻里。"

"那个方法很有效,而且对寄生生物的细致研究,让我们改进了很多。在过去的四十五年中,我们已经在整个太阳系中布满了相似的炸弹,它们以病毒繁殖的速度自我复制着,能够自行提供能量,而且绝对无法探测。它们会乘着太阳风,搜寻红色的寄生物,钻入其内、隐藏起来,并且以它为家。它们已经在太空中像一团完美的迷雾一般扩散了四十五年。星辰舞者们像兔子一样繁育着后代。统计数据显示,这意味着到目前为止,星辰之思的人百分之九十到九十五都曾经和炸弹孢子或者已经成为宿主的星辰舞者发生过肢体接触。"

有那么一会儿,她以为她那颗衰老的心脏真的会吓得停止跳动。在她的想象中,心跳即将停止一直都是那样的感觉。"用无线电触发?"她设法问出口。

"它能在整个太阳系内传递,"他肯定地说道,"在大约一个小时以后,我将会从这里发射一个主发射信号。大概六个小时以后,那个信号的范围将覆盖整个太阳系,每一次传递都会立即释出摧毁指令。由于光的传递有延迟,在太阳系内的他们大概有一分钟的避难时间。"

"你花掉了几万亿美元,"她低声说道,"只是为了谋杀天使。"

"如果不是星辰之思带给我们疯狂的经济增长,这笔花销不可能不被注意到,"他承认道,"所以说,到头来,他们还是为我们的正义事业做出了贡献。"

"他们中的一部分会幸存。"她坚决说道,胸口处像在被撕裂一样。她无视这阵剧痛。"他们会来找你复仇的,而且纳米科技恰好是他们的专长。他们总会找到方法的。"

"非常有可能。"他同意地说道,"那正是我们绑架了霍金斯师傅和他的朋友们,以及我们能够定位的所有其他拥有心电感应能力的人的原因。在药效的控制下,他们将会成为非常有效的星辰舞者探测器。你还有什么想要知道的吗,伊娃?"

她沉默不语,只是聚精会神地听着自己的心跳,希望它能继续跳下去。

"看在我们之间的友情的份上,有什么我能为你做的吗,权当是我送你的最后一个人情了?我恐怕所剩的时间不多了。"

对他说实话有使他改变心意的一丁点儿可能吗?她没有其他牌可打了。

不,一点也没有。她回想起了曾经读到过的一位虚构的神灵,名叫"疯狂艾迪",人们怀着恐惧之心崇拜他,是因为在危机时刻,他总是现身承担重任,却也总是出于最好的意愿,办最糟糕的事情。通常总是有刚好足够的幸存者来延续人们对他的记忆。大家都知道,和疯狂艾迪理论毫无意义……

"我……我需要一个小时的时间来让自己平静下来。"伊娃说。

"没问题,"他说,"孙子!"

"有何吩咐,殿下?"

"霍夫曼女士不能离开那把椅子,也不能离开这个房间。"那把椅子的安全带在扣上、打开时都能发出清脆的声响。"她不能联系这个房间外的任何人或组织。一个小时之后,我需要你无痛地杀掉她。她可以要求你把时限缩短,但是不可延长。你可以回答她提出的任何问题,并且在不与其他指示发生冲突的前提下为她提供一切服务。请确认。"

"程序已经加载完毕,殿下。"

他推开了自己的椅子,鞠了一躬。那是一个完整而正式的告别礼。"别了,伊娃。我很遗憾你不能分享我的快乐。"

紧接着他又迅速地弯下了腰。她的茶杯在距他的头一英尺处掠过,在他身后并无软垫覆盖的隔离墙上撞成了碎片,热茶溅到了他的后背上。在他直起身后,她对他竖起了中指。

但他面不改色,径直离开了。

疼痛正在絮叨个不行,想要吸引她的全部注意力,但是她在很早以前就学会无视疼痛了。她能够微弱地感受到雷布和其他人;她仍然有刚才用来探测到他们的灵异第七感——就像在她的心灵之眼前平铺开的一块显示屏一样。潜入深度冥想状态再次试图唤醒雷布他们毫无意义。上一次尝试的时候,她发现自己似乎欠缺了什么东西,到现在依然没能想出来是什么。而且再次尝试可能会让她更加虚弱。将他们维持在昏睡状态的医疗技术也不可能轻易被解开。

她必须得自己想出逃出生天的办法。或者失败、死去。

天杀的,我拖延了这么多年不去死,可不是为了变成有史以来最可悲的失败者!

她想到了一个主意。不过那也只是一种可能性,是一场高风险的赌博,但至少比什么都不做强。

她仔细地想了又想,就像一个即将冻死的人在计划用仅剩的一根火柴生火一样缓慢、激烈地酝酿着。她在脑海中不断计算,评估各种做法的可能性和风险,并且准备应急方案,然后进行验算。最后，她终于准备好了。

假设她的预想和推算没有错误，而且确实有一根火柴在手的话……

她查看了自己的口袋，发现自己的专属硅晶圆片不见了。她希望这是个好兆头。

好吧，再等下去，我也不会年轻哪怕一点点……

"基夫斯！"她说道。

他闪着荧光现身了。"有何吩咐，女士？"

成濑和雄热切地希望着她能够认同他是亚历山大大帝式的人物，并且接受皇帝的爱侣这一角色；那么他自然会把她的人工智能助理安装到这里的网络中——万一她的答案是支持他呢？在她死掉、他的战争也结束之后，他才会把硅晶圆片移除。这些用心理学能解释得通。她担心的是语义学上的问题：一个人工智能拥有一个特定的"人格"吗？它们怎么看待其他同类？如果真的每一个都是特定的，由于人工智能可以在某种程度上相互模仿，真正的基夫斯会是一个"被排除在此房间之外的人格"吗？

她还活着。这是行动的第一要素。现在该继续行动了。

"基夫斯，里尔德在线吗？"

如果这个人工智能不是真正的基夫斯，而是由孙子模仿的，他就不可能知道里尔德是谁。他会以为里尔德是一个人类，为了防止她联系这个里尔德，孙子会立马出手杀了她。伊娃以为她得到的回答很可能是个"没有"。

成濑的全息成像设备好极了；她能看出基夫斯正在隐隐地心痛。"是的，女士。自从我们抵达这座建筑，他就一直在被审问着。"

很好。这样的话，孙子就能知道里尔德是人工智能，并且将他认定为"被排除在此房间之外的人格"。

"里尔德,你能听见我说话吗?"

雷布很早以前就给了伊娃访问里尔德的权限——当然了,最私人的那一层除外;她有权召唤他。问题是,他有足够的内存分散给她用吗?或者说,正在审问他的那套程序占用了太多他的信息处理能力吗?

"是的,伊娃。"里尔德柔和的声音响起。

她感觉自己就像在地球重力场中的一根钢丝上跳踢踏舞一样,手中抱着她所有的鸡蛋——不可能还有更多了。她开始将呼吸的节奏放缓,让自己放松、冷静下来,又一次试图前往那个没有话语、没有时间也没有伊娃的地方。"你有唤醒雷布的方法吗?"

答案从远处传来,仿佛穿过了一条长长的隧道。"有。我可以发射一个催眠后的刺激信号。"

唤醒一个人可不算是"联系"他。"动手吧。"她小声说道。她面前的人工智能只能看到她的双眼微微向上翻起了一下。

孙子可没有能力监测到这种联系……

雷布就在那里等她;清醒、安好、神圣。他的平和也帮助她平静了下来,缓解了她的恐惧,并把两人牵得更近。

她与他合体了:她成了他,他也成了她。在生命中的第一次,她有了这样一种感受——那一定是作为一名星辰舞者的感觉。她一直都很好奇为什么那些想要活上几个世纪的生命会比人更不惧怕死亡;现在她都明白了。重要的不是大脑,也不是其中充盈的思想,而是一种能量:后者就像披上了一系列复杂隐秘的伪装一样,在一段时间内与前两者亲密为伴,然后演变为另一种存在。她已经隐约地了解这一点有一段时间了；而现在，她全然为之折服。

她感知到了整个星辰之思环绕在她周围，听到了它在太阳系内回响的齐声呼唤，瞬间就完整地掌握了它所包含的二十五万种舞蹈，感知的范围能从水星轨道一直到奥尔特云之外。

在这一切发生的同时，雷布也轻而易举地了解了她所知的一切。她也知道了他知道的事情——那正是整个星辰之思掌握的全部信息。其中有多于百分之九十九的内容她都不会理睬，但是她有时间感知、消化某些必要的情报。

比如说：基于纳米科技的诱杀陷阱其实是一种双向的游戏，双方都可以利用。还有：一些纳米炸弹无法被无线电引爆，只需要靠在舌根处默念简单的指令即可触发。还有：她远在多伦多的孙女夏洛特正在恢复健康。还有：雷布爱她，而且一切事情都会好转。还有最后一点：有些事情值得你为之付出巨大的代价，而死亡是一枚小小的硬币。

在最后的几纳秒中，她甚至还有时间彻底体会宇宙对她开的惊天大玩笑，随即露出了微笑。

紧接着，她、雷布以及处在成濑的旗舰堡垒之上和之中的所有原子都化作了一团迅速膨胀的、完美的球形等离子云，出现了星辰舞者的颜色。

地球上发生的情况则有不同；就在同一时刻，与之相对的、位于日本北部的另一个基地则化作了一大团白色的蘑菇云。那颜色则属于星辰猎手。

第二十四章

2065年3月大事记

——对叛军的军事清除行动已经进入了白热化阶段,太空中的战斗由考克斯将军指挥,地面战争则由来自中国的张将军率领。第一周,死亡人数几乎可以忽略不计。毫无疑问,很多阴谋参与者成了漏网之鱼……但是他们并没有逍遥太久。遍布太阳系的百分之九十三的触发信号发射装置已经被定位并摧毁了,尽管很显然,所有知道引爆指令的那些星辰舞者都已经瞬间殒命了。

——在与星辰之思的长时间讨论之后,联合国最高指挥官选择在对公众发布的事件报告中删除一切有关太空中散布着可引爆的纳米炸弹的内容。这使得"五人帮"叛乱看起来更像是一次绝望的、注定失败的自杀性袭击,而非一场差一点就得逞的政变。尽管它有不合逻辑的地方,但公众还是买账了。

——媒体进入了极度兴奋期,就像被投入了养鱼池中的鲨鱼。当初在人类不再发起战争时,有一些资深人士感觉业界如失至宝;他们此时则潸然泪下。《圣人们的牺牲》几乎在瞬间就成了人间神话,克朗凯特们和里维拉们编辑了一个星期,才发布第一部电影和第一部小说,之后的作品则源源不断。将传奇故事改编成全息成像作品的工作也开始展开。奇怪的是,在表演艺术方面,似乎并没有激起新潮流:大部分艺术家们受到了资助,已经在创作、排演新作品,主题则更加积极、轻松。

——清水酒店的董事会任命了一位新总经理和一位新公关主管。一座特别的纪念碑被安装在了大门厅,以纪念前任总经理和前任公关主管:他们为了保证客人的安全,与敌人对抗无果,英勇牺牲。艺术总监兰德·波特和杰伊·佐佐木接受了一份丰厚的新合同——只有他们才有权提出终止——作为让他们在纪念碑落成仪式时表现正常并且守口如瓶的回报。每份合同都包含有多重保护的艺术创作控制权条款。

——星辰之种基金会的董事会宣布,在为关键职位找到新人选之前,凌步绝顶将会暂停运营。现有的三届学员中合格的部分将会如期结业,但是在下一批新见习者来到绕地轨道之前,至少要等上四个月时间。在暂停运营期间,凌步绝顶的工作人员将会忙碌地准备,迎接从泰坦运来的、有史以来最大的新鲜寄生生物团,足有一吨重,能够满足接下来五十年的需求。

——蕾雅·帕伊乔和与她每周两次共同跳穿梭舞的小组晚些时候才得知马努埃尔·布拉瓦是牺牲的活菩萨之一,他再也不会加入他们的舞蹈了。在那之前,他的缺席几乎没有引起人们的注意,因为他一直神出鬼没。他们都回到家中,各自哀悼。但是在下一个周六晚上,小组自发地在沙滩重聚,蕾雅也在其中。她第二天早晨回到家中后,开始创作一部以一位星辰舞者为主人公的小说。

——北昆士兰州雅瓦拉,伊尔兰吉部落的长老们选出了另一位女祭司,并为雅拉举办了就职典礼。她之前在一个叫中国的地方做着一个法力高强的梦,刚刚回到梦世纪。整个部落一齐为她唱了一首歌。那首歌由她一位死去的门生创作,名为《高地球轨道之歌》。的确,谁都说不准,也许她会沿着歌之途径前往那么远的地方吧。

——在太阳系各处,星辰猎手开始死亡,因为他们赖以生存的化学物质极为罕见,几乎不可能在他们所突袭的飞船中找到。当来源消失时,他们之中最幸运的在体内还有一年的存量;一些则只有几个星期的量。平均剩余寿命则为三个月:"五人帮"本打算将他们打造为一支无法探测到的军队,并且对其进行严格的控制和管理。当这一点被公之于众时,一些猎手选择效仿雷布·霍金斯师傅的先例,短暂地进入了"顿悟"之境界。一些试图向联合国太空指挥中心投降,还有一些向星辰舞者投降——后者的存活率高得多,但是两个机构都没有大量储备该化学物质。不到三十年,星辰猎手们就将成为濒危物种。

——在成濑和雄、维多利亚·海瑟薇、格里耶克·克鲁涅克、伊马洛·阿明和沙图尔·比尔拉班智达的遗嘱正式生效时,全世界、全人类空间的商人们都感到了自己的肾上腺素泛滥起来;整个人类种族的经济结构和系统都开始发生变化,有人进财、有人破产。

——杰伊·佐佐木在排练的日程中抽出一天,穿上了压力服,来到了舱外。他跳了一支几个月前在脑海中成形,但是一直没来得及表演的一支舞蹈。它没有被录制下来,也没有人类或者星辰舞者目睹他的舞姿,但是当他跳完时,他深感有人已经欣赏过了这支舞。它的暂定名称是《我爱你,伊娃》;那也是它有过的唯一一个名字。第二天,他请他同母异父的弟弟帮他为新作品制作一套全息成像,据说主题是一只衰老的蝴蝶。

——人类基因组计划对联合国发布了它的最终报告；这个机构得到了感谢，并得到了立即解体的命令。在四分之三世纪之后，这项举全球之力的巨型研究项目终于成功地破译了DNA这本"书"中的能读懂的每一"页"。它当然也有其他影响，但最重要的是，这给了人类新的希望，让疾病有一天终于能成为过去时。

当然了，其中大部分"无用页"仍然未被仔细研究。它们是内含子，更普遍的名字则是"垃圾DNA"：它们是遗传物质中相当长的片段（占总长的百分之九十还多），缺乏"终止-起始"密码子，永远都不会在遗传中得到表现的机会。最流行的理论是它们代表着在几百万年中累积的、在基因转录过程中产生的非致命错误。人类基因组计划的一位主任在联合国科学委员会前慷慨陈词，辩称所有的DNA成分都应该得到研究，并请求一些继续研究的经费。但是由于内含子对人类代谢没有明显的影响，研究它们似乎并非紧急事项——事实上，意义也不大。委员会投票决定把经费花在更重要的难题上。

2065年4月大事记

——五人帮的奴才们继续在太空中和地球上被发现并拘押。威廉·考克斯将军在指挥一次太空清扫行动中经历了一次暂时性贫血，还负了点伤；事实证明，他身体受的伤可以逆转，感知和沟通能力仍然完好无损。然而，他还是在得到了一枚地球勇气勋章之后全薪退休了。他搬到了清水居住；套房是重新修缮完毕的、亨弗莱·帕帕杜普洛斯非常短暂地享受过的那一间。他选择它的原因是因为从它的窗户向外望去时，地球不在视野之中。在接下来的几周中，窗外总有至少一位星辰舞者来访；如果他需要陪伴的话,他们随时乐意效劳。

——联合国执行委员会宣布,从此以后,六月二十二日,也就是夏至日,将会是一个全球性的假日,以纪念雷布·霍金斯和其他牺牲的圣人们;那一天将被称为"勇气日"。在那一天,非必要的工作必须停止,而且所有能够参与的人类成员都必须参加全球范围内的"纪念一小时"活动:它被安排在了格林尼治时间的下午三点(也就是洛杉矶的早晨七点,东京的午夜;只有太平洋岛国的居民需要熬夜参加此项活动)。此活动并不需要任何正式的纪念仪式;地球公民只是被要求在那时到户外去,对着天空思考,并且怀念圣人们。这个主意得到了广泛的认可。

——随着媒体高潮的进一步升级,地球上的大部分人都忽略了发生在新奥尔良的一起离奇事件。似乎法国区周围的街区大约在一夜之内自行修缮完毕了。积累了几个世纪的秽物消失了;破旧不堪的人行道再次变成了优雅的景致;一片衰败的老房子则自我加固,长出了钢制的阳台,和白人区中的建筑一样精致漂亮;阿姆斯特朗公园中的路易斯·阿姆斯特朗[①]雕像闪亮地微笑着俯视着一座人工池塘,池水在一百年来首次清澈得可以直接饮用。游客们纷纷走出法国区,艳羡地盯着眼前的景象,但是很快就不得不付起了门票钱。市长公开承诺,如果幕后的欢乐主义者能够公开宣称负责的话,他愿意赠予他们荣誉市民奖章,并雇佣他们完成整个项目……但是没有收到任何回应。

——艺术主管波特和佐佐木邀请邓肯·爱荷华以学徒身份加入了新星舞蹈公司,他是舞团中的第一位天生太空人。他是个非常勤奋的学员;才到第三天,他就开始向其他舞者展示高难

[①] 路易斯·阿姆斯特朗(Louis Armstrong, 1901-1971),美国爵士乐音乐家,出生在新奥尔良。

动作了。

——希达尔哥·罗德里格斯的妻子阿玛帕罗终于成功地让自己的丈夫相信,他的魔法新家中的一件新摆设虽然像极了一个完美的男用小便器,但是事实上是一个水池(荒唐!谁会在撒尿的时候刷盘子!)。希达尔哥的烦恼在于,他必须使用另外一件看起来蠢透了的物什——马桶。而且一定要在小便之后把坐便圈放下来。他一点都无法理解这一切。现在他想知道的是,到底是谁说的"由俭入奢易"?

——兰德·波特在与查理·阿姆斯泰德私下谈话时,终于允许自己问了那个问题。"当雷布还有其他人行动的那一刻,你们都能感知到他们吗?星辰之思感应到了他们的死亡吗?"查理的回答是:"我们倒是想,但是他们不允许我们这样做,他们拦住了我们。"听到这个答案之后并不能帮助他睡个好觉,但是他还是很高兴了解这一点。

——在土星环之上某处,星辰舞者蕾恩·麦克利奥德终于在她的孩子盖玛和拉什以及一位名叫奥尔尼·德沃夏克的星辰舞者照料下,从昏迷状态中苏醒了过来。她即刻开始将悲痛转化为舞蹈。一些同伴——他们相距至少几百万公里——加入了她的行列,将身体交给了她的舞蹈创作。星辰之思的其他成员则欣赏了这支舞,并产生了巨大的共鸣。所有深爱着死去的圣人们的星辰舞者们也已经完成了各自的舞蹈。然而,星辰之思作为一个整体并没有陷入悲痛,就连包括蕾恩在内的那些最为哀痛的个体也坦然地接受了现实——生命还在继续,他们必须向前看。路漫漫其修远兮。

——地球各地的表演艺术组织开始表演新作品。没有一套节目的基调是阴郁的。大部分创作包含了宇宙、飘浮或者飞翔在内的图景或潜台词。

——根据伊娃·霍夫曼的最后一版遗嘱,一夸脱玻璃瓶的陈酿布什米尔以及大半瓶黑布什威士忌留给了杰伊·佐佐木。在那天晚些时候,他和邓肯·爱荷华喝了大半瓶中的两盎司,并成为爱人。

——伊夫林·马丁的配偶正式发起了针对清水酒店及其董事会、邓肯·爱荷华、兰德·波特和杰伊·佐佐木的诉讼,指控他们过失杀人、协调不力、诽谤等等,并向每一位被告索取十亿美金的赔偿。在审判程序发现死者和配偶的婚姻只持续了四天,且二人在接下来的二十七年内都未见面后,法庭以偏见为由并未接受诉讼请求。

——蕾雅·帕伊乔把参与穿梭舞的频率增加到了每周三次,并且开始带她的女儿一起出席。

——凌步绝顶上的纳米科技实验室宣布展开一项新的研究项目。从公告的内容看来,研究的目的过于深奥;克朗凯特们干脆放弃了弄懂它的想法,直接照原话发表了新闻。当然,他们装得就像真的明白一样。

——乔治·菊,联合国主管税务的副秘书长和财政委员会的主席,以过度劳累为由提早退休,并且重拾起了中断已久的吉他练习。这可真不容易,但是他靠不时把左手手指的指尖浸入凉茶中坚持了下去。终于,他的手又长出了老茧。

——太空指挥中心的警报程序发现数量多得不寻常的星辰舞者聚集到了地球附近,而且其中很多正在朝地球方向行进。但是由于它并不认为星辰舞者是威胁或者航空危害,因此并没有通知人类。

2065年5月大事记

——最后一位星辰舞者也成功地移除了体内那枚就连显微镜都无法观察到的炸弹,并成功免疫。一只迷雾般的"死亡圆盘"仍然在绕着太阳转动,但是直到人们有办法将其清除之前,它都可以暂时被忽略。

——考利·波特从一位信使处收到了一件真空雕塑,名为"绒球"。她欣喜若狂。她的母亲也同样喜欢它,并将它摆放在了起居室中最显眼的地方。同一位雕塑家的作品"浮晶"就在它的旁边。

—— 一位名叫约翰·德马克的舞者终于实现了毕生的梦想:由于他在四个月之前在特拉蒙德剧院展现出强劲的、极富创造力的表演,多伦多舞蹈剧院向他发来了邀请,聘任他担当主演。他的前任艺术总监从未原谅他接受邀约一事,并且愤恨地告诉他(当然是假话)她之前的每一个高潮都是假装出来的。

——由于无法解释当年统计数据中的异常,在各方疑云的笼罩之下,美国国家税务局的局长拉托娅·黛·吴辞职了;在那套老旧的计算机系统被拆毁、重建的同时,她搬到了清水酒店,开始享受没有条框牵绊的性爱。

——新奥尔良的自我翻新现象开始在全世界的贫民窟、少数族裔聚集区和落后地区发生。一位经济学家计算,即使以纳米科技的最高成本效益计算,欢乐主义者们也至少在全球范围内花了几万亿美元。几乎没有人相信他;毕竟,他是一位……经济学家。

——在尼泊尔遭遇冰水侵袭后,古恩特·施密特终于治好了由此导致的气管炎,并成功地把那个旅行社告到了破产。接下来,他赶在五月份来到之前回到了尼泊尔,想要体验提极节庆典。但是他一抵达目的地,就被告知由于甘达基河已经回到了那里,节日庆典再也不会有了。珞王国正是农忙时节,居民正在地里忙活。

——所有人都没注意到这件事。考克斯将军偷偷溜出了维修用的密闭门,并且进入了共生状态。他在此过程中脱下的压力服最终在大气层上层烧毁;当气罐爆炸时,它发出了闪亮的火光。由于他一直都在付房费,他的人工智能助理也一直没有报告医疗异常,人们直到六月份才注意到他失踪了。

——这一波"欢乐艺术"潮流在全世界范围内到达了顶峰,就连评论家们也留意到了。媒体中的一些阴谋论者蠢蠢欲动,并通过电子邮件悄悄散布"欢乐主义者的阴谋"这一理论,希望能发现某种大规模的电子诈骗。但让他们扫兴的是,调查显示,用于资助所有这些艺术创作的资金都是真实而且匿名的。因此,那些老顽固们公开发布了自己粗制滥造、没有事实依据的疑问和谣言,如果不是注意到了公众一点都没有理睬他们的话,他们非打起一场无理无据的官司不可。要知道,人们都在忙着观看那些艺术家们排练出来的演出,然后带着好心情回家呢!

——那团新的巨型寄生生物抵达了绕地轨道,并被切割成了六部分。每一块都被安置在了稳定的轨道中。无人知晓将其分割的原因,但是那也并未引起太多的疑问。这些日子里,几乎没有人有心情刺探星辰舞者的动向。

——考利·波特遵医嘱在地球待满三个月之后,回到了位于高地球轨道的清水酒店,前来陪伴父亲一个月。抵达后不久,她就发表意见称,如果能在无重力环境中,用双腿代替双臂来拥抱,会比普通的拥抱更加有趣。这让她的父亲瞬间红了脸(人类很少在太空中面无血色,但是他们仍然可以脸红)。他原本已经在练习出舱活动,想着几年之后进入共生状态,但是最后还是决定再多拖延一阵子——现在还没有一定要进行共生的必要性。

——地球上所有的汽车,不论生产地点和日期,都开始出现了同一种故障。如果司机在更换车道时不至少提前五秒钟打转向灯,就会导致中央处理器瘫痪。幸运的是,导航系统中自带的安全程序会把车辆安全地引导到路边。没人知道这项新技术是谁发明的,公众意见也分为两极:有些人认为是欢乐主义者干的,另一些则认为是更古老的、几乎被遗忘了的某些"黑客"的组织。但大家的态度都还算不错,也没有人试图刨根问底。

终于,就在那时,似乎所有的事情都在同一瞬间发生了。

第九部分

第二十五章

普罗旺斯城,沙丘之东
2065年6月22日
勇气日

"这个地点不错,妈妈。"

蕾雅也这么认为。她们正身处普罗旺斯城东侧的海岸上。如果说鳕鱼角是大陆伸出的、向外弯曲的手臂的话,这里就是它朝大陆一侧弯回的手腕。她们面对着大海,海的对面则是欧洲。而在她们身后,是将她们和P城分割开来的、绵延几千米的沙丘地带。今天的天气很好,她俩在几个小时前出发,来这里观看大西洋上的日出。"纪念一小时"马上就要开始了,她和考利刚吃完从家中带来的食物。

今天是个全球性的节日,但来这里的人也算不上太多。P城人无须徒步翻越几公里的沙丘就可抵达的沙滩太多了;他们还有太多的游艇可以开到海上,尤其是在今天渔船船队不出海的情况下。然而,即便此刻在这片海滩上人不算多,也是蕾雅在以前从未见过的景象。勇气日的确给人们的生活带来了影响。

这个地点并不拥挤,也没有喧嚣;大家虽然是庆祝,但也比较克制。人们比平常更加寡言;正在收听音乐或者新闻的人并没有影响到周围的人;就连十几岁的男孩子都没有四处追逐打闹。蕾雅认为在一小时之后,这里会变得更有节日气息,但是目前空气弥散的是一种肃穆感,似乎在号召人们言行举止更得体些。众多圣人一同牺牲似乎已经是很久很久以前的事情了。

"你想跳穿梭舞吗?"考利问道。

蕾雅四下望去。有几个人正在跳着舞,但是还没有形成任何舞群。她也没在附近看到认识的人。"再等一会吧,亲爱的。在'一小时'过后。"

"好的。"考利倒是挺喜欢穿梭舞,但是并没有像蕾雅在过去的几个月内那样对它产生依赖。

"我很意外你竟然这么有精神。"蕾雅补上了一句。在前往绕地轨道探望爸爸之后,考利刚刚回到地球没几天。

"我明白你的意思,"考利说,"我也很意外。昨天我还疲惫得跟一摊糨糊似的,但是今天我却感觉像瓦尔多一样。你知道我是什么意思吗?我觉得他一定有和我一样的感觉。就好像,我知道我应该很虚弱,但是我并不感到虚弱。"

蕾雅花了一秒钟才想明白了她举的例子。"哦,瓦尔多——你在清水的新朋友。我都把他忘干净了。"仔细想想看,自从回来之后,考利一次都没有提起过他。"瓦尔多还好吗?"

突然间,考利就变得像教科书一样一本正经,脸上写满了"他与我无关"。"挺好的。"她立刻说道,同时盯着自己的手指甲看:"他的青蛙死了;他现在开始喜欢呆呆的古典摇滚乐了;他的老师说他有学微积分的天分。"短暂的停顿。"他还说当我们长大以后,他想和我结婚。"

蕾雅心里咯噔了一下。她有些哭笑不得,不论如何,现在必须控制情绪,放低声音。所以说,两个小孩子的感情这就开始了吗?"哦,"她故作随意地说,"我对……对他的青蛙感到很抱歉。"

"嗯。西普挺酷的。"

"所以,呃……你是怎么回答他的?关于结婚的那件事。"

"我说我会考虑考虑。"

"哦。他对你的回答满意吗?"

"我想是吧。"又一个停顿。"他想吻我来着。"

蕾雅谨慎地斟酌着自己的用词。"感觉怎么样?"

考利已经看完了所有的手指甲;她很自然地把目光转移到了脚趾上。"还行吧,我想。"突然间她转过头,直视起她妈妈的眼睛来。"但是说实话,妈妈,我不知道这是什么意思。"

蕾雅压制了自己想笑的冲动;那可真费力。"你会知道的,宝贝,"她严肃地说,"你会的。"

"好吧,但是在什么时候呢?"

"到时候你就知道了。"她说道——这句话让她想起了马努埃尔·布拉瓦。她看了一眼自己植入了手表的那根手指,说道:"嘿,就快到时候了。"

离"一小时"还有大约五分钟。沙滩上各处,人们停止了交谈,纷纷起身坐直,眺望着大海。海面上的游艇则关闭了发动机,船上的乘客也来到了甲板上。蕾雅突然感到了一阵孤独的刺痛,即使小孩在身旁也无法缓解的那种。节日对于那些没有伴侣的人来说总是最糟糕的日子。

"妈妈？我们现在有钱了，对吧？"

女儿突然的话题转变让她微笑了起来。"不是，亲爱的。但是我们的确比以前富裕了一些。"

"好吧……我们能付得起往太空打一个小时的电话费吗？"

蕾雅本能地开始心算起来……然后就把脑海中这些计算都抛到了一边——她的女儿在不到一分钟之内又问了一遍。"当然了，考利！这个主意棒极了！"蕾雅说完，她的手机已经开始自动拨号了。要是刚才把车停得更近些就好了，这样就能进行视频通信了，蕾雅想。在"一小时"期间给宇宙打电话不是什么稀罕事。啊，好吧……

兰德几乎马上就接起了电话。"嗨，蕾雅！考利在吗？她当然在了——嗨，小公主！"

"嗨，爸爸！"考利回喊道。

蕾雅调整了音量，以保证他们的隐私。"嗨！"她说。

"你们俩在哪儿？等等，先别说，让我猜一猜。只有音频，所以说你们荒郊野地里。从海浪的声音判断，你们在开阔洋面那边，而不是海湾一侧。你们在沙丘那边，对吧？"

一个如此了解你的人为什么只能在几百英里[①]之外的地方呢？"猜得没错。"

"杰伊伯伯在吗？"考利问道。

"就在这儿，小可爱。"杰伊的声音响了起来。

"嗨，杰伊伯伯！嗨，邓肯！"

笑声随即响起。"嗨，考利！"这句问候来自邓肯。

蕾雅倾听着自己的内心，想看看邓肯的声音是否会在她的心中溅起水花。什么也没有。她真心希望他和杰伊能一直走下去。

[①] 1英里约等于1609.34米。

"你们仨在哪呢？等等，别说，让我猜猜。"不可能是那几间日光房：兰德和杰伊毕竟是名人。他们肯定是在一个更私密的地方，还得有一片好风光……知道了！"你们在伊娃的窗前，对不对？"

"没错，"兰德说道，"事实上，我想我在这里能看到你们。挥挥手，考利。"

她抬头朝天空望去，并且照做了。"我在这呢，爸爸！"

她检查了他是否在撒谎，发现他只是在开玩笑，忍不住咯咯地笑了起来。

"我们正准备喝点伊娃留给我的遗产，'一小时'一结束之后就动手。"杰伊说，"真希望你也能一起喝。"

"我也是！"蕾雅说，"听着，我知道'一小时'马上就要开始了。我们无须说话或者干什么别的，但是我们能不能就这样保持通话，一直到它结束？"

"地球人和太空人理应分享这个时刻。"邓肯说。

"这是我的主意！"考利骄傲地说道。

"而且是个好主意。"兰德对她说。

"你还好吗，杰伊伯伯？"她问道，"你还在为伊娃伤心吗？"

他并没有很快回答。"我这么说吧，宝贝，"他终于开口说道，"我还没有完全释怀，但是我总会好起来的。你知道我是什么意思吗？"

"我完全理解你的意思。"她严肃地答道；蕾雅则感到了一阵由内疚带来的短暂的刺痛。"爸爸，告诉他柯克舰长说过的那句话。"

"哦？"

"你知道的，关于离开的那句。"

他笑了一声。"哦。不是柯克舰长，宝贝：是拉桑·罗兰·柯克①。是一位爵士乐手。他曾经说过：'没有人死去。他们只是离开了此处。'"

在一阵停顿之后，杰伊的声音响起："我想他说的没错。谢谢你，考利。"

"还有两分钟。"邓肯说。

"我感觉我们应该做些什么，"蕾雅说，"考利告诉过你我们已经参与穿梭舞蹈有一段时间了，对吧？也许我们都应该跳个舞之类的。"

"好吧，"杰伊说，"我觉得我们可以试试坐禅。雷布是曹洞宗的禅师，他最喜欢说的一句话是：'别只发呆，做些什么——坐起来！'你们知道怎么坐禅吗？那是我们刚才想要做的事。"

"当然了，"考利骄傲地说，"邓肯教了我们一次。好吧，是坐空间禅，不是坐禅，但是它们实质上是一样的。"她开始用沙子堆起一只临时的蒲团，蕾雅也照做起来。把孩子暴露在有组织的宗教行为前，她不是非常乐意，但是禅并不符合她对宗教信仰的定义。比如，它不崇拜某个神，更重要的是，它不要求信徒杀死异教徒，或者逼迫他们皈依。

"考利，不需要那么麻烦，如果你愿意的话，随意站起来就好。"杰伊说道，"雷布曾经写过一本书，叫《跑、跳以及静立》。我想，这三种都行。还有一种边走边冥想的方式，叫'经行'；土拨鼠们可以使用。或者如果你想的话，也可以跳穿梭舞。但是咱们先坐一会儿，至少在开始的时候。"

"当然可以。"她同意道。

"今天由我来做'堂行'，也就是计时者。"杰伊说，"当'一小

---

① 拉桑·罗兰·柯克（Rahsaan Roland Kirk，1936-1977），美国盲人爵士乐演奏家。

时'开始时,我会响铃三声;在它结束时也一样。在此期间,我们都要保持安静,好不好?"

"你现在在潜修佛学了吗,杰伊?"蕾雅问。

"噢,我已经有一茬没一茬地研究它好多年了。但是没错,我最近研究得更深入了一些。那就像品尝黑布什威士忌,只是比起来没有那个酒那么贵。"

蕾雅看了一眼她的女儿。"不,亲爱的,这样做。在重力场中,你不能这样盘起自己的手指,记得吗?把左手放到右手手掌之上就好。"

考利更正了自己的禅定印,然后挺直了后背。"我们应该朝下看吗?"

"原本是这样,"杰伊说,"但是我想今天朝上看也可以。只要你的心态正确,真的就没有错误的坐禅方式。跟随着你的呼吸就好……然后心中想着伊娃、雷布和所有的圣人们。"

"准备就位,"邓肯说,"马上开始。"

这时,整片沙滩都沉寂了下来,只有无处不在的海浪声。天空呈淡蓝色,几乎一望无云。蕾雅感觉就像空气中有电流在传动似的:在这一瞬间,在全世界各地,人类种族的绝大部分成员都将和这里的所有人做同一件事,这真是太棒了。人类曾经如此和睦地一致行动过吗?一定要用一次悲剧来取得今日的成就真是太遗憾了。然而,不是一向如此的吗?没有任何事件能像一场大灾大祸那样让人们携起手来……

"叮——叮——叮——"的声音从电话中传来。蕾雅平静了自己的心绪,徐徐地、有节奏地深吸了一口气——

就在此时,天空变成了金色。

这是一片你无法用比喻或者类比来形容的"金色"——比如说,你可以说有的人有"红色"的头发,但是别人其实并不知道,这种红色到底是哪一种。整片天空都真的变成了金色,是十四克拉金子抛光之后的颜色,也是蕾雅仍然无法让自己摘掉的那枚婚戒的颜色。这是一瞬间的事,就好像天空中突然出现了一大片金色的光点,然后一齐蔓延开来一样。整个过程堪比晶体在眨眼间成形。世界突然有了一片透光的金色屋顶,就像阳光从地面照射到了云层上。

沙滩上的每一个人都倒吸了一口气,惊奇地抬头盯着天空。蕾雅发觉她和考利正在紧紧地抓住对方的手,去他的禅定印。海滩上的人群里发出了一阵无法形容的声响。蕾雅曾经身处在骚乱中一次,已经是很多年的事情了。她到躺进坟墓的那一天都不会忘记那种无法言表,也不可能被错认的声音。这个声音却与其完全相反:它是人们对敬畏之情的齐声表达。当红海的海水分开时,也许以色列人发出的就是这种声音。

电话听筒里也传来这样的声音。"你们看到了吗?"她高喊道,"太难以置信了!"

"我们看——"兰德开口说道,但是他并没有来得及说出自己看到的是怎样的景象,因为他的声音被另外一个盖住了。它似乎来自四面八方,但是却没有广播喇叭的回声效应;就好像沙滩上的所有人工智能助理都在同一时间被唤醒了一样。

"我是莎拉·特拉蒙德,呼叫人类种族。我需要你们的注意。"

蕾雅知道她的心跳应该加速。莎拉·特拉蒙德,有史以来的第一位星辰舞者!在六十五年前表演了原版《星辰舞》之后,这是她第一次直接对全人类讲话……

然而，不知怎的，蕾雅发现自己变得更加镇定。她与考利的目光交错……母女二人肩并着肩，恢复了正式坐禅所需的身体姿态，但是继续拉着手。

"我占用了人类空间内所有的数据传输路径和人工智能，以便对你们讲话，因为一些史无前例的事情就要发生了。一项巨大的变革。最开始，它可能会让人畏惧，但是我承诺一切都会好起来——如果你照我说的做的话。星辰之思就在这里引领你们渡过难关……但是你们必须完成自己的任务，没有人可以替你们做。你们必须做的第一件事是让地球上的所有人都来到户外，并让蟾宫矿里的所有人都来到月球表面。我再说一遍，所有人。公共服务人员、医院里的患者、濒死之人、足不出户者、单独囚禁的罪犯，所有的人类成员。如果你知道有谁被困在室内的话，请协助他们来到户外。越快越好！时间无法耽搁。我会讲述我能告诉你们的一切，但是请来到室外；信息将会被重复播放多次。

"人类种族的历史转折点已经到来——当萤火虫们第二次光临地球、《星辰舞》诞生时，这一天就已经注定会来临。很大程度上，我们星辰舞者就是为了帮助你们度过这次变革而被创造出来的。"

蕾雅的大脑迅速地运转着。谢天谢地玛格丽特姑姑和玛丽昂姑姑这会儿在路易叔叔的船上，如果她们需要帮助才能来到户外，要回到那里，得艰难地走上一个小时。这座城会有人帮助他们的。突然间，她对兰德的思念强烈得让她胃痛。"你们也能听到她的话吗？"她低声问道。

电话的LED屏显示通话仍在进行，但是她没有听到回答。

她心不在焉地把它放回了胸口的口袋里。

"我恐怕你们的生活将会发生永久性的改变。你的旧生命已经结束；崭新的生命即将开始。我知道很多人都不会欢迎这一点。没有婴儿想要出生；他们都是哭啼着出世的。但啼哭总会停下来的。我恐怕在这件事上，你们的选择并不比婴儿多：宫缩已经开始，太阳系内没有任何力量能够阻止它。我们星辰之思能做的只有确保生产进展得尽可能平稳、无痛。为了达到这个目标，我们已经牺牲了太多太多……但是今天不是我们的勇气日，而是你们的。我只能请求你们信任我以及萤火虫们。多年以前，它们救了我，没有任由我在绕地轨道中死去。

"在那一天，地球就像是一只胎儿晚产的子宫。这样的胎儿长得过大，周围的环境无力支撑它的需求；它自己的废物则开始污染生态系统，危及周围的其他器官。在接下来的几十年中，人类和我们星辰之思展开了合作，改正了许多让我们的母星受到伤害的地方：我们使用纳米科技将废物的排放降到最低，旧物品也得到了高效的回收再利用。子宫已经得到了修复。但是是时候让胎儿离开母体了。"

蕾雅并没有猜到具体会发生什么，只是脑中产生了一种隐晦的直觉。她的心猛地一沉。她环顾着这片完美的海滩和怪异的金色天空，好像在试图记住它们一样，然后紧紧地抓住了考利的手。考利也捏了捏她的手作为回应。她直视着女儿的双眼，看到的是平和淡定、无忧无虑的眼神。

"别害怕，妈妈。"她说，"今天可是勇气日。"

莎拉·特拉蒙德的声音继续着：

"你们知道是萤火虫们在这颗行星上播下了生命之种。你们也知道自己的长相、性格很大一部分早就写在了你的DNA

中。你们还知道，DNA里面有大段大段的编码信息似乎无法破译，而且不会在身体中表达，也就是所谓的'垃圾DNA'。这些基因'指示'从未得到执行，因为它们缺乏用来激活它们的'终止-起始'密码子。

"在几分钟之后，一种心电感应激发讯号就会从泰坦发射。没有方法能够避免或者阻拦：它就像一枚中微子一样势不可挡，而且运动得更快。它同样是由DNA的设计者设计的，会把'终止-起始'密码子插入特定的一些内含子中，并且激活它们。在太阳系中的所有角落，人类的本质都会发生永久性的变化。

"人类将不再受到'引力子'的影响。简单地说，它将不受重力影响。"

蕾雅发出了一声呻吟。

"请仔细听我讲话，并且保持安静。地球上的很多人也许会以为，这样一来离心力就会把你们高速甩出这颗行星。那是不可能的。当你们失去体重之后，人体受到的向上的合力将不会超过0.003个重力加速度。你的衣物应该足够将你稳定在原地；可能只有一双鞋就足够了。如果你不相信我的话，可以询问你的人工智能助理；我很快就会把它们的控制权交还到你们手中。然而，你们将会处在失重状态，也会产生大部分人都知道的常见生理反应：眩晕、鼻孔堵塞等等。

"这个阶段将会持续大概五分钟。紧接着就会有机器自动启动。一共有三台：一台深埋在地核，一台位于月核，第三台则位于火星核心——尽管目前上面还没有人。每一台机器的设计功能都是生成反向引力子……那是一种特殊的引力子，只作用于更改后的人体组织。"

她的下一句话说得缓慢而谨慎。

"不管你喜不喜欢,你都会发现自己正在升入空中。"

整片沙滩的人都发出了一阵躁动。毫无疑问,全球各地的人也都如此。那是多种情感在碰撞、混合后的产物。莎拉·特拉蒙德似乎并没有预计到这一点,只是在耐心地等候它消失。

"别害怕,"她继续说道,"在天空中等待着你的不是死亡,而是一种新的生活。我向你们保证,在你爬升的同时,你不会因冷冻或窒息而死。

"在过去的六十五年中,星辰之思一直都在致力于改进我们的寄生生物,为这一天做准备。你们在天空中看到的金色是我们培育的变种,能够在地球和太空交界处存活一段时间。它无法向下朝你们运动,但是你们会发现它在离地面五千米的地方静候着,空气刚好会在那时开始变得过于稀薄、无法呼吸。用身体的任何一处触碰它,或者喝掉它,它就会附在你身上,将你包裹起来。它将带给你呼吸,并带你飞得更高;随着你升到大气层之外,它也会从金色变回红色。

"这正是圣人们自我牺牲的原因。如果'五人帮'得逞的话,你们所有人都会在今天死去。那五个人对此一无所知,我们也不可能告诉他们。没有星辰之思的帮助,你们就会在离开电离层后窒息而死,现在也不会再听我解释了。但是多亏了雷布·霍金斯师傅和其他人,你们将会活着抵达太空。

"而我们星辰之思会在这里等你们,向你们展示一个新世界。你们的新家。你们每一个人都会成为我们的新成员,我们也会成为你们的一分子。空人永生。"

一个巨大而无声的声音充斥了整个世界。蕾雅是在自己的头脑中听到它的,就好像戴着耳机一样。那是一段音乐;她甚至认出了它来:是由一个叫布林德尔的人创作,蕾雅也记不清他的全名了,但她记得兰德总是会演奏它。但是对于她久经历练的想象力来说,它听起来就像是基督教徒们相信的、昭示着即将来临的末日号角声。她发觉自己死命般地把考利抱了怀中。她知道,在她的脑海中闪过的念头与无数人相同;事实上,就像大部分人临死之前的最后想法相同:等等!我还没准备好!

但是,这样的抗议,宇宙从未在意过。就在她深吸一口气,想要将它尖叫着喊出口时,考利抵着她的胸口安慰起她来。

"别担心,妈妈,"她说道,"我当时也不想出生,记得吗?"

蕾雅当然记得。考利晚产了三个星期。她顽固地想在子宫中住下去……直到注射的催产素诱发生产过程,逼她出世为止。而出生之后的考利其实很喜欢这个世界。

"没关系的,"考利坚持道,"我们现在就要去见爸爸啦。"

她仍然死命握着考利的双肩,但是将身体稍微后倾,这样她就能看到她的脸。考利正在微笑。"你能感觉到它吗?"她问道。

在一阵类似恐惧的感觉带来的震颤过后,蕾雅感觉到了她的体重正在离开她。她试图留住体重,但却做不到。不到一分钟,它就彻底消失了。她的鼻窦开始充满液体,她也能感觉到自己的脸随着血液在体内的平均再分配而开始变红。她还感到了轻度的头晕。那一切就像乘坐航天飞机向绕地轨道爬升——只是她周围的世界仍然遵守着万有引力定律。

莎拉·特拉蒙德的消息开始重复。

考利取出了一枚没来得及吃的苹果,伸出手臂,然后松开了手。蕾雅的身体知觉告诉她自己正处在零重力环境中。那感觉如此有说服力,以至于苹果正常落下这一现象让她深感离奇。

考利则咯咯地笑了起来。

突然间,她从蕾雅的怀抱中滑脱,从五岁起,这就是她的拿手绝活。蕾雅不由得喊了出来,但是这会儿为时已晚:考利已经伸直了原本叠起的双腿……那导致她向空中上升起来。

蕾雅想都没想,就紧跟着她弹离了地面,终于像橄榄球场上的后卫一样将她擒抱住,并再次紧紧地将她抱在怀中。她们这才发觉自己正在六七米高的空中,在衣物受到的重力的作用下,像一根羽毛一样徐缓地下沉。在这个高度,莎拉的声音几乎听不到。她们周围的其他人也已飘浮在空中。简直就是一帮尼金斯基[①]们开大会,她在下坠的同时想道,哦,杰伊非爱死这片景象不可!还有兰德……

"我希望爸爸和杰伊伯伯也能看到这一切。"她大声说道。

极度兴奋的考利正在调皮地笑着。"集中注意力观察就好,"她说道,"我们等一下可以给他们讲述一遍。"

她们轻柔地落在了沙滩上,偏离原地几米。凭借着在太空中训练出来的本能和身为穿梭舞者的技术,两个人都用双腿吸收了撞击时释放的能量,这样就不会反弹、再次升空。有那么一瞬间,她们就在那里,在陆地和天空的分界处,一道闲适地上下轻微浮动着。由于她们再次靠近地面,她们又能清晰地听到莎拉的话语了,当然,还有很多其他人的声音。一些人在尖叫,一些人在放声大笑,一些在喊着相互矛盾的建议;另外一些人则在空中无助地挣扎着,想要游回地面但却无果;还有一些人正在尝试着挑战自己的跳高极限。她还能看见在海面上,很多人跳得比他们的船的桅杆还高;他们在空中慵懒地移动着,活像半空中

[①] 瓦斯拉夫·尼金斯基(Vaslav Nijinsky, 1890-1950)是俄罗斯芭蕾舞者和编舞家,是当时少数会足尖舞的男舞者,舞姿仿佛可以摆脱地心引力一样。

的溺水者。

"咱们跳穿梭舞吧,妈妈,"考利说,"我们现在可以真正地穿梭了。"

蕾雅突然间回想起了一段非常鲜活的、有关马努埃尔·布拉瓦的回忆,就在她第一次跳穿梭舞的那个夜晚。

做好准备,他说的是:有好事即将发生。

而这一小时恰恰是用来纪念他的。

在蕾雅心中的某处,某种执念放弃了挣扎。她无悔地合上了她的生命之书……并且翻开了一本新的。"好的,考利,"她松开了自己的怀抱,"但是你得抓住我的手,好不好?"

"没问题,"考利说,"开始!"

她们一道跳跃起来。

在几分钟之后,蕾雅终于承认,她玩得十分尽兴,她很长一段时间都没有这么开心过了。这种感觉有些像超慢镜中的蹦床或者蹦极,像极了她一辈子都在做的美梦。事实上,穿梭舞一直以来就是这种感觉,只是相比起现在,兴奋得无法呼吸的瞬间更短暂,稍纵即逝。

此刻,她周围的一部分人也正在跳着穿梭舞;她和考利不是这里仅有的穿梭士。在大海一侧,一些人迈着夸张的大步在海面上行走着;她刚好能够听到他们的笑声。

"——你们还好吗?"她胸口的口袋里突然传出了兰德的声音,"蕾雅!考利!你们能听到我说话吗?真该死,你们还好吗?"

他听起来担心得快要疯掉了。蕾雅把电话从口袋中取出,"我们很好,亲爱的。等等——我想我们就要来太空探望你了。"

"你他妈的这是什么意思？地球上到底发生了什么？"

"你难道没听到莎拉说的话吗？"

"当然了,但是我们并不太懂她说的是什么意思。她告诉我们出舱活动,寻找一些寄生生物,然后脱掉压力服。但是你们呢？她好像还说了些诸如对重力免疫和金色寄生生物的疯狂主意,是吗？"

"没错。我们正在……哦,我猜是离地面二十米的地方。看起来你赢了：我和考利最后还得去太空。"

"哦,我的天啊,你们在碰到寄生生物之前就会被冻死的！"

"我们不会的,"她说,"这里的气温比正常情况温暖很多。我想金色寄生生物正在产生聚光效应。星辰舞者们可以有很长时间来考虑整件事情。"

电话中一片沉默。第一个彻底消化了这个消息的是杰伊。他开始开心地大笑起来。"哦,伊娃！"他高喊道,"原来你说的是这个意思,你开了这么大一个玩笑！哦,这太神奇了！"

"杰伊,你这话是什么意思？"蕾雅问道。

"我现在总算明白了,我知道她为什么想死以及为什么又反悔了。那个顽固的老太太坚持活下去是为了死得其所……而且她成功了。上天保佑她无私的心,真该死,她做到了。哦,我敢打赌她是微笑着死去的——"

"我不明白,"蕾雅说,"从头解释——慢点说。"

"让我试试。听着,在一百岁的时候,伊娃活腻了。所以她花了十六年的时间回顾自己的生命……却无法在她所做的任何事情中找到意义。在一个世纪的艰难生活中——只有她才知道有多难——伊娃把无数吨的食物和水转变成了粪便和后代；她把无数百万美元从一个想象出来的地方转移到另外一处；她经历了无数次欢乐和苦痛的叠加；但是她一收手，却发现任何一件事都毫不重要。所以她把搜寻意义的最后希望放在了自己的死亡之上：她在十六年中都在漫无目地搜寻着有意义的死亡，寻找着一次用生命换取什么的机会。那正是她缘何推迟自杀如此之久的原因，也是她为什么在放弃了找寻、终于下定决心去死之后，却暂停行动，等待来访的雷布给她一个能够让她信服的、再坚持一会儿的原因。那个原因是：活着见到这历史性的一天。"

"这么说，她错过了这一天可真遗憾。"考利说。

"不，不，那反倒是最好的一部分，你能看出来吗？"杰伊说，"当然了，她没能活着亲眼看到这一天的确令人扼腕。但是我相信，她在死之前通过星辰之思的慧眼预见到了它，更重要的是，她得到了更好的回报。她得到了自己最初找寻的东西：在雷布劝说她时，她原本已经打算放弃寻找这些有意义的死法了。想想看：有多少人，或者说在偌大的宇宙中，有多少生灵，能得到牺牲自己的生命来拯救两个智慧物种的机会？"

考利是两人中第一个明白的。"哇噢，没错，"她敬佩地说道，"如果不是她、雷布还有圣人们的话，所有的星辰舞者都会被杀死，天上也就不会有金色的麦片粥在等我们。我们所有人都会在今天死去……"

"她得到了历史上最有意义的死亡。"蕾雅说。她突然咯咯地笑起来："每当人类经历某种形式的诞生时，似乎都有一位夏娃在场。"

"你确定你们都还好？"兰德问道，"你听起来有点晕。"

她大声笑了出来。"这么说吧，我的肩上少了一份巨大的重担。我们永远都不用再分开了，亲爱的。再也不会。等着，我会直接奔着你去。"

"我该做什么？"他喊道,声音听起来似乎极度焦虑。

"按莎拉说的做就好。别害怕。我曾经畏惧过,但是我再也不害怕了。有好事即将发生。"

"但是——"

"我得挂电话了——我可不想错过此时此刻。我们很快就去你那儿,亲爱的。"她松开了电话,看着它向地面坠去。

她和考利正在缓慢地远离海岸线,移向沙丘地区。她们每跳跃一次,就朝西边行进一点点,因为地球一直在相对她们向东转动。她们这会儿正因为大量地耗费体力而汗流浃背;汗水则像在失重环境中一样,不仅向下滴,也能向上滴。在她的心灵之眼中,蕾雅看到了整个人类种族都和她一样:翱翔着、在地与天的边缘处跃动着。

地面又一次地扑面而来。你甚至都不需要低头看:当你能清楚地听到莎拉的声音时,就是该准备着陆的时候。

"考利,"她喊道,"想玩个大的吗？"

"当然了!"她的女儿说道。

蕾雅开始脱掉衣服。考利马上就明白了她的意思,也脱掉了自己的衣物。她们松开衣物,看着它们下落。这回,她们在落地反弹之后,便不断地上升起来。

二人在上升的同时跳了一会儿舞,但是视野中的景象却让她们无法集中精力。在一段时间后,身处高空的她们不再做出动作,只是瞭望着。她们任由风吹动自己的躯体,尽情地翻滚着;地球则缓慢而威严地在下方转动。很快,普罗旺斯城便来到了她们身下。看到P城的街道上空无一人真是奇怪的景象,奇怪得难以言表。沙滩上遍布着跳跃着的跳蚤们,空中也开始出现了更多赤身裸体的人。此般景象让蕾雅想起了新闻里报道的,在沙漠上空举行的热气球竞速赛。

"看!"考利一边说,一边伸出手指着,"那是我们的老房子。"

蕾雅看到了它。有那么一瞬间,它占据了她心灵的全部,并在召唤她归来。她看到了自己深爱着的寡妇道;在它之下,她尚未完成的小说正在阁楼上的房间里等待着;再往下,是她踢着腿、啼哭着出生的那间卧室。

"永别了,"她对它说,"我永远都不会忘记你。"

"当然不会,"考利说,"我也不会。"

突然间,她们的爬升开始加速,就好像被身下的狂风向上推动一样。让她惊讶的是,那感觉起来和在垂直方向冲浪像极了。

"稳住了!"蕾雅高喊道。

"我们来了,爸爸!"考利喊道。

她们的上升似乎永无止境;那片金色触手可及。

尾 声

高地球轨道
2065年7月22日

  事情的进展当然并不完全顺利。毕竟有人类参与其中,至少得发生一点混乱和悲剧。
  但是他们的选项从来都只有两个:进化,或者死亡。
  即便如此,事情的顺利程度还是令人大为惊讶。也许是因为人类事先得到了警告,所以大都同意永远离开那只世代繁衍的子宫,没有恐慌,平和淡定。最初的六人组在进入共生的那天就想过要做出现在这一番举动了,但当时适逢世纪之交,人类种族的一半人口仍然饥寒交迫,悲观主义也仍然是知识分子们的一致观点。于是查理·阿姆斯泰德决定推迟全人类的进化,在他发回的《泰坦星通讯》中,从未提到过这件事,知晓此事的星辰之思也绝对保守秘密,所以人类才会事到临头才知道有这么一回事。
  如果你能以某种方式和九个月大的人类胎儿建立心电感应联系的话……把你所知的、它将在出生后经历的一切苦痛遭遇告诉它是个善举吗？它会因事先得知受益，还是会恐慌、堵住产道、把自己和母亲一道杀死？毕竟，只有比整个人类的百分之一还少的人自愿选择了前往凌步绝顶，并成为星辰舞者。"身为人类"是一个很难打破的习惯。莎拉·特拉蒙德、查理·阿姆斯泰德和他们的伙伴们相信，星辰之思的全体成员也相信，如果有选择的话，人类很有可能宁可死亡，也不离开地球。所以，直到最后时分才给了他们这个选择的机会……并且花了六十五年的时间秘密地准备着那一瞬间的到来。

这在多年以来让星辰之思受尽了道德困境的煎熬，并且在最后一刻到来之前经历了痛苦的悲剧。然而，直到勇气日那一天，星辰之思中诸多头脑取得的巨大共识是，没有时间再继续磨蹭了，拖延下去风险巨大。星辰舞者们第一次离开地球，为人类的命运寻找方向时，萤火虫们曾经告诉过他们：智人是它们在太阳系中培育的第三个有感知能力的种族。

第一个有感知能力的种族（"有感知能力"在此处的定义是"有艺术创造能力"），于十亿年前居住在一颗名为路西法的行星上——最后那个种族炸毁了自己的母星，它的碎片就是今日太阳系里的"小行星带"。

第二个种族似乎更高级一些：他们"只是"炸没了火星的大气层，然后就灭绝了。

而我们似乎勉强撑到了终点线。

如果我们也没能通过最后几次验收测试……好吧，在宜居范围内，还有金星：只需要一点化学反应的推动，它稀薄的大气层就可以坍缩成一个能够成功运转的生物圈。

也许当我是胎儿时，我可能不会同意出世。但是考虑到各种因素，我很高兴当时没有人征求我的意见。

在"纪念一小时"后几小时、几天内发生的事情可以被写成比这厚得多的文本,事实上,已经有人在写了。要知道,人类对于莎拉·特拉蒙德的召唤有好几百万种不同的反应。

不管多厚的文本都没法形容超过六十亿的大脑像多级瀑布一般、一次性涌入心电感应共生状态的情景。我在这里甚至都不会试着形容它。只说这一句就已足够:如果没有二十五万经过训练、准备充分的心电感应者的存在,那根本不可能成功。共生状态在初始阶段会令人极为不安,甚至十分恐怖——星辰舞者见习者们曾经得花上三个月的时间在凌步绝顶为这一转变做准备。但是当人类必须坚韧不屈时,他们定能做到这一点。那正是我们必须拿出勇气的时刻。

哪怕现在,在一个月之后,融合过程仍在继续。这么说应该不算离谱:新的超级星辰之思已经获得了意识,正在争取缓慢地获得知觉。

即使有二十五万相互联系的大脑超过半个世纪的筹备,全人类还是有略高于百分之二的人口在向空人大规模进化的过程中死去了。有一些是因为冥顽不化,另一些则是因为彻头彻尾的愚蠢。星辰之思也十分在意几百万生命的逝去,尤其是某些不必要的死亡,但为了拯救他们,人们已经使用了一切可能的手段;今天,星辰之思中仍有人哀悼他们,但是没有人会相互指责。当新生儿诞生时,总有细胞会死亡,那不是任何人的过失。虽然带着这些悲伤,人们大部分还是十分喜悦,特别是那些自闭症患者、智力障碍人士、植物人、哑巴,他们终于能和亲友们沟通了,而且沟通的层次远比言语更深。

大约有百分之零点五的人类成员并没有被泰坦发射的信号

触及，或者没有受到接下来泛滥的反向引力子的影响：这些人都有某种程度的基因缺陷，他们DNA中的非表达基因在几千年以来经历了太多次变异；这些大量存在的隐性内含子，遭到了某些无法修补的致命损害，所以没办法在地球上和寄生生物共生。但他们中的百分之九十最终都来到了太空，也加入了星辰之思……乘坐那些突然多出来的航天器，直接接触寄生生物进入共生状态。

还有百分之五的人类顽固地拒绝离开地球，在绝望之中，他们做出了诸多令人瞠目的举动，只为了留在地表，继续做人。然而，不到一个月，这样的人渐渐转变了态度，数量从总人口的百分之五缩减到了百分之二。

这样一来，地球上的人口差不多有一千六百多万，而那颗行星的财富、科技和空间足以供养六十五亿人。他们中的绝大多数都穿戴着重物。你就是他们之一，否则你就不会正在读这本书。而且极有可能的是，尽管你获得了大量的新财富和更多的生存空间，你此刻正生活在孤独、伤痛、愤怒或恐惧之中。

你无须继续忍受那样的生活。当然，如果你坚持留在地球，你的生活也不会太艰难：我们会继续向地球发射电力，为你的纳米合成器传送程序，并提供你所需要的其他物资。或者，如果你愿意的话，也可以像你的祖先一样自力更生。

但是你无须留在那里。

金色的天空变回了蓝色，不过绕地轨道中仍有大量的红色寄生生物。即使现在，地球上也有足够的资源将你送上绕地轨道，加入我们。哪怕你不幸是罕见的基因缺陷者之一。而且一旦你进入共生状态，我们也有足够的能力治愈基因缺陷的内含子。

那正是我写这本书的原因。

你需要做的只是找到一部电话。莎拉·特拉蒙德仍然接受逆向咨询电话,话费由星辰之思负担。她会告诉你如何抵达离你最近的、仍然可以使用的航天器。我们期待你的来临。

在中国某些最古老的神话中,提到过一种神秘的"可食金",尝一口就可以长生不老。古中国人不太可能直接了解过萤火虫或寄生生物。事实可能仅仅是,只要时间够久,任何预言最终都能成为现实。

几百万年以来,孤独就像瀑布一样,以千年计算,不断加宽,不断加剧,产生于无数代人类的内心,催生出人们对相互了解的巨大渴望。我们的思想被头骨所桎梏,孤独感只能依靠皮肉磨蹭来缓解,人类也因此变成了血肉的囚徒,仿佛躯体才是真正的我们,而孤独感却在思想里肆虐,并且随着时间的推移而愈发强烈。

如今,孤独只是选择之一,而非一种必不可少的苦刑。你的刑罚已经得到了减免:每个人的认知已经彻底从躯体中解放。囚室的门终于已经打开:只要你做好了准备,任何时候都可以自由地走出去。事实上,你从出生的那一刻起,就已经具备所有的条件了。

现在,从孤独中走出来之后,你会发现自己相当安全。从躯壳中解放时,你不会感到恐惧,不会感到羞愧,也不会有任何怀疑。不管你想象中那是怎么恐怖的画面,也不管你觉得自己有多么不可饶恕的缺点,星辰之思都会理解你,无条件地接纳你。所有人都是如此。零重力环境中最大的优点之一,就是一个人永远都不可能看低任何人。星辰之思内没有等级,也没有阶级。没有人固执己见,因为没有必要。恰恰相反,你可以在这里高看我的许多同伴们,并将自己的视角分享给任何星辰舞者,这意味着,你迟早会透彻地了解所有成员。

加入我们不是"失去自我",而是收获九十亿个自我。如此规模的爱在世界历史中的任一年代都不可想象。我能告诉你的是,它比你想象中的更美好。

在超过九十亿个成员中,我被选为最后的讲述者是有原因的。那并不全是因为我曾经的职业是作家,尽管这确实有所帮助。

这项任务落到了我的肩上,是因为命运把我摆到了一个独特的位置上。我如此渴望在地球上度过余生,以至于把自己的心撕成了两半,还逼着我们的女儿也将心撕成了两半,只是为了留在那里。然而,我现在生活在星辰之思中,并决定在太空中度过此生。对此我深感愉悦。我没有失去任何东西……却收获了星辰。

更重要的是,布奇·谭默关于主观现实的说法非常正确:我仍然拥有普罗旺斯城。我在写作的同时仍然闻得到它的气息……

事实上,我拥有的P城比以前任何时候都更完整、更丰满。我能够通过玛格丽特姑姑、玛丽昂姑姑和托马斯表弟以及我所有的亲人朋友的视角(还有所有的感官)感受到它,可以通过曾经在那里居住过的每一位居民,以及每一位仍然在世的、曾经去过P城的人来更多地了解它。现在,我所了解的P城不再是双眼范围内的视觉影像,而是跨越三个维度的深层印象:普罗旺斯城一百多年的沧桑岁月,乘以数以百万计的人,再以乘积为指数做幂运算！我所拥有的家乡比活上几百万次能体验到的还多得多……而且我已经不再需要它了，因为此刻的我有了更深的根。

还有，我的丈夫曾经极度渴求陌生人的关注，当然是以金钱衡量的那种。那需求曾经强烈到逼着他把自己的心撕成两半，还逼着我们的女儿也将心撕成了两半，只是为了留在太空。他现在拥有了更多的、以前永远都不可想象的关注……而且不会以牺牲自己的家庭为代价……但这些关注对他来说，再也不是非要不可的了。

还有，他的哥哥曾经赌上了自己的工作，还赌上了他的艺术创作和生计，只是为了与他团聚；兄弟俩终于永远都形影不离了。他们哥俩之间的关系和我与兰德一样亲密，因为星辰之思对基因的理解远超人类。我的子宫中正怀着他俩的孩子……她是一个已经成形的小妞，而且很快就会开始舞蹈。

那正是我在我们的观点合为一体之前，选择透过多人的视角，而非只通过我自己的来讲述这些故事的原因。

你看出来了吗？如果在前文所述的内容中，三位存活下来的主人公能实时分享各自了解的事情——就像站在你阅读时所处的角度一样——他们很多愚蠢的行为就可以避免，也不必相互伤害。难道你真的想要像曾经的他们一样，继续浪费时间和精力，在生活中缕缕犯下大错，狭隘地透过头骨上的两条细缝看世界，并试图透过别人头骨上的细缝揣测他们的心意吗？

我/我们也重构了伊娃的故事，并且让它成了我/我们的故事的一部分。有一部分原因是它能添加的新视角，更多则是为了显示我/我们能够做到这一点——将别人的视角和整体的视角分离开来。雷布了解她，星辰之思也了解她，而且是永远。再没有人会彻底死去……只要星辰之思中有一个人的大脑曾经了解他或她。我现在正在把伊娃的故事讲给肚子里未出世的女儿——兰德和杰伊决定给她起名为伊娃。

"哦,是否有种力量能赐给我们那种天赋,
能让我们用他人之眼审视自己。
那将让我们避免诸多大错,
还有那些愚蠢的见解。"

罗伯特·彭斯①说的没错。那种天赋已经被赐予人间。接受它吧……

我们的物种现在这番经历看起来史无前例。但是事实并非如此。人类已经在进化史中完成了诸番规模类似的跳跃。从海洋到泥地,到树丛,到山巅,再到天空……而如今又来到太空,终于不再受子宫的束缚。

作为新尼安德特人完全没有未来……因为进化史上的新一轮"跃升"正在进行之中。一个包含九十五亿大脑的星辰之思拥有的深度和广度,完全有希望理解"宇宙背景神秘语音"。在远离太阳的奥尔特云的深处,在彗星们诞生的地方,一个项目就要完工了:人类从没有完成过这样的项目,但是对于"跃升"大有帮助。九十五亿婴孩正在聆听着宇宙的声音,获取着母体之外的信息。总有一天,婴孩会学会讲话。宇宙中星球的数目就像大脑中的神经元一样多,想象有这么一天,我们的星辰之思由一整个宇宙的生物组成,那该是怎样的一番盛景!

在几百万年来,孤独而又无知的直立人怀揣着了解外界的

---

① 罗伯特·彭斯(Robert Burns,1759—1796)是苏格兰著名诗人,《友谊地久天长》即为他的作品。文中引用的诗歌是他的《致虱子》。

渴望,从猿猴开始,一代又一代地仰望着万千星辰,仰望着无限的宇宙,尝试着将无数的可能性一点点变成现实。如今,悠悠岁月已成过眼云烟,我们终于回家了。

　　加入我们吧,只要你做好了心理准备!

　　我是蕾雅·帕伊乔,我给你们带来的消息是:万千星辰,就在这里。